书中自有声色

陈克艰 著

SPM
南方出版传媒
广东人民出版社
·广州·

图书在版编目（CIP）数据

书中自有声色 / 陈克艰著. —广州：广东人民出版社，2018.7（2020.1 重印）

ISBN 978-7-218-12903-7

Ⅰ. ①书… Ⅱ. ①陈… Ⅲ. ①中国文学—当代文学—作品综合集 Ⅳ. ① I217.2

中国版本图书馆 CIP 数据核字（2018）第 117668 号

SHUZHONG ZIYOU SHENGSE
书 中 自 有 声 色

陈克艰 著

出 版 人：肖风华

策　　划：肖风华　向继东
责任编辑：胡扬文　季　东
封面设计：西门媚　梁淑怡
责任技编：周　杰　吴彦斌

出版发行：广东人民出版社
地　　址：广州市海珠区新港西路204号2号楼（邮政编码：510300）
电　　话：（020）85716809（总编室）
传　　真：（020）85716872
网　　址：http://www.gdpph.com
印　　刷：阳谷毕升印务有限公司
开　　本：787毫米 × 1092毫米　1/32
印　　张：11.875　　**字　数**：210千
版　　次：2018年7月第1版
印　　次：2020年1月第2次
定　　价：48.00元

如发现印装质量问题，影响阅读，请与出版社(020-85716849)联系调换。

售书热线：（020）85716826

目 录

自 序

本书是我退休前后约十年间作文的结集。短文多数是书评，有几篇较长以万字数的，也论到了一些问题。内容比较杂，有数理方面书籍的评论，有红学书、佛学书的评论和问题讨论，以及其他方面书籍的评论等。书名取自退休时自撰的一副对联："人间只食烟火，免死而已；书中自有声色，纵情可也"。老友程念祺先生赐了个横批，曰"大势已去"，非常好，关键是非常对。一笑。

"免死而已"语出《孟子》。《孟子·告子》里，陈子问："君子何如则仕？"这个问题用现在的话来说就是："知识分子怎样才可以出来呢？"听起来有点怪怪的，是人怎么能不出来？不出来还能是人吗？但陈子提问所隐含的意思，以及孟子答问所明显的意思，都似乎是可以的：人、士君子、知识分子，是可以不出来的。孟子的回答是："所就三，所去三"："就"就是"出来"，"去"就是"回去"，回到出来前的状态。"出来前"的状态，不就是“不出来”的状态么？

“三就三去”是三个不同的层面，是根据君主（或曰统治者）对士君子（或曰知识分子）的态度来区分的。第一层，如果君主对士君子不仅“迎之致敬以有礼”，并且“将行其言也”，则就之；而一旦“礼貌未衰，言弗行也”，则去之。这层境界相当高，对统治者和知识分子两方面的要求都高。第二层下落一点了，如果君主对士君子“虽未行其言也”，但仍能做到“迎之致敬以有礼”，则就之；一旦“礼貌衰”，则去之。这个层面上的去就，关键看“礼貌”，看统治者是不是尊重知识分子。第三层更等而下之了，君主之于士君子，言也不行了，礼貌也衰了，只是说：“使饥饿于我土地，吾耻之”，统治者耻于让知识分子在他的土地上挨饿，所以还愿意给饭吃，“周之”。知识分子怎么办呢？“亦可受也，免死而已矣”。在这个层面上，孟子不提“就”，也不提“去”，一个“受”字，把“就”和“去”都包括了。“受”，既是“就”，又是“去”，“就”者就食，“去”者限于“就食”，“免死而已矣”。

那么，“免死而已”这个意思用现在的话怎么讲？想了老半天，想不出，走路时忽然想到：“寄生虫”，还自觉很得意。金圣叹先生临刑索酒，一饮而尽，并言：“仰酒，至快也；割头，至痛也；割头前仰酒，痛快痛快也。圣叹无意间得之，大奇！”今可活剥：“走路，无趣也；

得意，有味也；走路时得意，无中生有也，不亦奇乎。”

“寄生虫”的客观定义是：小体附着于大体，小体生存的营养来自大体，但小体并不参与大体的运作，既不对大体作贡献，也不对大体行破坏，这个小体就叫寄生虫。“虫”者言其小，“寄生”者言其生存方式。凡符合这个定义的，都可以叫“寄生虫”，不符合的，就不可以叫。过去搞阶级斗争，把地主、资本家叫“寄生虫”，就是概念的误用。在市场经济这个“大体”里，资本家及其经纪人的重要作用和巨大贡献已经是尽人皆知，多说一句都是废话。资本家不是寄生虫显然，可以不言而喻；地主不是寄生虫亦然，不妨略言几句。

近日翻翻亚当·斯密。斯密先生任贵族大人家家庭教师，报酬丰厚，足供其生活交游和研究学问之用。他曾带学生小主人游学法国两年，这期间，业务兼私活，与法国的政治和学术人物过从甚密，特别与政学两栖的杜尔阁（A. R. Turgot）先生谈得最多。把这两人对照着看会有点意思。政治上，杜尔阁是激进改革者，斯密是坚定保守派，这当然与杜是法国人、斯是英国人有关，斯密还是保守派头脑埃德蒙伯克的朋友呢。斯密之前英国的经济学传统，重商主义是主流；而法国的经济学，重农主义是主流，杜尔阁乃其重镇。这两种经济学不止于主张不同，更在于重农主义有对经济现象背后原理的深入探究，重商主义则阙如。杜尔阁的主要著作《关于财富的形成和分配的考察》(Reflexions sur la formation et la distribution des richesses),1766年初版,斯密的主要著作《国民财富的性质和原因的研究》(An Inquiry into the Nature and Causes of the Wealth of Nations),1776年初版,连书名都雷同。斯密对本国的重商主义大肆挞伐,不假辞色,对法国的重农主义小有批评,多所借鉴,甚至有人说斯密抄袭杜尔阁,这当然是污蔑,说者自己后来收回了(见约翰雷《亚当斯密传》,胡企林等中译本,第182页)。还有人说哲学方面杜尔阁借鉴斯密多,经济学方面斯密借鉴杜尔阁多。不管怎么说,斯密思想受杜尔阁直接影响是事实。斯密的劳动价值论与杜尔阁的土地价值论虽然结论不同,论证的思路是一致的,可以看作斯密向杜尔阁学习了。这里应注意之点是:土地价值论论定机器、厂房、劳力等生产要素的收入都只是先期支付的成本之补偿,无创造可言,唯土地在补偿先付成本之外,有价值的真正创造。明眼人不难看出,劳动价值论几乎只需把土地价值论中的"土地"置换成"劳力"就可以得出了。起源上,土地的所有者和耕作者是合一的,后来的分化,既是人际阶级的分化,也是生产过程功能的分化,地主并不在生产过程之外。这两种价值论都把价值的创造归于单一个生产要素,思路上是否可商且不论,总之不能把地主视为寄生虫,至此是很清楚了。

至于孟子"去就论"的第三层次里,那以"受"

为“就”与“去”之对立统一的士君子，叫寄生虫就很恰当。如果再落下一层，君主对士君子执行“周之”政策，仅仅是假装仁慈，还加上种种必须这样、不得那样的规禁，那么士君子怎么办呢？恐怕也只能“受”吧，因为总得有可以免死者。重复一遍，这个“受”字，义兼“去”“就”，而那许多的规禁，往往是包含着激励和引诱的，真能限于就食，免死而已，就能无视那激励和引诱，至少可令规禁变得“不相应”“无所谓”，成为废话。

寄生虫的客观定义大不同于其流行贬义，但如欲客观论事，当然应取语词的客观义，屏蔽其流行义。陈寅恪所谓“独立之精神，自由之思想”，人皆可以学舌，而能否摆脱某些语词的流行义，尊重其客观义，以作恰当、合理的运用，也是思想是否自由的一个检验。

今人善讲“消极自由”。在一个基本上不讲权利（right）只讲待遇（treatment）的政经系统里，寄生虫的状态，不失为“消极自由”之一种。寄生是既在局，又出局；小体是“虫”，大体是“局”；形体在局，灵魂出局；出生只得入死，出局可以不死；寄生虫的状态倒是既自由又独立的。至于“权利”与“待遇”的区别，可以写一篇大文章，这里只需指出一点：行使权利不需要用力（power，权力或力量），而待遇，则可以用力获致。买东西，我付了钱，你得把东西给我，这是我的权利，不用我另外拔出手枪或刺刀来逼着你给我。光钱不行，还得票证，这是权利打了折扣。有的东西，他能买，你不能买，特供，这是待遇，不是权利。待遇是可以用力（权力、力量）获致的，这个，免死而已的寄生虫就不必想了。

接下来该说说“书中声色”了。“书中自有……”早已是烂熟的句式，近年颇读美国教授施特劳斯（Leo Strauss）书，经常听他说一句话：“为了那件事本身的缘故，而不是为了那件事可以带来的报偿的缘故。”（“For its own sake, not for the sake of its rewards.”）这句话倒足以使“书中自有……”的句式转烂熟为清新，所以我的“书中自有声色”当然就不是抄袭“书中自有颜如玉”了。但“那件事”，得是有意思、有价值的事，用施老师的话说：“有分量的事”（“thing of weight”）。寄生虫无足轻重，以寄生虫的状态读书倒可以是一件“有分量的事”。旧句“书中自有”的那东西，本来指通过“读书”或“书读得好”可以向外取得的报偿，但既然不为报偿，则“书中自有”的利益，自然是别一境界。

在书中纵情声色可以有若干维度，满足客观知识的兴趣是其中之一。爱因斯坦三十年代有一篇小文《世界如我之所观》，The world as I see it，现行中译本作《我的世界观》，不错，惜乎有偏。其实爱因斯坦通篇讲的是他观看世界和他活在人间的关系，要讲什么“观”的话，至少“世界观”要加上“人生观”。爱因斯坦活在人间的主要事情（甚至唯一事情）就是观看世界，他说：“没有对于那在艺术和科学追求的领域里永远达不到的客观世界的全神贯注，生活对我来说就是空虚的。”全神贯注的对象是“客观世界”，全神贯注地观看世界就是全力以赴地追求知识，那知识是客观世界的知识，是“客观知识”；“客观世界”不仅是科学贯注的对象，也是艺术贯注的对象；全神贯注，全力追求，却又永远达不到；生活以这样的“贯注”和“追求”为内容，才不至于空虚。或曰：艺术明明是感情的表达，应该是主观的，怎么也说贯注“客观世界”呢？答曰：爱因斯坦的意思就是这样，有什么办法呢？非但科学，艺术也是追求“客观知识”，“知识”一词的流行义亦可摆脱。康德以整部《判断力批判》考察艺术的能力，也有这个意思。或许，在爱因斯坦和康德那里，真理比或者多一点吧。

爱因斯坦说：“我满足于一窥那存在着的世界之奇妙结构，满足于以我诚挚的努力去领悟那显示在大自然中的大写的理性，哪怕只是领悟其微小的一部分。”爱因斯坦认为世界是理性的显示，这显示是有结构的，这结构是奇妙的，精神贯注客观世界，努力追求客观知识，就是去觉察和窥见这奇妙的结构，从而领悟那作为世界之本质的“大写的理性”。为了“观看世界”这件事本身的缘故，而不是为了它可以带来的报偿的缘故，爱因斯坦用否定的方式表达了他“活在人间”的宗旨，他的“人生观”的要义："财富、外在的成功、奢华，这些人们通常努力的目标"，他都是不在乎的，原话是"这些庸俗的目标在我看来都是可鄙（contemptible）的"，打击面太宽，有点言重了。他自承："我实在是一个'孤独的旅客'"，在一切和别人的联系中，"我从来没有失去过距离的感觉和对孤独的需要"。这样子的人，欲言其不是寄生虫，竟似不可得矣。"虫"字太小，于爱因斯坦不符，然而他应该会说："小大于我何有哉！"

爱因斯坦年轻时有三年多时间（1902年复活节至1905年11月），经常与另两位年轻人莫里斯索洛文（Maurice Solovine）和康拉德哈比希特（Conrad Habicht）在一起，阅读科学和哲学书籍，讨论科学和哲学问题，他们把这样的活动叫做"奥林比亚科学院"（Akademie Olympia）。近半个世纪后，1953年的3月，哈比希特与索洛文见面，二人给早已是世界"首席科学家"的爱因斯坦写了一张明信片，抬头是"敬致我们科学院的院长"，爱翁的回信抬头是"敬致不朽的奥林比亚科学院"。两封信的措辞给人印象深的，不是爱因斯坦平等对待年轻时的同伴（这个其实并不难），而是索洛文和哈比希特平等对待他们的"院长"，所以说，爱因斯坦是会说"小大于我何有哉"的。

爱因斯坦并非不关心人类和社会，他自我分析精神上有一个奇怪的两相对照：一方面，是"对社会正义和社会责任的强烈感觉”，另一方面，却是“对与人或人的群体直接接触的明显不需要”。明显缺乏对与人或人的群体接触的需要，那么他是在局外了；而又对社会有着强烈的正义感和责任感，那么又像是置身局内并对局内事有所诉求或主张了。以局外的立场，爱因斯坦对他寄生的人间，最看不惯的有两件事，一是专制，另一是“群众生活”中的“军事制度”。关于前者，他说：“每个人都应该受到尊重，任何人不应该成为偶像。”他又说：“以强迫为事的专制制度不用多久就会腐化，因为暴力招引来的总是品德低劣的人，而天才的僭主总是由无赖来继承，我相信这是不变的规律。”关于后者，他说：“一个人竟能得意洋洋地随着军乐在四列纵队里行进，这一点足够使我对他加以蔑视，他长着脑袋完全是一个错误。”

爱因斯坦全神贯注的客观世界是物理世界，他曾说：“我要知道上帝的想法，其他的一切都不重要”，人间事不是他全神贯注的对象，他对人间事的看法应该不在他全力追求的客观知识一路上。但上述爱因斯坦的“两相对照”，其中之“一相”，即缺乏与人或人的群体接触的需要，也即能不困难地置身局外，也即能处于寄生虫的状态，对于获取人间事的客观知识，已经是有利的状态了。在此状态里，把认知的意向朝向人间事，就可望对纷扰世事和变幻世局，对治乱相寻的世运，对是是非非的世谛，在情境或形势之外获取一个客观知识的立场，这跟置身于情境或形势之中不得不有所诉求或有所主张的立场，既能区分，又不妨兼采。佛家言：“处世而不住，见心无由生”，应亦可作如是解。“见心”，即“偏计所执心”，义近通常所说的偏见、成见之类，反正是妨碍客观认知的心态。能够“处世”而不“住世”，“见心”就无由生起了。“处世”而不“住世”，不就是寄生虫么。

最近听到一位我认识他、他不认识我的朋友的一句话，很妙。他说：“批评政府是很乏味的，是第二乏味的工作，第一乏味的工作是称赞政府。”他表示愿意牺牲个人兴趣，继续坚持做第二乏味的工作。其言可铭，其志可佩，其行可敬。这位朋友是经济学家，经济学就其本真来说，就是一门以格局外立场探究关于格局的结构和格局内人的行为的客观知识，一点也不乏味，是兴趣盎然、有声有色的工作。我想，这位朋友坚持做第二乏味的工作，能够坚持得下来，一定离不开背后这项有声有色有趣味的工作的支持。

陈克艰

2018年3月于上海

数学的精神

——《陈省身传》读后

一、“数学好玩”

陈省身先生去世七年了，但是读《陈省身传》，使我觉得这位大数学家仍然活着，声音笑貌，宛然目前。书中引了一首杨振宁的旧体诗，几千年的几何学历史，最简练的概括，就在诗句里：“千古寸心事，欧高黎嘉陈”。几何学真的只是“寸心事”，几何学的历史真的只是“寸心”的传承与光大，而这“寸心”运用于万汇物理，天衣有缝，依其剪接，微子聚力，赖其笼络，又真的是“浑然归一体，广邃妙绝伦”。陈省身自谦“罗汉”，但在几何学的殿堂里，他实在是一尊端坐于欧几里得、高斯、黎曼和嘉当之列的菩萨。《陈省身传》初版于传主的生前，这次修订再版，若干的增补中有一则趣事：陈省身临终前不久曾为少年数学爱好者题词：“数学好玩”；佛菩萨真的是触处见机，咳唾都是“心法”啊。

《陈省身传》的两位作者，主笔的是张奠宙教授。张教授是在泛函分析研究上取得过骄人成绩的数学专家，又是一位胸有全局的数学通人。“文革”结束不久，在国门依旧封闭的情况下，他就开始全面考察世界现代数学的发展和成就，历史轨迹和数学思想并重，所成《二十世纪数学史话》，启迪人至深，当时陈省身就非常称赞并着力推介。2002年，张教授又成《二十世纪数学经纬》一书，内容加深加广，构思阔大，论述精到，较之《史话》，俨然一部有规模的现代数学通史了。《陈省身传》的另一位作者王善平是张教授的学生，他说自己“只是收集整理材料；当然，学到了很多。”是的，这样的书，就是读一遍，就是随便翻翻，也能“学到很多”，更不必说“整理材料”，参与写作了；这样的经验是那些为了“对得起”经费的课题写作无法比拟的。

两位作者还编过一本《陈省身文集》，主要收集陈省身的研究性论文之外的文字，但例外地收了陈省身自称“我一生最得意的工作”——《闭黎曼流形高斯-博内公式的一个简单的内蕴证明》一文；是王善平从美国《数学纪事》（Annals of Mathematics）1944年卷译过来的。2002年8月，第二十四届国际数学家大会在北京召开，张奠宙校、王善平译的《数学无国界》一书同时出版，这本书讲述一百年来国际数学家大会以及主办大会的国际数学联盟的历史，作者是曾任联盟秘书长的奥利·来赫托。书名传达了数学的真精神。2011年，为了纪念陈省身百年诞辰而出版的《陈省身与几何学的发展》一书，编辑工作主要也是由王善平担任。这些书可以互相“链接”，不同需求的读者自能各取所需，开卷得益。

二、“经典的”与“现代的”

陈省身是一位不世出的几何学家，他有伟大的贡献。记得“文革”中毛主席会见杨振宁，曾说：“你是对人类作了贡献的人，我不是。”如果他会见陈省身，也当如是说。

众所周知，几何学是研究空间的性质和结构的。凭人类生而俱来的肉身感官，人们也许觉得空间很简单，还不是四方上下平直均匀无限延伸，有什么结构，谈什么性质？但是，一经数学用符号和数量关系把空间改制为抽象的、思想上的对象或实体，就大有文章可做了。高斯用微积分的观点和方法处理嵌在平直空间里的曲面，所得结果使思维进入新的层面：有充分的理由把曲面本身看作“内蕴空间”。空间就是曲面，曲面就是空间。人类直观到的三维空间无非是加上时间以后四维空间里的一个“曲面”，或者说“超曲面”。空间可以是不平直的，可以处处有“曲率”；平直空间不过是曲率为0的曲面。黎曼又对“曲面”作了充分的推广，名之为“流形”（manifold）。爱因斯坦研究引力作用、建立广义相对论时，已经有黎曼的流形上的微分几何在等着他，爱翁是经由他的好朋友格罗斯曼的介绍，认识黎曼几何的。“广相”的结论竟然是：引力作用不是什么物与物之间的互相“吸引”，而是空间的“曲”性有以致之。

曲率是流形的局部性质，流形还有整体结构。同为橡胶制品，足球和汽车轮胎的表面显然是整体结构不同的；轮胎倒是和面包圈结构相同。不难想见，流形的整体结构可以非常复杂，复杂到无以复加。所以微分几何先是研究流形的局部性质，而后才发展出整体微分几何。整体微分几何需要用拓扑的观点来看流形。

整体微分几何的兴起和发展，是一个起死回生的过程。1943年陈省身初到普林斯顿，外出赴会，火车上邂逅一位美国有名的数学家。倾谈间，那位数学家听陈省身说是研究微分几何的，随口应道：“Oh！它死了！”经典微分几何在流形局部性质上取得了许多优美成果，但因观点、方法、工具限于分析（即微积分）的范围，发展已臻止境，是死了。但这是火凤凰之死，她会重生，她会在更高的拓扑观点的观照下，在拓扑、代数、分析诸多工具的锤炼下重生。陈省身就是现代微分几何一位最重要的催生者和奠基者。

数学有“经典的”与“现代的”之分。发思古幽情的现代人，往往喜欢“经典的”东西，不喜欢“现代的”东西，文章、艺术、建筑，无不是古胜于今。数学不同，数学显然是“现代的”胜于“经典的”，现代数学把经典数学吃进去了，消化掉了，几乎没有排出什么“糟粕”；经典的数学优美，现代的数学除了优美，更有壮美。然而数学的精神，自从发皇于古希腊，古今一贯，从未中绝，一切的现代学问中，最能守持古典精神的，仍是数学。菲尔茨奖没有奖金，只有奖章，但它是数学界的最高荣誉，奖章上刻着的是古希腊阿基米德的头像。

1943年至1946年，不到三年间，陈省身在普林斯顿从事现代微分几何的奠基工作，使得关于流形整体结构的纤维丛理论基本成形。他给出了高维的高斯–博内公式的内蕴证明；他把欧拉–庞加莱示性数、施蒂菲尔–惠特尼示性类等刻画整体的概念和局部的曲率联系起来；他又把一般微分流形的球丛推广到复流形上的复球丛，引进了一种全新的示性类，后来称为“陈类”（Chern Class），时至今日，陈类已经是现代数学中的一个基本概念。

1945年夏，他在美国数学会大会上作题为“大范围微分几何若干新观点”的报告，系统阐述了整体微分几何的新思想和新方法。老一辈的拓扑学和几何学权威霍普夫听后评论说：“这篇演讲表明大范围微分几何的新时代开始了。这个新时代以纤维丛的拓扑理论和嘉当外微分方法的综合为特征。”半个世纪后，美国数学家辛格表达了所有追随和接续陈省身工作的学生后辈的共识："陈省身就是现代微分几何。"费尔茨奖得主丘成桐更明白宣示："现代微分几何，嘉当是祖，陈省身是父。"

嘉当是陈省身的老师，他的外微分方法是一根"魔杖"，当时真懂和能用的人很少，连堪称希尔伯特之后最大数学家的外尔都说："嘉当的书难读"。但陈省身掌握了这根魔杖，独得之秘，运用自如。1991年张奠宙问过陈省身："现在大家都能够很好地理解嘉当的思想了吗？"陈省身回答："不一定。我可以保留这种秘密武器，别人做不出的结果，我可以做出来。"

1984年，陈省身获沃尔夫奖，这个奖可以与菲尔茨奖并列，是数学的终身成就奖，颁奖词特别指出："他在整体微分几何上的卓越贡献，其影响遍及整个数学。"被认为二十世纪两项最伟大的数学成就之一的阿蒂亚–辛格指标定理（另一个是费马大定理的证明），也是以陈省身的工作为基础的。辛格在贺陈省身八十寿辰的文章中说："对陈省身在局部和整体几何中能如此有效地运用微分形式感到惊异。"这所谓"微分形式"，就是陈省身的独得之秘，嘉当的魔杖。陈省身的同行们推崇他对现代几何的贡献，同时也欣羡他"对丰富和美丽的经典几何十分娴熟，这在数学界已经非常罕见"。

三、几何与物理

陈省身一生的外在形迹，可以说很平常，很顺利，没有曲折的遭遇，没有离奇的故事；他的不平常，是他念兹在兹的精神世界，是他为数学建立的不朽功业。《陈省身传》的最大好处，就在于通过陈省身一生行事的叙述，忠实地，几乎又可以说是酣畅淋漓地再现了他的精神生活；同时，围绕着陈省身的数学成就，带出了一部现代几何学的历史及其诸多关联，特别是与物理学的关联。

书中涉及几何和物理的具体内容，某些概念、命题和论述不容易懂，但是张奠宙教授以其对所述内容的深刻理解和准确把握，出之以他所特有的通俗化本事，铺陈为文章，即使外行的读者，在似懂非懂之间，也能感受到现代高深数学和物理学的优美和壮美。

精彩的一例，杨振宁于1954年提出粒子物理学的规范场理论，流形上的纤维丛理论则是数学家在与物理完全无涉的情况下发展的，两者竟有高度的一致性，连各自的术语都能规整地一一对应。杨振宁弄清楚规范场与纤维丛的关系后，连呼“奇迹”，特地驱车前往陈省身的家中，两位科学大师共享奇迹的发现，赞叹之余，转生困惑，旧学新知，疑义相析，这正是穷究天人之际的学问商量啊。

讲完整个故事，作者有一段议论：“在发现规范场和纤维丛关系之前，陈省身很少关注物理。他只是埋头研究他钟爱的数学，把微分几何的房间打扫得清静干净，里面的物件井井有条，四周不乏华丽的装饰，使这所数学宫殿富丽堂皇。但是，当他打开窗户一看，外面是辽阔的物理学大海，清风徐来，海天一色，无限壮观，几何宫殿和物理大海竟然如此的和谐统一，只能感叹造化之巧。”这样的文字，能启发读者深思，引起同样的感叹。规范场和纤维丛，是用不同语言写就的两篇大制作，作者各不相谋，文章铢两悉称，仿佛互相的对译。这背后一定有更深的原因，原因何在呢？不在人际，在天人之际，在“道可道，非常道”的“造化之巧”。

陈、杨两家有特殊因缘：陈省身的丈人郑桐荪和杨振宁的父亲杨武之是清华同事，陈省身是他们的学生，后来也是同事；陈省身的婚事还是杨武之极力撮合的呢。杨振宁曾比喻数学与物理“像两片有共同根茎的树叶，顺着各自的脉络，奔赴生命的前程。”陈数学，杨物理，“各自奔赴生命的前程”，竟又在造极之境欢然相会。“谁为为之？孰令听之？”造化的安排真是不可思议。

陈省身是握了道枢的人；这之后，他就经常讲几何与物理的关系了。1999年，他在复旦大学演讲，主题是“物理就是几何”，一句话把牛顿、麦克斯韦、爱因斯坦、杨振宁一网打尽。你看牛顿的主要方程（第二定律），再看爱因斯坦的“广相”方程，写出来简单，都是一边几何量，一边物理量，“物理就是几何”。麦克斯韦电磁场方程很复杂，写出来一大堆，得占一整页，学者苦于难记；陈省身却能把它们简约为两个不能再短的式子，其解释是“纤维丛上有一个平行性，这个平行性的微分等于场的强度；而场的强度经过某个运算就得到它的流矢量”；仍是“物理就是几何”管着。最妙的是，杨振宁的规范场方程竟然也是这两个短式，当然解释不同。什么叫“茅塞顿开”？什么叫“豁然贯通”？什么叫“醍醐灌顶”？什么叫“一句顶一万句”？陈省身的话就是。陈省身已然顿悟，金针度人，向众生说法，任何人想要开悟，当然还得勤精渐修。陈省身已经把要做的功课开示了，有志者就依次修习吧。

四、“知其不知”与“知所不知”

陈省身说自己：“我会做数学，我也只会做数学。”但其实，他很有办事、行政的能力，他甚至“玩”过政治。晚年谈起西南联大事，他笑说：“我也会玩‘politics’（政治），那年改选教授评议会，年轻的把年长的挤出去了，我是一个发动者。”这件事影响不小，还劳动了梅贻琦校长的大驾，来找他“谈判”。陈省身认为管理国家，主要是政策好，方向对，管是不难的。新加坡总理李显龙在剑桥读过数学，陈省身借事发挥：“数学家可以管国家，而管国家的却做不了数学。”他好像有点瞧不起政治。

他领导过好几个研究所，宗旨始终是："凡有利于数学的，总要去做；凡与数学无关的，请勿打扰。"他说："我办事的原则就是少管事。办研究所最要紧的是把有能力的数学家和学生找来聚在一起，之后就不要管了。"他对申请经费之类有点头痛："动不动就要你的计划，但是照计划做出来的不会是最有价值的，最好没有计划。"好在陈省身是佛菩萨，管钱而愿意借花献佛的，大有人在。陈省身研究、教学、办事、行政，都是为了数学的利益，他个人的荣誉和利益，是与数学的利益完全一致的。

他经常说："数学没有诺贝尔奖是幸事。"数学没有诺奖，但有菲尔茨奖、沃尔夫奖、阿贝尔奖、罗巴切夫斯基奖、维布伦奖等等。有什么区别吗？重要的区别在于：诺奖已经严重地大众化了，诺奖已经是"大众社会"（mass society）里的事了，诺奖得主与大众的关系已经是"明星"与"粉丝"的关系了。

你到街上取样，随机抓十个人来问，人人知道诺奖，几乎没人知道菲奖或沃奖，遑论维奖、罗奖、阿奖。2002年北京开国际数学家大会，中国的媒体上最出风头的不是那一年的菲奖得主，也不是那届大会上做一小时报告的人；最出风头的两位，一位是坐在轮椅里研究宇宙学的物理学家霍金，另一位是得了诺贝尔经济学奖的数学家纳什。纳什肯定不懂经济学，却由于一篇他自己都认为“不起眼”的数学论文引发许多经济学研究，而得了经济学诺奖；他数学了得，心心念念得菲奖，总不遂愿，精神一度失常，也属失计。菲奖是懂行同行的肯定和评价，是自然之光下的最高荣誉；诺奖也是，但在诺奖，自然之光被舞台之光掩蔽，舞台之下是“大众”（mass）。mass另有木知木觉块然大物一义，蠢动起来，势如飓风，力能崩山；明星与mass，真不知谁播弄谁。没有诺奖，对于数学“这片安静的世界”确实是幸事。

南朝释慧皎撰《高僧传》，自序里说：“前代所撰，多曰名僧。然名者，本实之宾也。若实行潜光，则高而不名；寡德适时，则名而不高。”于是区分了“高”与“名”。其实“高”也是“名”，“高”是高名，“名”是大名。诺奖与菲奖、沃奖的区别在于：诺奖之高名，可能被大名所掩，菲、沃等奖则否。陈省身、丘成桐师徒，都是既高且名的大师；当今数学家，高而不名者，有一人焉，俄罗斯人佩雷尔曼。佩氏在本世纪初成功证明了庞加莱猜想，这是克莱研究所公布的新千禧年七大数学难题的第一题。2006年国际数学联盟给他费尔茨奖，他没有要；2011年克莱研究所给他百万美元奖金，他也没有要。他说：“如果我的证明是正确的，就不需要任何其他形式的肯定。”

佩雷尔曼也许是截断众流的孤傲，陈省身则是精神内守，而又随波逐浪；佩氏大推开，陈氏大洒脱，二者皆好。依佛老语说，陈省身更为圆熟，佩雷尔曼毕竟不是中国人。但若言数学精神的直接呈现，则似乎佩氏更为昭彰。数学是一项值得人为了她的自身、而不是为了她所能带来的东西而从事的事业。数学的成就是自我界定的，不像跳高、跑快之类，必须从外面、用奖金名次等来界定，不求名次奖金，一天到夜练跑快，那是练傻。陈省身经常说："为了个人名利，数学不是一条坦途。"名利之徒进入数学，他得有所改正。人说政治是屁股指挥脑袋，我说数学能脑袋端正屁股。

苏格拉底认定最高最幸福的生活是哲人的生活，是追求知识。《陈省身传》的作者则称"数学家的精神毋宁说是诗人的或哲学家的。他们是发现和讴歌自然秩序的美的诗人，是寻找精神归宿和营造精神家园的哲人。"数学精神的源头在古希腊哲人那里。

"追求知识"的题中应有之义是知识不能被占有，所以没有"智者"（sophist）；如果将知识比作财富，"智者"就是大富翁，然而知识不是财富。哲人的基本状态是"不知"，追求知识的前提是"知其不知"，所以真正的知识必然是"无知之知"（knowledge of ignorance）。

怎样才能建立追求知识的前提，"知其不知"呢？善解古希腊哲人精义的现代大哲列奥·施特劳斯像庄子一样说话了：“不知其不知，以不知其所不知也。”（One can not know that one does not know without knowing what one does not know.）陈省身以九十岁的高龄，还在研究“六维球面上是否存在复结构”的难题，他深知“所不知”在哪里，故知其不知，而不安于不知，在“所不知”的指引下努力探索，精神明显是古希腊的。陈省身平时说话，喜欢借佛语、庄子语，但临终却说：“我要去希腊朝圣了。”

庄子也教人“知其不知”，但主张安于不知，“弃圣绝智”。这境界也好，“不求甚解，每有会意，欣然忘食”的五柳先生便是这境界里的一个典型。但如果五柳先生忘食而未尝忘言，舌粲莲花，滔滔不绝之下，恐怕会陷于“不知其不知”，而自以为知了。五柳先生，可是“现代的”大不如“经典的”啊。

（刊于2012年2月9日《南方周末》）

两本可以互补的同名书

这篇书评多少是有点奉命而作，所以一边看这本新出炉刚到手的《费马大定理》（阿米尔·艾克塞尔著，左平译，上海科技文献出版社2008年6月第一版，以下简称“艾书”），一边又分心在想，写个什么题目好呢？同时把1998年2月上海译文出版社出版、西蒙·辛格著、薛密译的那本《费马大定理》（以下简称“辛书”）也搁在座右，以备随时对照查阅，兴许可从对照中寻出些宜于发挥的意思来吧。

艾书比较薄，读未过半，我脑子里有个题目了：“新不一定好”，因为我感觉艾书明显不如十年前的辛书好。其实这两本书的英文原版，问世次序正好相反，艾书在前，1996年，辛书在后，1997年；距离怀尔斯（Andrew Wiles）1995年正式发表他那两篇证明费马大定理的辉煌论文，都不过一、二年，在向公众全面传达和反映这一具有里程碑意义的数学史重要事件上，都堪称及时。然而在艾书疙疙瘩瘩、不时有不通字句挡路的译文中继续耐心地前行，我渐渐放弃了去计较优劣的想法；我发现艾书在某些历史事实和数学事实的叙述上，比较具体，比较确切，可以对流畅好读的辛书，起一种补充的作用。例如据辛书，怀尔斯是通过证出谷山－志村猜想，从而证出费马大定理的；然而据艾书，怀尔斯证出的，只是一部分的谷山－志村猜想，该猜想说的是“有理数域上的所有椭圆曲线都可以模形式化”，怀尔斯证出的则是“半稳定的椭圆曲线可以模形式化”。当然，这一部分对于推出费马大定理已经足够了。这里显然是艾书表述更加准确。至于全部谷山－志村猜想的证明，是后来由怀尔斯的学生泰勒（Richard Taylor）等人进一步运用怀尔斯的方法完成的，发表于1998年，此乃后话，故艾、辛二书均未及。又例如，谷山－志村猜想的提出，经历了一个长过程，需要就许多个例作艰苦的计算，先是谷山为主，谷山1958年自杀后，志村继续进行，于1965年正式提出此猜想；其间还牵涉两位法国数学家韦依和塞尔，猜想的冠名者故也常有韦依，但韦依似乎又不相信，甚至有点瞧不起这个猜想。过程中有些扑朔迷离的情节，辛书不及，艾书有所提示。

总之，这两本书都可读，合起来读则更佳。

三十年前，有篇风靡一时的报告文学——《哥德巴赫猜想》，也是讲数论上的一个世界难题，特别表彰我国数学家陈景润的贡献。意外的是，这篇文学杰作竟引得许多不懂数学的好事者自以为是地去打“攻坚战”。我当时在报社工作，就收到过数不清的自投稿，堆在案头有一大沓，都宣称自己证明了哥德巴赫猜想。鉴于这类情况，苏步青先生曾批评那篇文章“影响极坏”。数学是理智的事业，文学是激情的产物，以激情宣传理智，理智只被动受表扬，不主动起作用，就免不了被激情所淹没。罗素先生有句名言：“理想的生活，是激情所鼓动、理智所引领的生活。”眼前这两本同名书《费马大定理》，所刻画的正是这种理想生活的一个典型。与报告文学《哥德巴赫猜想》全然不同，它们的写作，也是理智引领着激情，而不是激情只为着宣传理智。它们不会迷惑读者，不会引得读者妄想从中去学得有关费马大定理的数学，但是它们确实能使读者对数学上所谓“世界难题”的性质、对数学事业的性质、对数学事业上成功和荣誉的性质，获得若干真切的认知和感受。

三个半世纪以前，被后人称为“业余数学家之王”（那时还没有职业数学家）的费马提出一个定理：当n为大于2的整数时，方程$x^n+y^n=z^n$没有整数解。题意非常简单，连小学生都看得懂。但是它却挫败了多少数学家企图证明它的努力。关于“费马大定理”的历史，人们已经讲得够多了，欧拉、勒让德、狄里克雷、热尔曼、库默尔、戴德金，每一个名字都标志着某种进展，同时却也标志着当前站点与最终解决之间距离的加大，越进展，目标越远，因为越进展，对问题本身困难性的意识越明确、越强烈。

数论上那些题意简单的“世界难题”的困难性，植根于数学最深处的统一性。数学是“发明”，因为数学概念完全是人类理智的创造物；数学又是“发现”，因为不同数学概念之间的联系，当着诸概念创造出来之际，已经存在了，只是暂时还不知。数学上深刻的工作，常常是那些能够把不同的概念、不同的领域联系起来的“发现”。当然，要“发现联系”，得先有可以联系的对象。号称“数学家之王”的高斯不愿意从事费马大定理，理由很简单：“它是一个孤立的问题！”高斯的直觉实在厉害、实在精准。高斯的时代，能够导致费马大定理得到证明的“联系”根本不可能建立，因为“联系”所要联系的那些数学领域还根本不存在，高斯深刻地意识到：单单在数论这一孤立的领域里，费马问题是不可能得到解决的。有人把数学比作海洋上的一个个孤岛；其实孤岛不孤，在海底深处，它们是连成一气统一的。费马问题虽位于数论这座孤岛上，但它的根直贯海底，连通别的许多岛屿。当别的那些岛屿还未露出海面，确切地说，还不存在时，怎么可能掘到它的根呢？

高斯的时代，费马大定理是个孤立的问题，但在现代数学的背景下，它却成了综合性特强的问题，它的最终证明，是现代数学众多领域合作的结果，而不是怀尔斯一人突如其来的斩获。这种合作的性质有点特别，多少体现了数学事业的性质：为最终证明作出不可或缺的实质性贡献的人，除了怀尔斯外，都没有意识到，自己手中正握着最终将触及光辉顶点的接力棒。

获得证明前，费马大定理只是猜想。事实上有过三个猜想：第一，费马猜想；第二，上文提到过的谷山–志村猜想；第三，把费马猜想与谷山–志村猜想联系起来的猜想。谷山–志村猜想极其大胆，例证的计算又异常复杂，很多人认为它是异想天开。这两位日本的数学同志虽然自信颇坚，却未曾梦见一桥飞架，可以从他们的猜想直通费马大定理的终点。架这座飞桥的设想是弗赖（Gerhard Frey）提出来的，他说他能够证明：如果费马猜想错，那么谷山猜想也错，所以只要证明了谷山猜想对，也就证明了费马猜想对。但是“谷山对，则费马也对”这一逻辑蕴涵关系，弗赖其实并未真的“证明”出来，弗赖提出的，也仍然只是猜想。真正完成弗赖猜想严格证明的，是里贝特（Kenneth Ribet）。里贝特1986年的论文大书深刻地确定了：只要对半稳定的椭圆曲线证成谷山猜想，那么也就是证成了费马大定理。“谷山对，费马一定对”，现在是无疑了，但是谷山究竟对不对呢？里贝特这样想：既然“费马对”那么难证，三百年来依然悬案；“谷山对”一定更难证，三百年后未必有解。这位化学家出身的数学家，自己压根不想去碰谷山猜想，当然更想不到正是自己的工作给了怀尔斯决定性的动力，激励他踏上了最后的征程。

怀尔斯从十岁时读E·T·贝尔的《大问题》一书起，就对费马大定理情有独钟，证明费马大定理成了他长期的梦想，但真正采取行动，是在里贝特证明了弗赖猜想之后。椭圆曲线是怀尔斯的看家功夫，里贝特既然已将椭圆曲线与费马猜想联系起来，现在可望耕耘于此而收获于彼了。

除了职务上不可推卸的工作，怀尔斯摒蔽人事，躲进小楼，朝乾夕惕，孜孜矻矻，施出浑身解数，舞动百般兵器，模形式、自守形式、群表示理论等等一切相关领域的方法和成果都用上了，一块一块地蚕食，一步一步地推进。阅七寒暑，终于在1993年的初夏，在一个数论专家的学术会议上，怀尔斯以连续三次演讲报告了他的工作，宣布费马大定理已经解决。怀尔斯很快获得了巨大的媒体荣誉，用辛书的话来说："一夜之间，怀尔斯成了世界上最著名的数学家。"

长达二百页、分为六章的论文还须接受严格的审查，六位权威数论专家被委托为审稿人。分任第三章的尼克·凯茨（Nick Katz）发现一个疑点，怀尔斯不以为意的回答不能让凯茨满意，他坚持质疑，怀尔斯这下意识到了：这里有个实质性的漏洞，不予填补，就还不能说费马大定理的证明已经成功。令人心焦的是，在往后一年多时间里，怀尔斯千方百计，竟未能填补这个漏洞。到了1994年9月，似乎已经技穷，几乎已近绝望，怀尔斯准备放弃了，他想在漏洞上作一个假设，先将论文发表，留待别人来证明假设，这等于说，他要把最后一棒交给别人了。突然却灵感来了，早先他为计算“类数”公式，采用科利瓦金–弗莱切方法代替伊瓦沙瓦方法，现在他可以重新启用伊瓦沙瓦方法，结合科利瓦金–弗莱切方法来对付漏洞，想到这一层，一切迎刃而解。填补漏洞的计算和论证，怀尔斯写成另一篇论文，他终于贡献出一个完美无丝毫瑕疵的费马大定理的证明。

怀尔斯论文接受审查、发现漏洞、填补漏洞的过程，十分典型地表现了数学事业上成功和荣誉的性质。假使那个漏洞凯茨没有发现，审查就此通过，而在成功庆典、巨大荣誉之后怀尔斯却自己发现了这个漏洞，那么他的内心会怎么样呢？肯定不会像服用兴奋剂未被发觉因而超标夺冠的运动员那样狂喜，说不定竟是一种空虚感、幻灭感。再假使，怀尔斯最后的灵感不来，他未能填补漏洞，只能俟诸将来和别人，那又怎么样呢？虽然不无遗憾，未作最后冲刺，毕竟他在长期的努力中获得了许多新的、深刻的结果，他仍然是成功的，光荣的。费马问题带出了新数学，所以是个好问题；任何人因研究费马问题而创发了新数学，就是个好数学家。总而言之，数学事业的成功和荣誉，是自我界定的，无须数学之外的任何东西来衡量。

欢呼啊，歌舞啊，鲜花啊，奖金啊，头像登在杂志封面上啊，声音播在百家讲坛上啊，都无须来做比方，因为这成功和荣誉，属于别一世界。人类的凡百事业中，毕竟有数学这样不容自欺的干净事业，人类还是有希望的。

（刊于2008年9月21日《东方早报·上海书评》）

可以得“诺贝尔哲学奖”的物理学成果

科学上的重要问题，以及围绕着这个问题发生的种种人事，往往会在科学界之外传为美谈；久而久之，美谈成常谈，凝固为标准化、模式化的故事，就和真实的历史有距离了。但是如果问题有了重大进展，那又是一个重新述说的机会，至少可以温软一下业已僵硬的标准化常谈，产出一个多一点鲜活气的新的科学美谈。最近译成中文出版的美国艾克塞尔（A.D.Aczel）先生的两本书《费马大定理》和《纠缠态》，就都是对这种机会的很好的利用。《纠缠态》一书还带着一个报章气十足的副标题——“物理世界第一谜”，这就使它更具有吸引力了。

所谓“纠缠态”，是爱因斯坦在与玻尔辩论中提出来的一个思想实验：两个经过相互作用又飞开远离的粒子，竟然仍旧“纠缠”在一起，其行为像一个粒子似的。爱因斯坦的本意是“纠缠态”并不存在，却为量子力学所肯认，故称之为“佯谬”，以此质疑量子力学。故事的新篇在于，爱因斯坦和玻尔身后，物理学家用艰深的数学和高超的技巧，设计并施行了精妙绝伦的实验，实实在在地“观察”到了“纠缠态”的存在，从而判决量子力学赢了，爱因斯坦输了。

爱因斯坦其实是量子物理学的大功臣，他得诺贝尔奖，是奖给他用量子概念解释光电效应的工作，而那一套穷究天人之际的相对论，却似乎从来没有得过奖。但爱因斯坦对量子力学及其正统解释，却始终心怀不满，牢骚满腹。按量子力学及其解释，因果性没有了，波动方程的计算所指向的结果，不是对象系统的确定状态，而是概率；这概率又并非知识不够的表示，够了以后可以不要，而是微观领域知识的本质界限；要想知道系统确定的本征状态，只有通过观察，观察造成本征态，观察是本征态之决定因，对象的本征态，竟然没有非人为的前因与后果。实在性也没有了，像“位置”和“动量”这样的物理量，已经不是粒子的实在属性，因为它们不能同时得知；并非技术不够，够了以后可以同时得知，而是当你测定“位置”时，就本质上丧失了确知“动量”的任何可能性，反之亦然；这等于说，“位置”实在时，“动量”不实在，“动量”实在时，“位置”不实在，说到底，二者都不实在。作为微观领域革故鼎新的知识体系，量子力学的基本逻辑和说话方式里，竟然没有了因果性和实在性，这还算个什么东西？爱因斯坦对此实在是不满意，不服气。所以他殚精竭虑，琢磨出一个又一个的“反例”，来攻难量子力学及其正统解释。

据说爱因斯坦每一次挑战，都会把玻尔吓出一身冷汗。但深思熟虑一两天后，玻尔又总能通过“采取同一例子并指明谈论它的正确方式”来给予答复。爱因斯坦的“反例”，在玻尔无与伦比的清晰分析下，总能转化为支持量子力学及其解释的积极“证例”；关于“纠缠态”问题，也不例外。不过这一次，爱因斯坦不只是口头发难，而是与波多尔斯基（B.Podolsky）、罗森（N.Rosen）联名，写了一篇《物理实在的量子力学描述能不能被认为是完备的？》，发表在第四十七卷（1935年）的《物理评论》（Physical Review）上，史称“EPR论文”。

“EPR论文”的重点是批评量子力学的描述缺乏“完备性”。论文开篇，即悬订一个“实在性”判据：“物理量的实在性条件在于准确预见其值而不干扰体系的可能性。”论文随后设计一个“佯谬”，即上文提到过的“经过相互作用而飞离的两个粒子”，现在已成了“两个”体系，却可以测量第一个体系的位置和动量，从而获知第二个体系的位置和动量，且这样并不干扰第二个体系。根据实在性判据，这种情况下的位置和动量应该是“实在”的。但是根据量子力学，位置和动量分别由两个不可对易的算子所表征，至少不能具有同时的实在性，且实际上是测量必定干扰第一个体系，故这种情况下的位置和动量又都“不实在”。三位作者比较客气，不说量子力学错了，而说量子力学“不完备”。比方说遥隔千里的一对双胞胎，“干扰”他们的老大，给他抽血验血型，就可以在不“干扰”老二的情况下得知老二的血型，因为老大和老二有共同的遗传基因。同样，“EPR论文”的作者们断定，两个粒子体系彼此远离而竟然处于“纠缠态”，那一定是有某种共同的“基因”在起作用而未被发现，他们称之为“隐变量”；量子力学必须由“隐变量”来补充，才能臻于完备。

玻尔不久发表一篇与“EPR论文”题目一模一样的文章，把事情说清楚了。要点是：“EPR论文”提出的“实在性”判据里包含“一种歧义性”。在爱因斯坦，“实在性”隐藏着“定域”的假定：两个远离的客体必定是“两个”不同的“实在”，他做梦也想不到，它们可以是“一个”体系。所以，使他感到“佯谬”的，其实是“量子力学中两个体系耦合为一个单独的总体系的那种独特方式”。“EPR论文”中关于“纠缠态”的全部推导，如果看作是在谈论“一个”体系，那就没有任何“佯谬”，推导完全正确；“隐变量”的想法因此也完全是多余的；两个粒子的纠缠与孪生子血的同型，本不是一回事，比方必须止于它的限度。爱因斯坦与玻尔的争论，通常情况是，爱因斯坦发难，玻尔回应，一个回合就算结束了，下一回易地再战。“EPR论文”这一回合之后，爱因斯坦没有再挑起过重要的争论。

“纠缠态”之类的争论，究竟是哲学问题，还是物理学问题呢？首先必须说：是哲学问题。它们讨论存在的本性、认识的限度、语言的作用等等，显然属于哲学范畴。但量子力学与别的科学理论相比，有一种特殊性，即对它的理解，不仅要求掌握那些计算和描述对象的技术和方法，还必须包含对量子理论自身性质的理解，换言之，要求“理论”中本质性地包含“元理论”的成分。正是这种要求，曾经极大地困扰过创发量子理论的那些物理学巨子。然而当玻尔关于量子力学引出的认识论新局势的精妙论述充分展开，克服了种种疑难，确立为“正统解释”后，绝大多数“工作中的”物理学家就可以不再关心这些问题了，它们也就成了纯粹的“哲学问题”。那个以“大玩家”著称的费曼，讲课时一边依“正统解释”的路子讲解量子力学的基本概念，一边又矫揉造作地宣称：“没有人能真正理解量子力学”。他的学生克劳瑟（J.F.Clauser）去跟他说想研究“纠缠态”问题，竟被他“从办公室扔了出去”。这些都可以看作物理学家不关心“哲学问题”的有趣表现。克劳瑟后来不从师说，一意孤行，跟“纠缠态”纠缠不休，在“纠缠态”故事新编中扮演了重要角色。

叫人意想不到，肯定也出乎爱因斯坦和玻尔意料之外的是，他们争论的“哲学问题”，竟然可以在物理实验的平台上得一解决。哲学争论的对错，从来是没有解决的；再说了，一定要在哲学争论中求个对错，会被视为思想浅薄。玻尔在总结他与爱因斯坦的争论时说：“有两种真理，一种是一些简单明白的叙述，它们的反面论断谁也无法为之辩护；另一种是‘深奥的真理’，与它们相反的叙述也包含着深奥的真理。”有人认为，这是玻尔论战取胜后，为了表示对论敌爱因斯坦的尊重，挖空心思想出来的礼貌说辞。

不管怎么说，深奥的哲学争论而竟有实验判决，无论如何也是哲学史和科学史上独一无二的事件，单凭这一点，就应该为它设立一个“诺贝尔哲学奖”。像康德、黑格尔、胡塞尔这样的哲学大师，他们的境界和层次本来就比诺贝尔奖高，为他们设奖，无疑不是抬举而反是小觑了他们。康德、胡塞尔都曾声称自己的哲学是唯一可能的“科学的哲学”，话音刚落，就有人抗声批评他们的“科学性”，所以假如真的为他们设奖，评委会也真的会众口难调，无法定夺。但“纠缠态”问题的实验判决，却可以毫不夸张地说：物理学界公认，哲学界无异词，意义重大，价值无量。波士顿科学哲学丛书，专门出了一部厚厚两册的论文集，纪念在这项实验研究中作出重大贡献的西摩尼（A.Shimony）光荣退休，书名就叫“实验的形上学”（Experimental Metaphysics）。关心量子力学概念基础的物理学家则异口同声地称呼这项工作是“第二次量子革命”。

这项可以得“诺贝尔哲学奖”的物理学成果，概括地说，一个中心，两个基本点。一个中心是“贝尔不等式”；两个基本点分别代表这个不等式的两个方面：理论含义和实验验证。前一个基本点由贝尔（J.S.Bell）所开掘，后一个基本点由阿斯派克特（A.Aspect）一锤定音，他们是这项成果中最重要的人物。在他们之间，作出过实质性补订推进工作的，除了上文提到过的克劳瑟、西摩尼，必须提及的还有霍恩（M.Horne）和霍尔特（R.Holt）。我们中国读者会感兴趣的是“吴夫人”（吴健雄），她早年做过的电子偶素实验，也与这个问题多少有点关系，后来克劳瑟还专门去请教过她。有关这些物理学家或分头，或合作，分分合合，将研究进行到底的故事，《纠缠态》一书里有生动的描写，读来令人兴趣盎然。

然而，使人感到不过瘾的是，对这项既属于哲学、又有深刻数学和物理学内涵的伟大成果的真实思想内容，《纠缠态》一书的写作像通常“科普”书一样，是在尽量地简略甚至回避。作者似乎心里在说：“你读者可以不必懂”。重大科学成果的真实思想内容，涉及精深的专业知识，怎么把它通俗化，确实是个严重的困难。就说“贝尔不等式”吧。贝尔当年精研有关文献，深刻体会到“EPR论文”设想的调和论做法不可行，量子力学不可能由“定域隐变量”来补充，因为二者根本是矛盾的；贝尔用高难度的数学和物理学技巧构建和推论出这个不等式，使上述想法变成了一个牢固坚实的定理，这就比仅仅用哲学语言来论证，令人信服得多。这个不等式并未作判决，它只是划出一条界线，等待实验的判决。如果实验结果越出这个不等式，那就证明量子力学非定域性的存在，这正是后来发生的事。重要的是，贝尔构建和论证不等式的过程，阿斯派克特等人验证不等式的情节，应该让读者有所知。困难是双向的，作者要尽量通俗化，读者要肯花气力去理解，这也是一种合作。读困难的书，好比游览高峻的名山，读者是旅游者，不是探险者，这山早就有人爬过了，不仅足迹宛然，还有梯级现成，关键要你不怕累，肯用力。有些段落实在爬不动，可以借助缆车，但这缆车须是阶段性的，一段一段上去的。这样，这一段落的景致，虽不能亲历，至少可以近观。不要那种从山脚直上峰顶的缆车，说是上过那山了，等于没上。不幸的是，许多有关高深内容的“科普”书，几乎都是直上直下的闷罐子缆车。

（刊于2008年11月16日《东方早报·上海书评》）

“我为什么没有发现相对论”

这个多少有点令人吃惊的问题，是法国数学家雅克·阿达玛一次讲演的标题，我想借来，为读美国物理学家约翰·惠勒《宇宙逍遥》一书的感想发题，因为他们恰巧讲到了同一件事情。

阿达玛讲演，是在1925年意大利那不勒斯举行的国际哲学大会上，其时爱因斯坦发表广义相对论已经十年。阿达玛在讲演中表达了一种深刻的失败感和由衷的内疚感。所谓“失败”，意思是本来应该能“成功”的；所问“我为什么没有发现相对论”，意思是本来应该能“发现”的。广义相对论的关键，在于看出“惯性质量”与“引力质量”在概念上的区别，又从原理（即引力场与加速度场的等效性）上把二者联系起来；至于实施原理的数学工具，其实是现成的，许多数学家都能优为之。阿达玛问道：“我们中谁没有机会去改正混同引力作用和离心力作用的错误呢？”谁都能，却谁都没能，所以他说：“就广义相对论来说，所有的数学家都必须承认失败。”

阿达玛的说法算不算事后诸葛亮，我不知道；但我以为，惠勒的说法更能道出事情的实质：“引力质量与惯性质量等效的原理使爱因斯坦获得了广义相对论，学生们则完全可以从书本中学到，一点儿也不必对未知的可知性怀有战斗的信念。守成与创业不可同日而语。”关于狭义相对论，惠勒说了同样意思的话。他先引伟大数学家希尔伯特的评论：“哥廷根大街上每一个中学生对四维几何的理解都比爱因斯坦强。然而是爱因斯坦，而不是数学家做出了这个工作。”惠勒接着写道：“这位业余数学家抓住了专家们无从想到的简单要点。爱因斯坦是从哪里获得了这种从无关紧要的事物中筛出本质的能力呢？”在惠勒看来，“爱因斯坦永远是一个局外人”，“因为是局外人，所以对于局内情形的理解，比任何一位局内人都要清楚”，“爱因斯坦永远有着超越所有局内人视野的视野”。这就是惠勒对“谁都能、却谁都没能”（唯独爱因斯坦能）创造相对论，这一使数学家阿达玛遗憾不已的历史现象的解释。

相对论的思想“要点”，惠勒说是“简单”的，也确实是简单的，有在那里，似乎人人（至少数学家们）都唾手可得，难的是从没有到有；这样的“思想”，不可能从实施它所需要的专业知识和技能中“演绎”出来，要想得出它，有待根源性的发问和领悟。另一位美国物理学家戴森的看法与惠勒相近，他对量子力学和广义相对论作过比较，认为量子力学是由物理学发展的形势、其中的迫切问题（严重点说，“危机”）逼出来的；相对论却不是这种情况，而全然是爱因斯坦个人的天才创造，没有爱因斯坦，相对论就是再过一百年也不会出现。

可以说，世间无人比爱因斯坦担负了更艰难的工作，世间艰难的工作也无人比爱因斯坦做得更善巧。爱因斯坦却不像曾经有意为之，刻意追求的样子，他说他之发明相对论，是因为一直没有放弃儿童时代对时间和空间感到的困惑。许多人也有过同样的经历，但是成长的烦恼和快乐使他们放弃了、并自以为解决了困惑；时间和空间有什么可以多想的呢？可见，爱因斯坦是用功而得之于自然；在自然而然中，他切中了造物的肯綮。爱因斯坦其人，完全是哲人的素地和风范，他是科学家中不世出的天才。然而，毋庸赘言又必须强调的是，爱因斯坦的“简单”思想，在他是有规有矩地实施了的，因此显出是彻法源底的深刻思想；如果有头脑特别解放、因而特别容易出“思想”的妄人引他为同道，那是爱因斯坦的不幸。

惠勒这本书讲的另一位“局外人”是玻尔。爱因斯坦独来独往，终生喜欢一个人独自思考；玻尔则是物理学家中的领袖人物，怎么能说他也在“局外”呢？有可以形迹论者，有不可以形迹论者。玻尔对量子理论的早期发展作过重大贡献，量子力学的产生和定型，一多半在他领导的研究所里，受到他的思想影响；他桃李满天下，没有谁不以曾入其门墙、聆其教言而万分自豪，惠勒就是玻尔的一位高足。从这些形迹论，玻尔当然不在局外。但是正如惠勒所说：“玻尔对身边人的强大影响，使我们相信，像耶稣、佛陀、孔子这样的人，真的活着。”玻尔是耶稣、佛陀、孔子一路的圣人，所过者化之，所存者神之，首出庶物，何“局”能限？不谓为“局外”，可乎？说玻尔也是局外人，更重要的理由在于，他对量子力学的哲学阐释，是局内人无论如何见所不及的。

许多“工作中的科学家”（working scientists）不喜欢哲学，甚至讨厌哲学，以为多余，以为无所谓，以为门面语。但玻尔提到他所从事的事业，则总说是“自然哲学”，他自觉地以继承古希腊自然哲学传统自命。也许可以说，没有一种科学理论比量子力学更迫切、更本真地要求着哲学上的理解。例如，微观客体的波粒二象性，历史上有过光的粒子说，又有光的波动说，说各不同，彼此争论，争论可以不了了之；但现在量子力学把既是波、又是粒子的矛盾表象用统一的数学方案来描述，就不容推诿地要求着一种能够从认识论上理清局面、将矛盾图像妥善安顿的哲学理解和诠释。掌握量子力学的描述方法并以之研究理论和应用上的问题，物理学家们多能娴熟从事，但著名物理学家费曼（以对量子电动力学的贡献获诺贝尔奖）却偏偏说：“没有人能懂量子力学。”我愿意把费曼此话理解为对从哲学上诠释量子力学的困难性的强调；所谓“没有人懂”，毕竟是有人懂，那就是玻尔。

玻尔的“互补哲学”，从对量子理论作为“理论”所具有的性质的探讨，揭示“理论”经由“观察”与“实在”发生关系的深奥机制，破除通常因囿于常识而显得根深蒂固的素朴“实在论”，提供了一种全新的“实在”观念。玻尔建立互补哲学的过程，伴随着与爱因斯坦的长期友好争论，爱因斯坦的质疑，每每成为玻尔深化论点、精化表述的触媒。爱因斯坦有一句名言：“这个世界最不可理解的事情是，它是可以理解的。”科学家通过构造科学理论去理解世界，这件事情一直在做；如果理解世界就是镜像般地“反映”世界，那么“理解”就没有什么难以理解之处了。爱因斯坦显然不取这种径情直遂的“反映论”。他的话极为机智，但终究是消极，他放弃了对“理解”的理解，视之为“不可理解”。这一消极放弃有其消极的后果，当他反对玻尔的互补诠释，坚持因果决定论时，似乎又有意无意地回到了镜像式的反映论。而玻尔所做的，正是以他无与伦比的哲学洞见，照亮“科学理解世界，究竟是怎么回事”这一始终处在晦暗中的问题。

作为玻尔的学生，惠勒也有意做“局外人”。本书中除了用他那特有的明快犀利的语言论述玻尔的哲学，更对玻尔的哲学作了深化和推扩。相应于物种起源，惠勒提出“物质起源”问题，表达了物理学家的“终极关怀”。

他考察和排序不同层次的物理学理论，来进入“创世”问题。在每一层次上，理论都从某种“对称性”原理导出，但作为理论源头的这一对称性原理又掩盖了下一层次；变易对称性原理意味着超越，进入深一层次，深一层次的定律和理论又复从另一对称性原理导出。如此则无穷递推，至于胡底？玻尔互补哲学中“观察者”的中心地位引导着惠勒去发问：理论循序递进的结构“是否最终能以某种相互依赖的封闭循环回到观察者自身”；说得更明确些：“是否宇宙必须保证能够在将要存在的时间内，在某一个地方产生出‘观察’来，它本身才能够存在？”观察决定存在，观察者成了创世者，这真是刺激性太强的“唯心论”了。但是，也可以换一种提问方式，减弱其刺激性而仍是惠勒的意思：设想一个其基本物理常数如光速、电子质量等等与“我们的宇宙”大不相同的宇宙，这样的宇宙不仅没有观察者，而且根本不可能产生出观察者，不仅是没有观察到，而且是根本不可能观察到。我们可以想象这样的宇宙，但是我们能够谈论这样的宇宙之“存在”吗？须知，想象一个东西和谈论这个东西的“存在”完全是两码事。然则，“存在”与“观察”是有不可分割的联系了。惠勒对演示波粒二象性的著名实验曾作一步深化，提出“延迟选择实验”，用以演示因果决定论失效、因果时序颠倒的理念，而这一理念已在晚近宇宙学观察中找到了例证；所以，惠勒将量子力学哲学阐释中的“观察”问题推广到宇宙学，是有根据的。

惠勒这本书讲了科学一路上最深刻、最重要、最基本的哲学问题，但它不是一本哲学专著，而是不同时期、各类文章的结集，里面甚至还收了若干首小诗。这些文章大多通过谈科学家的活生生的活动和思考，来涉及有关的科学和哲学问题，既富含理性，又充满激情，有很强的感染力。中文译者田松先生的译笔，一如其为文的风格，热情，率真，有活力，思维辨析处的达意，情感渲染处的传神，在在有“互补”的结合，惠勒先生有这样的中国知己，可以无憾矣。

（刊于2006年7月5日《中华读书报》）

大手笔写的小作品

这套“数学小丛书”共收书十八种，其实都是小册子。其中的多数，篇幅不过两三万字，有的还不到两万。除了《祖冲之算π之谜》和《费马猜想》两本，其余十六本是旧籍新刊。上世纪五六十年代，爱好数学的中学生多曾亲近过它们，受到过它们的教益；诚如这次新版的编者所说：“当年这套小丛书的许多读者现在已经成为学有所成的科学技术工作者，国家建设的栋梁之材。”

册子虽小，手笔则大，它们的作者大多是声名卓著的大学者。华罗庚先生早已尽人皆知了，吴文俊先生现在也是家喻户晓，江泽涵，段学复，柯召，闽嗣鹤，诸位先生都是在各自领域大有建树、为中国数学事业的发展作出过卓越贡献的老辈数学家。杰出数学家写书给中学生看，这件事本身就极有意思，令人感到亲切、温馨，当年的读者从中受到的感召和鼓舞，恐怕是现在的中学生难以体会的。以大手笔，写小册子，起点低，观点高，发题、引申、拓展，在在都渗透着数学思维的真精神；思与神接，文情并茂，读这样的书，是学习，是训练，也是提高；是吸收，是充实，也是受用。读透一本，眼界、能力，都会明显提升，比没日没夜地沉浮于题目苦海，效果不知道好多少。

这套丛书里，华罗庚先生一人就写了五本。其中三本与中国古代算学相关：《从杨辉三角谈起》《从祖冲之的圆周率谈起》《从孙子的“神奇妙算”谈起》。每一“谈起”，都以中学生的程度为起点，引领着读者拾级而上，达到一个一个新的高度：从杨辉三角谈到了无穷级数，从祖冲之圆周率谈到了连分数，从孙子“神奇妙算”谈到了同余式，结果虽说“超纲”了，但一路走来，你不会觉得多么艰难，倒有山阴道上花烂映发应接不暇的悦乐。

《数学归纳法》里用以表明这一方法效能的例子，能使人过目不忘，终生不忘。三个同等非常聪明的孩子，眼前有三白二黑五顶帽子，让孩子们闭上眼睛，给他们每人戴一顶白帽子，再让他们睁眼猜自己头上戴的是黑帽子还是白帽子，三人思索良久，同时猜出了答案：白帽子。问：他们究竟是怎样的思考路子？学过数学归纳法，笨人也不难走这条思考路子；不知数学归纳法，要走通这条路子，得有与三个孩子同等聪明的脑子。这说明，方法可以作为聪明的替代品。像这样来诱导人学习方法，那是大师的智慧了。大师谈问题，也是分门别类的，但自有富于启发性的思想一以贯之地运营于其间，不受任何人为界限的限隔。与现在学校里素质其名应试其实的教学，以题型为分类标准，以熟练为取胜之道，判若云泥；前者是庖丁解牛，“依乎天理”，“因其固然”，后者是庸庖操刀，“割也”，“折也”。

在《谈谈与蜂房结构有关的数学问题》里，华罗庚先生示范性地用初等数学工具作了一项漂亮的研究。面对蜂房的精巧构造，华先生初也曾感到“困惑”，继而通过“访实”，提炼出了问题，从而联想到更多的问题，一一予以解决。“总之，想，联想，看，多看，问题只会越来越多的。”“习惯于思考联想的人一定会走得深些远些；没有思考联想的人，虽然读破万卷书，依然看不到书外的问题。”把界限划在有思考联想和没有思考联想之间，这样的教育才算是“素质教育”。

从书这次新版，已经第二次印刷，发行量八千套，从“做书”的眼光来看，相当不错了。而旧版是一本一本单行的，看看版权页，几乎每本的印量都在五万以上。我有一个顽固的偏见，像本丛书这样的中学生课外读物的发行量，特别当其与过去的发行量，以及与满坑满谷剿袭雷同的“教辅书”的发行量相比时，就可以作为“素质教育”是真是假的一个硬指标。

（刊于2005年《上海中学生报》）

好数学的通俗经典

——介绍《数学方法趣引》

有些貌似浅显但内蕴玄奥的话头，老和尚说得，小和尚是说不得的。例如，陈省身先生曾经把数学分为“好的”和“不好的”两种，他还说：“像奥林匹克竞赛那样的数学，就是不好的数学”；这样的话头，学舌容易，理解困难，不理解而马上发言，表示拥护或者反对，那就不是在谈论数学，而是在参加竞选投票。杨振宁赞陈省身“千古寸心事，欧高黎嘉陈”，视之为可以追配欧几里得、高斯、黎曼、嘉当的伟大几何学家。陈先生端坐在数学殿堂的诸佛菩萨之列，口吐纶音，又远不止是老和尚的话头了。

数学有高低之分，深浅之别，这分别还比较容易捉摸。中学里的数学比起高等代数和数学分析来，当然是低浅的；而“高代”“数分”视乎抽象代数和泛函分析，又只有后者才称得上高深。然而，数学之为“好”抑或“不好”，却没有现成的标准，因为这分别要靠体会。犹之乎认识一个人，单看他的履历表格，可略知其文化程度之高低，执事能力之强弱，但欲知其人之好坏，非与他打过交道不可。

想对好的数学有切身体会，也不必一定要读高深的课程。眼前这本《数学方法趣引》（以下简称《趣引》），就是一本通俗的好数学，只要是对数学有点兴趣、肯动脑筋的读者，无论中学生、成年人，都能读得懂。人们常说，科普读物不仅要介绍科学知识，更应该传授科学的精神和方法，这确实是个十分困难的任务。科学精神和科学方法无法凭空讲，必须联系有一定深度的科学知识才能讲。多数的读者，科学知识的基础难免薄弱，即使专业的科学工作者，跨出本行的界限，也和多数读者差不多，所以真能消泯界限、引人入胜、使读者开卷受益的科普读物极其难得。《趣引》的作者孙泽瀛先生是老一辈的数学家，在数学研究上成绩卓著，他早年往美国印第安纳大学读博士，就是因了陈省身先生的引荐。身为一个学有根底又长年从事教学的数学专家，孙先生写这本书，写得既生动形象，又直抵精蕴。《趣引》的文字，温润且流利，雅训而浅白；更重要的是，文字始终体贴着思想，文字的进行，就是思想的进行，跟着孙先生的文字亦步亦趋，外行的读者也能享受到在精纯的数学思想中旅行的乐趣。

孙先生从多如牛毛的数学问题中，选讲了八个数学史上有名的问题，按现在的分类，它们都属于图论和组合论；作这样的选择，可谓用心良苦。孙先生写书的宗旨，是“想叫一般望符号和式子而生畏的人们，知道数学的作用而引起兴趣”。在他看来，符号和式子，以及其间的联络和推演，无非是“用数学的形式表达了一种思维过程”，而只有这种思维过程，才是“数学的核心所在”。因此，孙先生“从另一方面设法”，选择从直观性较强、对基础的要求不是很深、可以不用太多符号和式子的组合论问题切入，尽量只用通俗的语言，引导读者进入解决问题的途径，让读者“看出数学的观察与思考，究竟是怎样一回事”，从而对“数学的核心”，它的精神和方法，产生真切的感受。例如，数学教学一般都强调概念清楚，概念清楚了，才能解题；但创造性地解题往往需要在“思维过程”中提炼新的概念，概念提得中肯，解决的途径才能显现。书中讲火柴游戏一章，在对游戏规则作了充分的“观察与思考”后，提出“胜利位置”的概念，而把“胜利位置”的条件彻底弄清楚了，就能证明：谁抢先占据“胜利位置”，谁就必操胜券，问题于焉解决。八个问题都带游戏性质，游戏虽是末事，但以游戏“趣引”读者进入“数学的核心”，意义就非同小可。我个人认为，在将数学精神和方法不走样地向大众普及方面，《趣引》这本书是最为成功的。

孙泽瀛先生逝世已经二十多年，《趣引》这次再版，距离初版也已五十多年。“文革”之前，无数青年数学爱好者受过这本书的影响，最突出的例子是陆家羲。他在大学物理系就读时，从《趣引》得知，其中介绍的“寇克曼女生问题”，将条件一般化后，成了百年未决的世界难题，从此发心钻研，于1961年彻底解决了这个问题。《趣引》堪称好数学的通俗经典，具有常读常新、历久不磨的价值；我在想，即使再过五十年，它也仍然值得再出新版。

（刊于2006年1月23日《中华读书报》）

谑趣·理趣·兴趣

——读康宏逵译《这本书叫什么？》

吸引我打开这本书的，是封面上译者的名字：康宏逵。康先生是一位高明的逻辑学专家（那些低劣却动静很大的“专家”，康先生当然不与哙伍。），我一向敬佩的。康先生著、译很多，都称得上一乘上品；年逾古稀，还在孜孜矻矻从事着模态逻辑、可证性逻辑等方面高难度的前沿研究。他是已达王国维学问三境界之第三界的智者：“众里寻他千百度，那人却在，灯火阑珊处。”

书的作者是美国的一位哲学教授M.斯穆里安，他别出心裁，以一种独特的方式写这本讲逻辑学的通俗书，题目就很有逻辑味：“这本书叫什么？”这本书就叫“这本书叫什么”！预示了后面的核心题材：自指句和逻辑悖论。一开卷，果然踏入胜景。

逻辑学，若在大学开课，过去叫“论理学”，现在叫“形式逻辑”。康先生早些年写过一篇有名的文章《数理逻辑就是现代形式逻辑》，深中肯綮，是对形式逻辑的最准确的界定。勾勒形式逻辑在一般人心目中的印象，则可以借用钱钟书小说《围城》里的两个细节。一是自称“哲学家”又自称“罗素朋友”的褚慎明，席间问方鸿渐：“你对数理逻辑用过功没有？”方答：“我知道这东西太难了，从没学过。”二是方鸿渐到了三闾大学，偏偏安排他教论理学；他不仅应付裕如，选修捞学分的还特别多，因为“这门功课最容易，全是废话”，学生们选它，也因为“瞧不起它，仿佛男人瞧不起容易到手的女人”。对逻辑学的一般印象，一个是“太难”，另一个是“最容易”，各趋极端，完全不靠谱。

诚然，数理逻辑往深里去是有点难，形式逻辑朝浅处讲则很容易，但两个名称须作一个东西看，又是什么样子呢？没有“用过功”而想走进逻辑学、或想对逻辑学至少有一个正确观念的朋友，取读这本书，跟着它思考，会是一条符合经济原则、成本小收益大的捷径。

这本书有一个副标题：“奇谲的逻辑谜题”，可见它体裁上是一本题目集。一共有二百多道题，题目是在说笑话、讲故事、析疑案中给出的。题目分成一组一组，每组题目随一个故事展开、变化、加深、加难。每组的末节是解答，解答中往往有精彩的议论。作者这样安排材料，实在是用心良苦，他要引起读者的兴趣，激活读者的思考力。

逻辑学是研究推理的。推理本来就很有趣，不妨说为“理趣”。很多人喜欢上数学，就是从初中的几何课开始的，因为几何最重推理。但推理就像爬山，须费力，须使劲；难一点长一点的推理就像爬高一点的山，须费大力，须使老劲。气力短小、劲头不足的人就不干了，偷懒的人也不干了。方鸿渐是聪明人，但也是偷懒的人，他可以在大庭广众唾沫四溅地大谈鸦片和梅毒，显示其腹笥之富，才思之捷，就是不肯费一点心力对逻辑学用一点功夫。如今经济发展，生活方便，人们只想轻松地玩乐，不愿认真地思索，也就享受不到“理趣”，甚至压根不知有“理趣”这回事。希区柯克的电影《电话谋杀案》改拍新片，多了音响视觉的刺激，推理则大为弱化。这是时代的变迁。

要享受“理趣”，得费力；要肯费力，得有兴趣。兴趣凭空提不起来，这本书的说笑道故，就是在千方百计用“谑趣”挑逗读者的兴趣。康先生在译序里把本书读者分为“认真”和“不认真”两派。认真派也不必预备多少知识，只要“认真”，就可以在阅读过程中检验、锻炼、提升自己的推理能力。“不认真”派更方便，即使推理不入门，或者入门而行之不远，那“谑趣”就够你玩乐了。总之，这本书是会给读者足够兴趣的。“兴趣”（interest）者，利益也；“开卷有益”的老话，恰当这本逻辑学的新书。当然，所有这一切，都离不开康先生那枝出神入化的译笔。

一道道逻辑谜题，就像一个个游乐场迷宫，看你进去后，出得来否？醉汉也出得来，那是误打误撞的碰巧；逻辑谜题的解通，则必须路径清晰。有些迷宫没有进出口，把你从上面放进去，任你怎么走，不是碰壁，就是死胡同。这便是逻辑悖论了。“说谎者悖论”是其著名一例，“我正在说的这句话是假话”。它如果是真话，那么它说“是假话”是说对了；所以，它又是假话。它如果是假话，它明明自己承认“是假话”了嘛，承认得对；所以它又是真话。是真则假，是假则真，怎么说也说不通。这本书里的谜题，有的能解通，有的不能解通。不能解通的，从纯形式的观点看，都与“说谎者悖论”有相同的结构，即所谓“自指句”。逻辑悖论的根源在此。

这本书的材料，看起来形形色色，五花八门，康先生故意说它“乱”，但又说“存不乱于乱”。乱而不乱，正是作者以“谑趣”引发兴趣、因兴趣得臻“理趣”的用心所在。全书表面没有系统相，实质颇有系统性。自指句和逻辑悖论是其主题，那些笑话、故事和疑案是配器、和声，到书的最后两章，整部乐曲达到高潮。高潮中呈现的是现代数理逻辑最了不起的成就：哥德尔不完全性定理。

走不通的迷宫，你当初是被从上面放进去的，如今要出来也只能往上面打主意。把平面的迷宫改成立体的，就可以有出路。哥德尔正是这样处理自指句悖论的。说得具体一点，现在对句子不仅论其“真”或“假”，还要论其“可证”或“不可证”。“真理性”和“可证性”成了句子在两个不同层面上的性质；可证必真，但真未必可证；假必不可证，但不可证未必假。于是，“本句子假”之类的悖论转成了“在某形式系统中本句子不可证”这样纯由符号构造的句子，并且这句子具有真理性。至此，悖论得解，走出了迷宫。当然，“真理性”和“可证性”的形式化定义问题是相当艰深的，不大大地用功不可能清楚了解。

康先生说斯穆里安把读者领到了哥德尔定理的洞口，但“你休指望他引你进洞，他已经扬长而去了”。但我觉得，作者还是在洞口用手电筒往里面上下左右照了几下，让读者可以模糊地看到一些轮廓。这是我唯一想与康先生抬杠的地方，权当一谑。

（刊于2011年12月11日《南方都市报》）

从康德的观点看数学

一、发题

杨振宁先生曾多次谈到数学与物理学的关系和区别，深刻触及了数学哲学和物理学哲学的根本问题。一方面，杨先生充分肯定数学与物理学的紧密联系。他说："我欣赏数学家的价值观，我赞美数学的优美和力量，……而且，奇迹的奇迹，它的一些美妙概念竟是支配物理世界的基本结构。"[①]"最令人不可思议的是，数学的某些概念原来竟规定了统治物理世界的那些基本结构。"[②]"非阿贝尔规范场在概念上等同于纤维丛，纤维丛这一漂亮的理

① 《杨振宁文集》，华东师范大学出版社1998年4月第1版，第739页。

② 同上，第214页。

论是在与物理学界无关的情况下由数学家发展起来的，这对我来说是十分令人惊叹的事。”[①]“几何结构在物理学定律中起着重要的作用，这是一个众所周知的事实，虽然关于这件事的准确理由并没有被真正理解。”[②]数学的应用极其广泛，而杨振宁显然认为，数学之于物理学却远非只是“应用”，数学在物理学中实在是有着基本的重要性。数学与物理学的关系本质上不同于数学与其他学科的关系，对这一关系需要有一个“真正理解”。

然而另一方面，杨振宁用“奇迹的奇迹”、“令人不可思议”、“十分令人惊叹”这些强烈的语词表达他对数学与物理学和谐关系的感觉，恰恰表明他是把数学和物理学看作原本不同的两件事的。关于这一点，他也曾明确地说过不止一次。1979年，杨先生在爱因斯坦百年诞辰的一次纪念会上作报告，曾如是说：“虽然数学和物理学关系密切，但是，如果以为这两门学科重叠得很多，则是错误的。事实不是这样。它们各有各的目标和爱憎。它们有明显不同的价值观和传统。在基本概念上，二者令人诧异地具有某些共同的概念。然而，即使在这些方面，二者的

---

① 《杨振宁文集》，华东师范大学出版社1998年4月第1版，第242页。

② 同上，第281页。

生命力也向着不同的方向奔驰。”[①]1992年，杨振宁接受张奠宙教授访问时又说了同样的话：“如果一个物理学家学了太多的数学，他或她将有可能被数学的价值观念所吸引，并因而丧失了自己的物理直觉。我曾把数学和物理之间的关系比喻为一对树叶，它们只在基部有很小的共有部分，而其余大部分是分开的。它们具有自己的目标和截然不同的价值观，以及不同的传统。在基本概念的层面，它们令人惊讶地共享某些概念，但是即使在那里，两个学科仍按各自的脉络生长着。”[②]

在这些话里，杨振宁实际上提出了这样的问题：作为人类理性的创造物，数学和物理学的本性是不同的，究竟如何区别？这是一个哲学问题，必须在理性的根源处考察，通过对理性的结构、理性活动的方式、理性与世界的关联作全面细致的分析和综合论述，然后顺理成章地将数学和物理学在理性的整体结构中准确定位，才能予以回答。康德的《纯粹理性批判》，可以说就是做的这步工作。在康德的时代，数学和物理学的成绩，与今日相差不可以道里计，康德凭借当时如此之少的数学和物理学知识，却能洞幽烛微，根究本性，正反映了这位独步古今的

① 《杨振宁文集》，华东师范大学出版社1998年4月第1版，第315、316页。

② 同上，第740页。

伟大哲学家的深刻洞察力。本文只限于康德的“数学哲学”，疏解和讨论他的某些重要论点和表述，愚以为，了解康德怎样看数学，对于从哲学上理解数学与物理学的关系和本性上的区别，是必要的准备。

二、数学可能性的基础在纯粹验前直观

《纯粹理性批判》（下或简称《批判》）的“先验感性论”和“先验逻辑”两部分，从某种意义上可以分别看作康德的“数学哲学”和“物理学哲学”，所以，在通常认为是《批判》缩写本的《未来形而上学导论》[①]（下或

① 《导论》之于《批判》，实际上也出新意，并不只是缩写。例如，在纯粹知性概念的先验演绎中区分“知觉判断”与“经验判断”即是；尽管对此一区分，专家的评论不一。文德尔班盛赞之，认为关于“范畴如何‘构制经验对象’”这问题，康德在《批判》中“陷入晦涩不明之中”，“但此昏暗之处却被《导论》的一个出色思想照亮了，在这里康德区分了知觉判断与经验判断。”（见氏著《哲学史教程》，罗达仁译，商务印书馆1987年版，第747页）齐良骥先生则有保留；由于《导论》问世在《批判》第2版之前，而范畴的先验演绎部分，第2版是将第1版推倒重写的，所以《导论》中的这部分，还是第1版的面目，齐先生说：“A（第1版）中的重要缺点，在B（第2版）就完全为成熟的关于客体的观点所纠正和代替。在《导论》中，除了关于对象问题依然没有达到新的观点的水平以外，又出现了区分知觉判断与经验判断的新的重大困难问题。”（见氏著《康德的知识学》，商务印书馆2000年版，第164页）

简称《导论》）里，这两部分的标题分别变成了“纯粹数学是怎样可能的？”和“纯粹自然科学是怎样可能的？”

“是怎样可能的？”问题的这样提法极其耐人寻味。康德说：“既然实际上这些科学是存在的，那就十分适当地来问，它们是怎样成为可能的；因为它们‘存在’这个事实已证明它们必定是可能的。”①一件事情已然存在，是现实的了，如果问“它是怎样成为现实的”，那便是要求作历史因果的探索，是属于历史学的问题；而康德则问“是怎样可能的”，对此，历史的探索无济于事，问题处在更深的层面。而且，并非任何的“可能”都值得去问一下“怎样”。买彩票中大奖，只有十万分之一的概率，某先生居然中了；有人说他手气好，有人说他运气好，姑妄言之未尝不可，但如果有人问“买彩票中大奖是怎样成为可能的？”岂不是妄人故作深沉。可见，康德倾全力去追究“怎样”的那个“可能”，完全不同于通常可以用概率表示的可能，概率表示的可能属于“呈现原理”，康德所说的可能则属于“实现原理”；“呈现”是自然之事，“实现”是理性之事；自然的呈现，乃是委顺地演化，平铺地展开；理性的实现，则是逆觉地创生，立体地涌出。就数学和自然科学而言，其所以能“呈现”之理由和根

---

① 《纯粹理性批判》，韦卓民译，华中师范大学出版社1991年版，第50页。

据，只能植于理性之“实现”上。借用佛家“能所二取”的话头，我们可以说，康德的数学哲学，是从“能”的方面探明数学的源头；而二十世纪数学哲学中的逻辑主义和形式主义，则意欲在“所”的方面为数学筑基。康德看数学是活动，是理性在活动，逻辑主义和形式主义则看数学是现成的知识体系。康德的数学观包含在理性对自身的反思中，是理性的“伟大的自知”（齐良骥先生语）之一部分，因而不辱哲学之使命；逻辑主义和形式主义，则仍是理性一往的运作，生造符号系统，重组数学知识，更像是数学内部的事业。

让我们且看康德怎样回答“数学是怎样可能的？”在《未来形而上学导论》里，康德写道：“观察一下数学的性质就会看出来，它的可能性的第一的、最高的条件是：数学必须根据纯粹直观，在纯直观里它才能够具体地，然而却是验前地把它的一切概念提供出来，或者像人们所说的那样，构成这些概念。如果我们能够发现这种纯直观及其可能性，我们就会很容易解释验前综合命题在数学里是怎样可能的，从而也会很容易解释这门科学本身是怎样可能的。”[①]这段话可以作为康德关于数学本性的看法的总

① 《未来形而上学导论》，庞景仁译，商务印书馆1982年版，第39页。笔者偏爱韦卓民先生的译语，所以凡引非韦译康著，一些关键概念与韦译不同者，径据改；如apriori，韦译“验前”，他译多作“先天”，凡引文中出现“先天”处，均改为“验前”；特此申明，下不一一。

纲。康德的哲学十分难读，规模宏阔，义理精审，众多的概念和意思彼此关联、纵横结缔，必须将了解整体与深究细节结合起来，才能达到准确的理解。没有整体的了解，任何细节读起来都会觉得不知所云；没有细节的深究，“整体的了解”又会流于肤浅的公式化。上面这段不长的引文，相对于整体来说，不妨视为一个“细节”，里面就出现了“直观”“纯粹直观”“构成”“综合判断”“验前综合判断”这些在康德哲学的整体架构中占据重要位置的关键概念，只有在与别的相关概念的参照中把握了这些概念，才能疏通整段文字的意思；而整段文字的意思得以疏通，也能使这些关键概念的义蕴更加丰满、具体、精确。

这段引文的意思有两层：一、问“数学是怎样可能的”，实际上也就是要问，验前综合判断在数学里是怎样可能的。二、为数学里的验前综合判断提供可能性的，是有待去“发现”的纯粹直观；而所谓“发现”纯粹直观，也就是在理性的整体结构中找到纯粹直观的位置，并究明它的功能。两层意思互相贯通，第一层意思里的问题在第二层意思里得到落实和回答。

先讲第一层意思。为验前综合判断奠定可能性基础，可以说是康德整部纯理批判的中心问题。首先，应区分综合判断与分析判断。康德说：“分析判断就是其述项与主项的联系是通过同一性而被思维的那些判断；而其主项与述项的联系不是由于同一性而被思维的那些判断则应称为综合的。”[①]康德又把分析判断和综合判断分别称作“说明的判断”和“扩大的判断”，“说明的判断”不扩大知识，而知识追求的目标应是“扩大的判断”，即综合判断。分析判断虽然“极为重要”而且“确为必需”，“但只是在为了要使那确实而广大的综合（即对于原有的知识能有真正新的增添）所必需的概念明晰时，才是重要的、必需的。”[②]

然后，应聚精会神于“验前综合判断”。验前相对于经验而言，验前，即不依赖于经验。理性有不依赖于经验从事综合判断的能力，质言之，理性从事验前综合判断的能力还反过来是经验知识之所以可能的条件。康德认为，“严格地称为数学的命题总是验前的而不是经验性的判断”，并且，“一切数学的判断，毫无例外，都是综合的。”[③]关于数学命题是验前判断似没有什么异议，而关于数学命题皆为综合判断则啧有烦言，二十世纪数学哲学中甚至有整一个学派（逻辑主义）与之对立，后文将略加申述。至于本质上属于经验性的自然科学（物理学），其一切判断皆为综合判断，乃是众所周知的事实，康德观

① 《纯粹理性批判》，第42页。

② 同上，第45页。

③ 同上，第46页。

点的特出处，在于看出了自然科学中“包含有验前综合判断为其原理”[①]；自然科学中当然多的是经验性的综合判断，但验前综合判断在其中起着骨干的、基础的、原理性的作用。因此，中心问题又一叉为二，分别考查“验前综合判断”在数学里和在自然科学里是怎样可能的，成了康德“数学哲学”和“物理学哲学”各自的中心问题。

再讲第二层意思，此层意思较多曲折。康德所谓“理性”有广、狭二义，广义的理性包括感性、知性和狭义的理性三个方面，之所以说“方面”而不说“层次”，是为了避免在三者之间存轩轾之意；狭义的理性主要从事推理和形成概念的工作，它实际上也行于感性、知性这两个方面。理性如果不守纪律，一往地作超验的运用，追求无条件的知识，就会造成形而上学的独断论，此点本文可以不谈。康德所云“数学必需根据纯粹直观”，这“纯粹直观”是定位在感性方面的。感性云何？可以在与知性的对举中明其义：感性是“接受表象的能力”，知性是“通过表象而知道对象的能力”[②]；而“表象之作为表象，在其本身来说，必不可理解为能存在于我们表象能力之外的对象”[③]，梦中的幻景，是表象而没有其对象，“以表象

① 此语是《纯粹理性批判》导言第5节的标题。

② 《纯粹理性批判》，第88页。

③ 《纯粹理性批判》，第132页。

为对象”的说法，是把概念“绷开”了。感性接受表象的能力表现为直观，知性知道对象的能力表现为概念和联结概念的判断，概念及物，直观不及物；表象背后或有对象为其所依，但直观并不及此对象，及此对象的能力属于知性。感性、知性无先后之分，它们在及物的认识中是和同进行的。但确实有一种单独进行的直观，那便是纯粹数学所在的根据地、与“经验直观”相对的“纯粹直观”。康德说：“概念以思维的自发性为基础，而感性直观则以印象的感受性为基础。”[①]此处“自发性”即自己发生之意，也就是主动性。相对于概念能及物的主动性来说，经验的直观确实可以说是被动的。但是，“因为纯直观，作为验前直观，在一切经验或个别知觉之前就已经同概念不可分割地结合在一起了”[②]，纯粹直观与概念验前就已经在一起，一而二，二而一，纯粹直观就不能说是完全被动的了；只要一支铅笔，一张白纸就能工作的数学家，是最安静的人类，但他们所从事的，是从纯粹直观直接构成概念，实在是最积极、最主动的思想工作。

然而，果然有“纯粹直观”吗？上文所引、作为康德对数学本性看法之总纲的那段话，提出的任务，就是要求去“发现”纯粹直观。问题可以换一个提法：“纯粹直

① 《纯粹理性批判》，第101页。

② 《未来形而上学导论》，第40页。

观”究竟“观”什么？纯粹直观也可说为验前的直观，即在任何经验性的事物出现之前，就已经在“观”了，那么，观什么呢？也还是康德自己的问法最确当：“怎样可能去验前直观什么东西？”“直观这种表象是直接根据对象的出现而产生的，因此似乎不可能验前地、原始地去直观”，“对象的直观怎样能够先于对象本身而存在？”[①]这真是一个难题。人称康德哲学是哲学上的“哥白尼回转”，这里就是“回转”的轴心。康德写道：“如果我们的直观在表象物的时候是按照物本身那样来表象的话，那么就绝对没有验前的直观，直观就永远是经验的。”[②]幸亏实际情况不是这样，实际情况是：感性是验前地带着自己的“形式”、通过“形式”去直观、去“接受表象”的，感性在“被动”地接受表象之前，就已“主动”地具备了自己的“形式”。康德说：“我的直观只有按照一种方式，才能够先行于对象的实在，并且被称为验前知识，那就是它只包含感性的形式，这种感性的形式在我的主观里先行于我被对象所感染的一切实在印象。”“由此可见，对于感官对象来说，仅仅涉及这种感性直观的形式的

① 这里康德似乎又承认纯粹直观是有其“对象”的，但此须视为方便说法。康德行文中此类情况所在多有，这也是任何一个庞大而精确的思想体系在表述上难免的，关键在于“善读”。

② 《未来形而上学导论》，第41页。

命题是可能的，有效的。”[①]感性的这种验前形式就是空间和时间。经验直观包含着纯粹直观，经验直观在纯粹直观提供的条件下，即以空间和时间为“形式”，去观；纯粹直观则纯粹地“观”空间和时间形式；而数学，就是植根于纯粹直观、关于空间和时间“形式”的概念和命题的系统。数学的可能性基础于焉落实。有一个著名的比方，把感性的验前形式空间和时间比作“蓝色眼镜”，戴蓝色眼镜的人看什么东西都是蓝色的；感性作为人的认识能力的一个方面，验前地带着空间和时间形式，而且永远脱不下来，所以“直观”任何东西，那东西就一定在空间和时间中。这个比方有诸多不妥当之处[②]，但是用以强调康德哲学所完成的“回转”，倒是十分有效。

三、数学概念是从纯粹直观中构成的

数学既然以纯粹直观验前必然带有的“形式”为其最终的可能性，数学概念和数学知识的形成便有其独特的方式；康德在数学与哲学的对显中揭示这一方式。他写道：

---

① 《未来形而上学导论》，第41页。

② 关于用“蓝色眼镜”譬喻感性的纯粹验前形式，其有限的适用性和可能引入歧途的严重缺陷，齐良骥先生《康德的知识学》一书第2章有专门一节，作了详细精确的考察。

“哲学的知识乃是理性从概念得来的知识；数学的知识却是理性从概念的构成而得来的知识。所谓构成一个概念，其意思就是指验前显示出来和这个概念相应的直观。”[①]这里，康德区分了“概念的论证的使用”和“概念的构成的使用（即直观性的使用）”两种方式。前者是哲学的，后者是数学的。

只能作“论证的使用”的概念是无法通过直观来显示的，“一个验前的概念，要么就是它本身已经包含着一种纯粹直观，要么就是它所包含的，只是未曾在验前被给予出来的可能直观的综合而已。在后一种情况下，就只能按照概念的论证方式，而绝不是通过概念的构成这种直观的方式来使用这个概念。”[②]康德举过这样的例子：“没有人能得到和实在性这个概念相应的直观”，“我不能在直观中表现一般原因这个概念”[③]。“实在性”、“原因”，都是哲学上的验前概念，且是内容丰富的综合性概念，虽然包含无穷多的“未曾在验前被给予出来的可能直观”，它们本身却并没有一个与之相应的直观，谁能“直观”到“实在性”本身或者“原因”本身呢？论证的使用方式，如果严格遵循逻辑规律，那就不能得出新的知识。

---

① 《纯粹理性批判》，第607页。

② 同上，第611页。

③ 同上，第608页。

而事实上，像“实在性”“原因”这样的概念，在判断中使用，在叙说中使用，在论证中使用，一言以蔽之，都属于“论证的使用方式”，往往使用得相当随意，倒并不是违犯逻辑规律，而是越出了逻辑规律能够管辖的范围；由于理性内在具有追求终极的冲动，所以哲学对概念的“论证的使用方式”，容易越界，容易超验，产生独断论是并不奇怪的。①

概念的论证性使用和构成性使用都能“扩大概念”，达到新的综合判断，获致新的知识；而数学概念是从“验前显示出来的直观”中提取的，这种独特的构成方式使数学上的综合判断具有充分的确定性、可靠性。康德此处又通过将“纯粹的直观”与“经验的直观”对比来说明这一点。他写道：“经验的直观使我们得以毫无困难地扩大概念，我们用直观的一个对象所构造的概念，其新谓项是直观本身在经验里所综合展示的。既然经验的直观能扩大概念，那么纯直观也同样能做到这一点；不同的是：在后一种情况下，验前综合判断是可靠的，而且是毫无疑问的；而在前一种情况下，它只有后天的经验的可靠性。因为，一个是只包含偶然经验的直观里所有的东西，而另一个却是包含纯直观里所必然有的东西。”

一般认为，数学的本质特征就在于它的严格性、确

---

① 《未来形而上学导论》，第39、40页。

定性，而数学之所以能严格和确定，端赖其演绎性的逻辑推理和逻辑论证；但一般又都说，逻辑演绎是不能扩大知识的。站在“逻辑”的立场上，这两点无论如何统一不起来，除非判定全部的数学都是无所谓的同义反复，数学家都是毕生说废话的好事之徒，这可真是天大的污蔑。但是从康德的观点看，数学的严格性、确定性建基于纯粹直观，演绎性的逻辑推理只是用概念的方式将纯粹直观所显现的事实表达出来，上述矛盾便消失了。数学家在直观和概念之间来回往复，既“扩大概念”，增进知识，又总是维护着数学知识的严格性和确定性，这是理性创造的奇迹。康德说：在数学里，“概念的构成是需要一种非经验性的直观的。非经验性的直观，就其是直观来说，必须是一个单一的对象，但是就其是概念的构成来说，它在其表象中必定表达一切归于同样概念的可能直观的普遍有效性。”[①]以三角形为例，用铅笔在纸上画一个三角形，三角形的纯粹直观就变成了“经验性”的直观，然而它表达“三角形”这个概念却毫无损伤，“因为在这种经验性的直观中，我们只考虑用来构成这个概念的活动，而抽去许多如果不改变‘三角形’这个概念就完全不相干的种种确定（例如边与角的大小）。”[②]于是，康德写道：“哲学

① 《纯粹理性批判》，第607页。

② 《纯粹理性批判》，第608页。

的知识所考虑的，是在普遍中的特殊，而数学的知识是考虑特殊中的普遍，或者甚至单一实例中的普遍”。[①]

抑犹有可申论者，不仅“单一实例”上成立的概念和判断可以因其为纯粹直观而毫无损伤地推广到同类的普遍，就是“单一实例”自身内，概念的扩大和知识的增多，也是靠的纯粹直观。学过几何的人都能体会，一道难题的证明，千思百虑，呼之欲出，就是在某点上卡住了，此时只要有解人来一语提撕，或无言地划上一条辅助线，就一了百了，一通百通了。我们之所以被难住，是因为关于此题的纯粹直观中，某些部分间的联结，还没有直观到；而之所以能一点就通，则又因为关于此题，我们经过深思熟虑，先已形成了相当完整的纯粹直观，解人的一语一线，立即将尚处在隐晦中的联结性直观显现出来，难题就迎刃而解了。数学上概念联结成判断，判断联结成推理，背后都有纯粹直观为其所依，推理是表，直观是里，推理引发新的直观也所在多有，要在于，数学上概念的联结，是构成性的，是通过直观显示的，而不是通过对概念本身的内涵作竭泽而渔式的演绎。总之，数学概念的扩大，是由直观提供的；表达数学知识的命题只能是验前综合判断。

从纯粹直观构成的数学概念，与“实在性”“原因

① 《纯粹理性批判》，第608页。

性”这些知性的纯粹概念（范畴），两类概念都是验前的，康德的先验哲学对它们作了不同的处理。对数学概念与纯粹直观的关系，康德的办法是相对比较简单的“先验解释”；而对知性纯粹概念，康德进行了远为郑重其事的“先验演绎”。他自称：“我认为没有比我在‘先验分析论’里列为第二章的‘知性纯粹概念的演绎’中开始的研究更为重要的了。这些研究是花了最大的劳力的——我希望这不是徒劳无功的劳力。”[①]事实上，《纯粹理性批判》第二版里“先验演绎”这部分，是将第一版的相应部分全部推倒后重写的。康德将如此殚精竭虑的劳作仅视为“开始的研究”，可见他赋予“先验演绎”的地位有多重要。

“先验演绎”之为“演绎”，当然与常途所谓的“演绎”不是一个意思。康德通过与法律的类比来提挈“先验演绎”的主要意思：法律学者“把法律行为中的权利问题（quid juris）与事实问题（quid facti）分别开来；而且法律学者要求这两者都有证明。那种陈述权利或合法要求的权利问题的证明，法律学者称之为演绎。”[②]相应地，“说明概念能够在验前和对象发生关系的方式，我就称为概念的先验演绎。”“先验演绎”与“经验性演绎”的区

---

① 《纯粹理性批判》，第8页。

② 同上，第118页。

别在于："经验性的演绎是说明概念通过经验而且通过对经验的反思而得来的方式，因而就与它的合法性无关，而只与它的事实上起源的方式有关。"[①]数学概念从纯粹直观中构成[②]，并不和任何经验对象发生关系，或者说数学概念的"对象"就是纯粹直观的验前形式，它们之间的关系是简单的、直接的，所以原则上不发生对数学概念进行先验演绎的问题，用康德的话来说："几何在完全验前的知识中稳步前进，并毋须向哲学请求给它任何关于空间这个基本概念的合法出生证。"[③]本文只从康德的观点看数学，"先验演绎"的具体内容不必涉及，但是注意到"先验演绎"对知性纯粹概念的极端重要性，却又原则上可以不行于数学概念，对于理解本文"发题"中提到的杨振宁先生关于数学和物理学本性不同、"二者的生命力朝着不同的方向奔驰"的看法，提供了一个重要的角度。

有一种流行的批评认为，既然康德把数学的确定性、必然性归于纯粹直观，并且纯粹直观中的空间形式只能是

---

① 《纯粹理性批判》，第119页。

② "构成"不是"抽象"，"构成"与"抽象"恰恰相反。数学概念不仅不是从经验对象中"抽象"出来，甚至数学概念普适性程度的提高也不是一个"抽象"过程。例如"群"的概念，当初伽罗华是从高次方程根的置换结构的对称性中直接而直观地"构成"的，然后才能说，"群"的结构也存在于整数的加法、正有理数的乘法、图形的旋转等等个例之中。

③ 《纯粹理性批判》，第120页。

三维的、欧几里得性的，那么非欧几何以及其他种种空间概念的成立就驳倒了康德的学说。这种批评是很肤浅的，是对康德思想简单化的误解。这里需要把各种几何学作为不同的概念系统与纯粹直观本身区分开来，几何概念系统的成立，已经是有知性的运作参与在感性里面了。试看康德所举的例：圆内相交的两条弦，其交点将各弦分为乘积相等的两部分；康德问道："这条法则是在圆里呢，还是在知性里？也就是说：圆是不依靠知性、本身就含有这条法则的根据呢，还是知性按照自己的概念做成了圆本身，同时又把'诸弦以几何学比例而相交'这条法则加到圆上去的呢？如果我们把这条法则的证明拿来研究，我们很快就会看出，这条法则是只能从知性构成这一形状时所根据的条件中得来的。"①

此例中康德的想法很容易推扩，直线与直线平行是纯粹直观中的空间形式，知性把"经过直线外一点只能作一条直线与原直线平行"的概念规定性加诸此形式，就得出欧氏几何；而知性如把"经过直线外一点至少能作两条直线与原直线平行"的概念规定性加诸此一形式，就得出罗巴切夫斯基的非欧几何。至于知性在欧几里得之后两千年才想到"平行"这一空间形式可以有不同于欧氏第五公设的概念规定性，那是另外一个问题了。《纯粹理性批判》

① 《未来形而上学导论》，第94页。

英译者、权威的康德研究专家N·K·斯密公允地指出，甚至在其“前批判”时期，康德就已经认识到“其他空间的可能性”，他写道：“康德诚然曾试图推论出空间的三维性格作为万有引力律的后果；但既然认识到那条自然律本身是武断的，他就作出结论说，上帝如果建成引力的不同关系，就会使之有不同属性与维度的种种空间。”[①]斯密引了康德青年时期（1747年，其时康德24岁）一篇文章里的话：“关于空间的这一切可能种类的科学，无疑会成为有限的知性在几何范围里所能承担的最高事业。”[②]这简直就是对欧氏几何之外别的几何学的明确预言和呼唤，怎么能说非欧几何的产生驳倒了康德关于数学的先验哲学呢？当然康德“批判时期”的写作，谈到空间形式和几何学问题时，存在某些表述模糊，或囿于当时知识、今日视之不免为歧出的地方，但这些并无损于康德整体思想的进展和明确性。康德如果活过来，看到非欧几何的出现，是不难将其表述略加修正、以匡未逮的。

---

①② 《康德〈纯粹理性批判〉解义》，N·K·斯密著，韦卓民译，商务印书馆1961年2月第1版，第154页。译者绰然即韦卓民先生。

四、逻辑主义小议

不妨看一下逻辑主义的数学基础工作，由此可以对显康德看数学的观点。逻辑主义的宗旨说起来很简单，就是要将全体数学作为一个概念和命题的系统最终归结为逻辑，形象地说，是要将整座数学大厦建筑在逻辑的地基上；当然关于逻辑要有明确的界定，就像建大厦的地基要四至明确一样。公认弗雷格是逻辑主义开派立宗的祖师爷，但由于历来数学推理的严格性要求，“逻辑主义”的思想倾向是早就有了的，甚至可以追溯到欧几里得的《几何原本》；弗雷格只是将这一倾向推到极点。

弗雷格说：数学“决不能否认自己与逻辑的密切联系”，“我赞成这样一些人的观点，它们认为将二者严格分开是不适宜的。人们同样要承认，对于推论的说服力或定义的合理性的一切研究必须是逻辑的。”“我也沿着这个方向，当然还要超出通常的做法。”他谈到数学家“通常的做法”，是在有“直接的需要”时引入新的定义，只要新的定义能“便当地用于一个证明”，便“把这个定义看做是充分可靠的。”弗雷格强调指出：“如果定义仅仅在后来由于没有遇到矛盾而被证明是有理由的，那么证明的严格性依然是一种假象”；“人们必须准备最终还是会遇到矛盾，而这个矛盾将使整个大厦倒塌。为此，我认为必需追溯到普遍的逻辑基础，这也许远远超出大多数数学家认为必要的程度。”[①]

这里表露了逻辑主义与康德数学哲学的根本歧点。数学家在研究中引入“定义”，往往是（在关键处几乎总是）根据直观，数学家不可能不这样做，这是理性在数学领域活动的方式，康德的数学观正是要揭明这一点。弗雷格的眼光则另有所瞩，他只关心概念和命题组成的整个数学系统是否包含矛盾，认为一有矛盾数学就会作废。如果把数学比作生命机体，那么，弗雷格就像一个过分敏感的医生，他容不得机体里有（甚至只是可能有）些许的病菌，他用来将数学归结为逻辑的整套做法，是医生检查机体的方法，而不是数学机体自身存在和活动的方式。后来罗素发现的悖论，与其说是从数学里查出来的，不如说是从这套检查方法中产生出来的，是这套检查方法“建构”的产物；数学家的创造性研究中根本不会用到这样的方法。

将数学的一部分“归结”为另一部分，以保证其严格性，这种表现“逻辑主义”倾向的做法古已有之。古希腊的毕达哥拉斯派认为“万物皆数”，数的本质主义既是毕氏学派的“世界观”，也是它的“数学哲学”，在它看来，数的理论乃是直抵宇宙万物之精微的学问。此一

---

① 《算术基础》，G·弗雷格著，王路译，商务印书馆1998年8月第1版，第8页。

数学哲学引申出的“严格性”，便是要将几何归结为“数论”，所以当毕氏学派自己发现并证明的勾股定理明示不可公度量的存在，而只谈整数和整数之比的毕氏“数论”又无法容纳这种量的时候，“危机”便发生了。毕氏学派把不可公度量叫做“无理数”，作为秘密保守起来，严禁泄露，这固然反映了毕氏学派的宗教团体性质，同时也表示毕氏学派一方面固守其“数的本质主义”哲学立场，另一方面又有很强烈的系统严格性的意识。质言之，“第一次数学危机”，是“数学哲学”与数学的严格性追求之间出现冲突而发生的危机。

至于欧几里得，情况就反转过来了。《几何原本》是以几何为“原本”，这部被誉为“仅次于圣经”的数学经典，是将“数”经由“量”归结为“形”，或曰，是用“形”经由“量”来定义“数”。《几何原本》十三卷中，竟有整整五卷是做这个工作。以整数（包括整数之比）为基础，与不可公度量的矛盾便无法消解；而若以线、面等形状为基础，则可公度量与不可公度量不妨并存。《几何原本》区分“有理线段”和“无理线段”。“有理”、“无理”，虽不可公度；同为线段，则可以客观、共观、等量齐观，谁能够因为单位正方形的对角线与边不能公度，就说对角线比边少一点实在性呢？“数论”移筑到几何学的平台上，“无理数”不再因其与整数无法公度而遭蔑视，“无理数”也获得了存在的理据，几何之家为它签发了合法的出生证和居住证。《几何原本》将数及其运算作形状化的处理，进行得十分彻底，甚至使四则运算都失去了独立性：二数相乘只能理解为面积，三数相乘只能理解为体积，四数相乘被认为没有意义。现在仍旧把二次方叫做“平方”，三次方叫做“立方”，四次以上的方幂则没有另外的名称，可能就是《几何原本》这种处理方式在术语上的遗存。总之，欧几里得是通过将现成数学知识重组为一个逻辑系统，来解决第一次数学危机的，在这个系统内，原先公度和不可公度之间的矛盾被消解了。

从今天的标准看，《几何原本》的严格性远远不够，但这一点并不重要，重要的是，《几何原本》无论处理几何学还是处理几何与数论的关系，一以贯之始终不渝的追求是逻辑的严格性，这一点影响深远，至今广被。欧几里得之后不久的阿基米德，所为者却与欧几里得大相径庭。他在有关面积和体积的诸多问题上，提出“阿基米德公理”，发明“穷竭法”和颇类近代积分的方法，得出圆满的结果；他还有专门论述这些方法的《方法》一文，阿氏的方法都是既审慎又严格，但其严格性不是事后组织现成知识的逻辑的、封闭的严格性，而是从直观创出概念、发现新知识途径上的、开放的严格性。阿氏的作为，体现了数学的本真精神；而《原本》为后世人们塑造的数学形象中，则失落了数学精神最重要的因素——直观的创造性。

阿基米德在后世的名声，不可以与欧几里得相比，但注意到一个事实是有趣的：菲尔茨奖章正面刻着的，正是阿基米德的头像。

王国维先生早年读康德，窒碍处又假途叔本华，他对康德哲学的理解，精确且深入，由是他对欧几里得的批评，能全秉直观说之立场，多方设譬，鞭辟入里。不妨征引几段。静安先生说：欧氏“仅与一切命题以名学上之根据，而由矛盾之原理以委曲证明之，故吾人不能得空间之关系之完全知识。如观鱼龙之戏，但示吾人以器械之种种作用，而其内部之联络及构造，则终未之示也。”[①]又说：“若于数学中，舍其固有之直观，而代以名学上之证明，与人自断其足而俟辇而行者何异？”[②]又说：“欧氏之数学，用名学之方法，全无谓之小心也。是犹夜行之人，视大道为水，趑趄于其旁之草棘中，而惧其失足也。”[③]静安先生的这些譬喻同样能用于（也许更能用于）对现代逻辑主义的批评。

逻辑主义的思路是：由于解析几何的发明，几何又可以“归结”为“数论”了；更由于实数系统可以借助

---

① 《王国维遗书》第五册，上海古籍出版社1983年9月第1版，第35页。

② 同上，第34、35页。

③ 同上，第36页。

集合论、从自然数得以严格地定义，并且每个“集合”对应一个“谓词”，集合论因此可以看作逻辑的一部分，剩下的问题就只是从逻辑概念导出自然数来。弗雷格和罗素解决这个问题的关键，用卡尔纳普的话来说，在于“对自然数的逻辑地位的正确认识，即，它们是归属于概念而不是归属于事物的属性”[①]。此处所谓“事物”，逻辑上可用个体元表示，所谓“概念”，其实就是逻辑上的谓词，“属性”当然也用谓词表示，于是，逻辑主义赋予自然数的“逻辑地位”，就是“谓词的谓词”，一种二阶谓词。请以“2”的定义为例。作为预备，首先要定义“2_m”：

$$2_m(f)=_{Df}(\exists x)(\exists y)〔\sim(x=y)\cdot f(x)\cdot f(y)〕\quad(1)$$

用同样的方式，可以定义3_m、4_m等等。（1）式左边表示2_m是谓词f的谓词，即谓词f所具有的属性；f具有什么属性呢？（1）式的右边告诉我们，f具有至少有两个“事物”归属于它的属性；同理，f如果具有属性3_m（或4_m），那就至少有三个（或四个）“事物”归属于它。然后定义“2”：

① 《数学哲学》，保罗·贝纳塞拉夫、希拉里·普特南编，商务印书馆2003年2月第1版，第49页。

$$2(f)=_{Df}2_m(f)\cdot\sim 3_m(f) \quad (2)$$

（2）式的意思是：f具有“至少有两个、但并非至少有3个‘事物’归属于它”的属性，现在这一属性就用二阶谓词“2”来表示。也可以用集合语言来说：2_m是所有不少于二个元的集合的集合，3_m是所有不少于三个元的集合的集合，$\sim 3_m$因此表示所有其元数少于三个的集合的集合，2_m与$\sim 3_m$合取，于是2成了所有二元集合的集合。

逻辑主义的这套做法也可以说为“构造”，后来卡尔纳普将其推到极点，甚至要把整个世界也经由感觉语言的逻辑化“构造”出来；然而，有什么意义呢？我们只能说，这套做法只是为数学构造了一个精致的模型，在这个模型里，概念与直观是脱节的，它丝毫未曾触及任何直观的内容，它只是用一场单纯从概念到概念的游戏来重新“表述”来自直观的数学概念和定理，靠它根本不能真正发现任何数学定理，难怪有人不无讽刺地说，罗素是一位“从来没有证明过一个数学定理的数学家”。王国维先生的比喻：“如观鱼龙之戏，但示吾人以器械之种种作用，而其内部之联络及构造，则终未之示也。”可谓一语中的的的确不刊之论。罗素发现悖论，写信告诉弗雷格，使弗雷格深感震惊，他在刚要出版的《算术的基本法则》第二卷末尾写道：“一位科学家不会碰到比这更难堪的事情了，即在工作完成之时，它的基础垮掉了。当本书等待付印的时候，罗素先生的一封信把我置于这种境地。”[①]被罗素悖论弄垮了的，是弗雷格整套工作的基础，而不是数学的基础。事实上，还没有人发现过在数学家创造性的研究（包括证明）工作中所用的方法，与罗素导出悖论的方法之间，有什么内在的联系。罗素之于弗雷格，是以子之矛，攻子之盾，是逻辑主义自己在自相矛盾。幸亏这一矛盾只是局域性的，不像癌细胞那样会弥漫扩散，罗素能够用类型论来防止它。但是，类型论虽限制了矛盾的出现，却同时又限制了“逻辑”重新表述数学定理的能力，罗素不得不又引进“可归约公理”来疏通逻辑与数学之间的渠道。“可归约公理”极其生硬，完全是特设性（ad hoc）的，人们不承认它是逻辑固有的规律。逻辑主义至此技穷。

早期曾经相信逻辑主义的维特根斯坦，后来反戈一击，颇能击中逻辑主义的要害。他说：“罗素式的逻辑证明，只在它也具有几何的说服力时，才是有说服力的。这样一种逻辑证明的缩略形式可能具有这种说服力，因此也是一个证明，而以罗素的方式充分展开的结构则不是证

① 转引自胡作玄著《第三次数学危机》，四川人民出版社1985年4月第1版，第91页。

明”，“证明的逻辑确定性并未超过其几何确定性。”[①]维特根斯坦丰富的数学思想以笔记形式写下，往往索解为难，而上面引文的意思则很清楚，他区分“逻辑证明”与具有“几何的说服力”和“几何确定性”的证明，所首肯的是后者，这与弗雷格和罗素拼命追求建基于滴水不漏的最终逻辑基地上的重新证明（事实上也没有做到），显然大异其趣。维氏的“几何确定性”，与康德的“直观确定性”则应该是同一旨趣。他下面的一段话，更是直截了当地投了康德一票：“现在我能否说，把证明理解为对于被证明命题的‘可构造性的证明’，在某种意义上是比任何别的理解更简单、更基本的理解。”[②]逻辑主义者试图通过只运用逻辑概念重新构造全部数学，来表明数学命题都是分析判断，关于这一点维特根斯坦又是站在康德一边，他机智地用活生生的数学事实来显示数学命题是综合判断。他这样写道：“数学命题的综合特征最明显地出现在这种情况下：素数的出现是不可预言的。”“它们是综合的，并没有妨碍它们是验前的。我要说，人们会认为它们不能得自于某种对于它们的概念的分析，倒实在是要靠综合来确定概念。”“素数的分布对于什么可以叫做验前综

① 《维特根斯坦全集》第七卷，徐友渔、涂纪亮译，河北教育出版社2003年1月第1版，第122页。

② 同上，第117页。

合的，会是一个理想的事例，因为人们会说，素数不可能靠对它作概念分析而发现。”[①]

维特根斯坦后期哲学关注的重点是“语言游戏”，他说：“我将把语言和活动——那些与语言编织成一片的活动——所组成的整体称作‘语言游戏’。”[②]但维氏哲学不是语言理论，其目的恰恰是要治疗语言理论造成的对语言的误解。例如，语言理论会把用“a”、“b”标示数字，或标示石块，或标示颜色，都说成“标示”。维特根斯坦一针见血地指出：“人们把对语词用法的描述弄得相似了，但语词用法本身却没有因此变得相似。”[③]维氏哲学要将形形色色的“语言游戏”拉回到各自的“原始居所”进行考察，不同的“语言游戏”之间最多只能有“家族相似”，不可能有什么“共同的本质”；在这样的考察中也会发现，某些所谓“哲学问题”，其实是由于语言的误用而产生的。

维特根斯坦对数学的思考就体现了他的语言哲学的基本思想。数学是一种特殊的“语言游戏”，要理解数学的

---

① 《维特根斯坦全集》第七卷，徐友渔、涂纪亮译，河北教育出版社2003年1月第1版，第181页。

② 《哲学研究》，维特根斯坦著，陈嘉映译，上海人民出版社2001年7月第1版，第8页。

③ 同上，第10页。

本性，必须体贴到数学语言和数学活动的本真状态上去。不理解数学的本性，任何理论都是无用的；而理解了数学的本性，则任何理论都是多余的；人们不能通过等待一种理论对数学获得根本理解。弗雷格和罗素为数学寻找逻辑基础，其实是在建立新的语言游戏，希尔伯特的形式主义"元数学"，其实也是在建立一种新的语言游戏。①然而，对一种游戏的理解却不能依赖构造另一种游戏。康德通过解剖理性的结构追溯数学之可能性的源头，维特根斯坦则多方、具体、细密地考察作为一种"语言游戏"的数学活动；为了理解数学的本性，对读这两位大哲，将会是十分有益并且有趣的。

（刊于2006年第3期《社会科学》）

---

① 形式主义比逻辑主义的好处在于，它通过自身的演进认识到了自身的限度。哥德尔的"不完全性定理"是一招探底的绝活，探到了公理化、形式化处理数学问题的底线。公理化、形式化的框架无法承担数学活生生的生命机体，因而对数学本性的哲学理解也难有贡献。哥德尔探到了底线，因而能越过底线，他后来对数学的哲学思考，颇多可以与康德、维特根斯坦对话的亮点。

看热闹，也想看点门道

从来没有想过要做正儿八经的“书评人”，但近多年来，为了应付考核填的“成果”表中，竟多半是书评文字，否则就连最起码的字数标准都不够。幸好单位的领导比较宽容，学术规范执行得不是很严厉，我也就腆着脸一次一次地蒙混过关了。所以会至此者，自己反省，除了这样那样的外因，生性喜欢看热闹是重要的内因。自我定性“不学而好学”；这“不学之好学”颇类于不会踢球的球迷，不会演戏的影迷，看热闹又免不了说三道四，发为文字，就成了“书评”。

最近几个月，又在看一场大热闹——“刘心武揭秘红楼梦”。刘先生对《红楼梦》的解说，想象丰富，表述精彩，内在逻辑性很强，非常吸引人。但刘先生自诩他说的全套离奇故事，就是对曹雪芹家世和身世中实际发生过的事实的“考证”，我自始即很怀疑；而红学界人士与刘先生的争吵，又大多说的是无谓的气话。看热闹，也想看出点门道，于是去翻看各种抄本版本、资料编集和新老红学论著，越看越有趣，越看越来劲，几至于耽溺其中，不能自拔。

这样乱翻书，结果有二，一是心里比较清楚了，一是心里更加糊涂了。清楚的是，“红说”与“红学”之间有条界线。像刘心武先生的“红说”，除了一两点聪明偶得之处，是根本说不上考证的。历史考证确有其规范（不是“引文注出处”“行文如公文”之类），就像研究物质结构的物理学有其规范一样；印度四大，中国五行，或者质量互变，无限可分等等说辞，再繁富再圆通，也不是物理学。然而，读《红楼梦》的人多，随意谈说《红楼梦》的人多，这正是《红楼梦》永久魅力和价值之所在。红说大天地，红学小世界，小世界的规范，自不必强加于大天地，二者本可以互存互补，和平共处。

糊涂的是，近百年来的红学考证，研究和讨论过那么多问题，除了个别论断因新出材料被排除外，几乎没有一个重要问题得到过客观、圆满、公认的解决。雪芹谁子？脂砚何人？雪芹卒于何年，寿数几何？曹家抄没回京归旗后是“中兴”还是“小康”？《红楼梦》的成书是“一稿多改”还是“二书合一”？后四十回是续补还是原有？续补则续补者是否高鹗？甚至《红楼梦》的作者究竟是不是曹雪芹？所有这些问题上都有异说，各持一说彼此攻难的又多为名家，撇开间或难免的意气之争，各说立论也都有理有据，符合规范。面对这种局面，作为读者该何去何从？以名气大小、权威高低为取舍标准吗？显然不行。所以说，红学有趣，红学也让人糊涂。

我想，我们外行的读者，在红学问题上如果不愿糊涂下去，至少自己心里有个清楚的结论，那就是被逼到非得做“法官”的地步了。既是外行，却要对内行、专家甚至名家之间的争讼做法官，是不是狂妄？我说可以不是。譬如一件复杂的民事诉讼，对于它的原原本本、来龙去脉、利害关系，两造当事人才是真正的专家，法官则是外行，但法官可以在了解了案情的重要环节后，根据他所掌握的法理和法规做出判决。红学问题上各说纷歧，持说者有他的研究规范，读者则可以根据“评价规范”对同一问题的不同解答鉴别其优劣。这“评价规范”属于通常所说的“方法论”，有点类似于法官判案的法理和法规。

方法论我二十年前读过一些，也是为了看热闹，因为那时科学哲学、波普尔爵士正走红中国；看得多了，自以为也看出了些门道。但讲方法论的人往往有个毛病，就是空讲，不应用于活生生的研究实例。就像毛主席批评过的，手里拿枝箭搓来搓去，空自赞叹“好箭好箭”，却不去射靶子。这次我想改改这个毛病，在红学问题的认识上，试着用一用方法论的有关原理和规则。

过去胡适先生特别喜欢联系红学讲“方法”，当然他讲的主要是研究方法。后来余英时先生也强调红学研究应该有“方法论自觉”，他在《近代红学的发展和红学革命》等大文中对红学研究状况深致不满，认为红学应该有一个“范式转换”，从“曹学”考证转向以《红楼梦》文本和曹雪芹构思为主的研究。我的“想用一用方法论”，目的远为有限，只想对某些具体问题的不同解答做些比较。以上是我近几个月读书和思考的一个大略；所谓思考，其实只是一些想头，能不能实现，尚在未定之天。

（刊于2006年1月18日《中华读书报》）

读《破译红楼时间密码》

一年多前，在《中华读书报》上读到青年学者陈林先生的文章，介绍他当时尚未出版的《破译红楼时间之谜》一书，说他用新方法证明了《红楼梦》一百二十回是个整体，后四十回绝非续作，与前八十回同出于一位作者，这位作者不是曹雪芹，而是曹雪芹的父亲曹頫。《红楼梦》的作者问题向来有异说，近一二十年异说更多；所以单就结论而言，陈先生的研究似乎并不新；新是新在“方法”，陈先生是通过用历法知识和算命术知识推论小说结构中元春的生日和死期，进而得出他对作者问题的结论。据报道，“北京一位不愿透露姓名的著名红学家”特地去查了《爱新觉罗宗谱》，查得曹寅长女、平郡王妃曹佳氏生于壬申年（康熙三十一年，1692年），与陈先生推证元春生日的结论一致。“元春的原型即曹佳氏”，在红学家中是少有的一个共识；且陈先生并非先从史料得知曹佳氏生年，再以“推论”去凑泊，而是仅凭小说中透露的“信息”就考出了元春的生日。考虑到这两点，上述“一致”就特别令人感兴趣，所以我等着读这本书。今年年初，书由江苏美术出版社出版了，书名改为《破译红楼时间密码》。最近承王洪波先生赐寄一本，我比较认真地读了，有正反两方面的意见，写在下面。

一、确有发覆之见

陈先生全部论述的核心，是对小说后四十回里两条材料的分析和考证。第八十六回写薛姨妈、宝钗和薛蝌谈说贾府，“里头吵嚷出来，说娘娘病重”，宝钗随即说起当初算命先生给元春算的命，带出元春的生辰八字：甲申年，丙寅月，乙卯日，辛巳时。又，第九十五回讲到元妃薨逝：“是年甲寅年十二月十八日立春，元妃薨日是十二月十九日，已交卯年寅月，存年四十三岁。”这两条材料里有矛盾，陈先生谓之“常识性错误”：第一，按元春甲申年生，甲寅年死，应该存年三十一岁，而非四十三岁，错误十分明显，一眼就可看出。第二，按元春八字，根据命理，完全算不出算命先生的那些结论；但结论是对的，符合元春的命运，所以一定是八字错了，元春的八字，应是另外八个字。要看出这一点，须熟悉命理知识。陈林先生边学习，边研究，通过读《三命通会》，不仅看出这个错误，更进而以元春的“命理特征”为已知条件，运用所掌握的命理知识，像做几何题那样，反推元春八字，乃是壬申年，壬寅月，壬子日，辛亥时，与史料上曹佳氏生年记载一致；且那一天是正月初二，与小说明写的元春生于正月初一，只差一日，也可视为一致。（按宝钗说的元春八字，元春生日为正月十五）

有意思的是，按陈先生推得的元春生年和上引第九十五回中的元春死期，减一减，她确实是“存年四十三岁”；那么小说所写元春死期是对了？是又不然。这里须分三个层面，真实历史的层面、小说内在结构的层面和小说文本明写的层面。在真实历史层面，曹佳氏可能真的活了四十三岁，文本也明写元春四十三岁，但在小说的内在结构中，元春绝不可能活这么久。按小说的时间进程，元春死期在省亲后不到四年，若存年四十三岁，则省亲那年元春近三十九岁；写与省亲同年事的第三十三回，王夫人哭求贾政不要打宝玉：“我如今已将快五十岁的人了，只有这个逆障。”然则王夫人是十一岁生的元春，岂非咄咄怪事。

那么小说的内在结构中，元春应死在何时呢？这一点，陈林先生考出来了，考得很精彩。第五回元春判词最后一句：“虎兔相逢大梦归”，有的抄本作“虎兕相逢大梦归”，公认是说元春的死期。十二生肖与十二地支配对，虎对寅，兔对卯；兕即犀牛，牛对丑。所谓“虎兔相逢”或“虎兕相逢”，无非是说元春死期应在分别以丑、寅、卯为标记的年份和月份的某个交合处。八十六回宝钗述算命先生语："可惜荣华不久，只怕遇着寅年卯月，这就是比而又比，劫而又劫"，是说元春将死在寅年卯月。上引九十五回语，又谓"元妃薨日甲寅年十二月十九日，前一日立春，已交卯年寅月"；古人有以立春为新年之始者，若十二月十八日立春，则可说十二月十九日已交新年，甲寅年次年为乙卯年，新年第一月为寅月，故谓"卯年寅月"。但甲寅、乙卯之际的立春并不在甲寅年的十二月十八日，而在乙卯年的正月十二日；因此九十五回所谓"前一日立春"的"元春薨日"，是历谱上根本不存在的日子。然而，"立春"却是一个暗示，虽然以丑、寅、卯为标记的年份和月份，其交合日子甚多，但加上"立春"这一条，就只有"壬寅年十二月二十九日"才符合条件：按历谱（郑鹤声《近世中西史日对照表》），是日立春，且此月小尽，翌日即是癸卯年新正，寅年与卯年相接，可说"虎兔相逢"；十二月即丑月，壬寅年十二月即寅年丑月，故又可说"虎兕相逢"。全都说通了。

小说文本明写的元春生年和死年，与陈林先生考出的、小说结构中暗寓的元春生年和死年，四个年份有微妙的关合。明写是甲申和甲寅，暗寓是壬申和壬寅；明写较之暗寓，生年和死年同步后移了十二年，故明写错中有对，存年数是对的，三十一岁。按先后排序，这四个年份是：暗寓生年，明写生年，暗寓死年，明写死年。一头一尾，都与历史的真实有关：暗寓元春生年已证与曹佳氏生年一致，小说将真事隐去，又暗示出来；明写元春死期也可能与曹佳氏死年一致（这一点如得到史料记载的印证，所有的关合就简直天衣无缝了），则是真事真语，但在小说结构里却又是个“错误”，然后再“错”添一笔：“前一日立春”，又成了指向暗寓死年的主要线索，“错”上加“错”，负负得正，恰如一往一返，重新回到小说的真实结构。总之，八十六回和九十五回中的这两条材料，连“错误”都有用，一字不可弃去，由此可见小说作者的运思之巧，也可见读懂了这两条材料的陈林先生用心之细。

前两年读余英时先生的《红楼梦的两个世界》，余先生提倡红学研究摆脱“曹学”拘囿，采取以小说文本为主要对象、作者构思为主要问题，且仍以历史考证为主要方法的新范式。当时颇感疑惑，作者构思完全是作者脑子里的事情，最灵活不过，最难以捉摸，怎么“考证”呢？现在觉得，陈林先生的上述考证，倒可为新范式提供一个范例。陈先生所谓“元春的真实生日和死期”，是小说内在结构层面上的“真实”，属于作者的构思。小说结构中的“真实”，并不桩桩件件都对应着历史的真实，其对应的方式，也不像传记或年谱那样直截；碰巧发现有对应，对于了解和理解作者的构思会有极大的帮助。

拿元春的死年来说，壬寅年不是曹佳氏的死年，而是康熙的死年；元妃薨逝乃是“假语存”，康熙驾崩才是

“真事隐”。小说中，人物有原型，事件也有原型。甲戌本第十六回回前评语：“借省亲事写南巡，出脱心中多少忆昔感今”，明言元妃“省亲事”的原型是康熙南巡；后四十回的作者又把元妃死期隐晦曲折地安排在康雍易代之际，暗示元妃薨逝的原型是康熙驾崩。前后呼应，点出历史的真实：曹家是靠着康熙皇帝这棵“大树”才繁盛兴旺，“树倒猢狲散”，新皇帝雍正登基，曹家也就走上末路了。

后四十回作者对元春死期的煞费苦心的写法，借用“脂批”中的一句常言来说：“非经过写不出”，可知这个人对曹家“知根知底”。陈林先生由此论定他一定是曹家的成员，并且后四十回不是续作，与前八十回构成一个整体，可说理据相当充分。陈先生进而断言《红楼梦》全部一百二十回的作者是曹頫，也是一项可以继续求证和讨论的假设。但陈先生自称他的结论是“逻辑的必然”，是“唯一可能的解释”，甚至是像“皇帝没有穿新衣”那样，“不需要勇气、只需要坚持常识”就能一眼看出的事实，就不仅是自信过坚，且更是对历史考证的方法论性质完全缺乏了解，实际是根本误解，尽管陈先生也喜欢谈“方法”。

二、并非"逻辑必然"

历史考证中，证据与结论的关系，并非结论从证据中演绎地推论出来，而是论者受证据的启发，归纳地假设出来。假设的结论必须能合理地解释证据；如找到更多的证据，能用假设的结论解释通，假设就受到进一步的支持。要说"逻辑必然"，其方向原不是从证据到结论，而是反过来，从结论到证据。例如，确定后四十回作者对曹家"知根知底"，是一个事实证据，则陈先生假设此人是曹頫，就可以合理地、"逻辑必然"地解释这个证据。但是同一个（或同一堆）证据，可以合理解释它（或它们）的假设往往不止一个。上世纪八十年代，戴不凡先生为文论证曹雪芹并非《红楼梦》"一手创撰"的原作者，而是先有一部原稿，曹雪芹"巧手新裁"，对其作了重大加工，成为现在的样子。戴先生进而考定原作者是曹頫的哥哥、曹荃次子名"竹村"者，也是一个假设。戴先生没怎么论后四十回，但戴先生的假设同样可以合理解释后四十回作者对曹家"知根知底"的事实。可见，陈林先生的"曹頫说"并不是什么"逻辑必然"的"唯一"结论。

"曹頫说"还有没有别的更多的事实证据呢？没有了。陈先生是靠着一个更大的假设——自传说，来论证其"曹頫说"的。贾政对应曹寅，贾珠对应曹颙，贾宝玉对应曹頫，那么作者就是曹頫；如此而已。平心而论，自传说确比“明珠家事”一类的“他传说”和索隐派的“政治小说说”自然得多，合理得多，但是自传说的含义十分含混，不同的研究者可以有不同的对应法。且曹家人写曹家事，已经是“自传”，并不“必然”要“作者即是宝玉”，在家族的范围内，作者以他人为主人公，也还是自传，这里的“可能性”真自多着呢。当然，研究者总要认定一种可能性，投注特殊的“信念”，把它当做“事实”，才能进一步开掘，形成系统的论证，这不仅是允许的，而且是必要的；这就是胡适先生说的“大胆假设，小心求证”。否则，老是停留在设想种种可能性上，知识就无从进展。陈林先生“以小说证史”，假设小说中的人与事必要时可以视为历史真实中的人与事，假设了小说人物与曹家真实人物之间的一种对应法，又假设对应贾宝玉的曹家人即是作者，这才得出“作者曹頫说”。如果陈林先生有一点方法论的自觉，能意识到自己的论证原来需要那么多的假设，该不会再说那结论是“逻辑必然”的、“唯一可能”的了吧。

陈先生以小说暗寓的元春死年为“时间原点”，来寻找“红楼历纪”与真实“朝代年纪”之间的对应点，这做法本身是很好的。结果是有对上的，也有对不上的。如与曹佳氏生年对上了，死年则对不上。又如壬寅年黄河大决口对上了，而以五十八回写老太妃死对应康熙嫡母死，就对不上，相差三年。奇怪的是，在没有史证材料可以对证的事例中，陈先生却断定从小说“反射”到真实时必定是对的；如陈先生算出小说中宝玉生日，以为必是曹頫生日，于是碰到曹頫九岁当江宁织造的怪事，然后又强行解释这并非不可能等等。看来陈先生是太追求“自圆其说”了，他下意识里一定是认为越能自圆其说就越真实。这一点与刘心武先生的“秦学”倒很相像。但是须知，自圆其说只是真实的必要条件，不是充分条件。在没有史证材料的情况下，一往地只图自圆其说，越走越远，这种做法并不可取。我相信，只靠强行解释来通过难点、求得自圆其说，则可能的“假设”会更多，“曹頫说”就更难说有什么逻辑必然了。

例如，曹寅在次子珍儿夭殇后有诗：“予仲多遗息，成才在四三；承家望犹子，努力作奇男。”（《楝亭诗别集》卷四）是说他的弟弟曹荃儿子多，不像自家人气孤冷，只剩一枝“独苗”曹颙，于是把“承家”的希望寄托在三侄和四侄（曹頫是四侄）的身上。所谓“成才”，绝不会指写鸿篇巨制小说的才能，而是“经义谈何易，程朱理必探”方面的“才”。曹頫值得曹寅如此寄望，与贾宝玉那种不读孔孟书、惯欠风月债的德性完全相反。再说，按陈林先生考，宝玉对应曹頫，显得年龄太小，必须强行解释；而既云曹荃“多遗息”，则不妨假设还有五子六子（戴不凡先生即云“不排除有五子”），干脆在曹頫的弟弟中找宝玉原型，岂不方便？我并无意新立一说来反驳陈林先生的“曹頫说”，或与之争胜，因为立此一说又会在其他方面碰到必须强行解释才通得过的困难；我只是想以此表明，陈林先生把自己投注了过度“信念”，而其实得靠强行解释才通得过的结论，说成“逻辑必然”，在方法论上是明显不当的。

陈林先生把他所论证的结论，说成像“皇帝没有穿新衣”一样，是无需勇气、只需坚持常识就能看出的“事实”；这是打了一个完全错误的比方。皇帝明摆着没有穿衣服，赤膊游街，这是人人心中都有数的；除了一个“黄口无知”的小儿，大人们都不敢说出这个事实，恰恰是因为缺乏勇气，而不是缺乏常识。历史考证所追究的“事实”则相反，它在暗处，不在明处，不是一眼能看出的，否则，“考证”何为？历史事实是一过性的，过去了，不会重演，往往同一个事实，历史学者考证的结论却不同。依方法论如理言之，考证所得并非“事实本身”，而是“关于事实的知识”。关于同一个“事实”，会有不同的多项“知识”，彼此间的关系，或弃取，或互补，都难说有什么逻辑上或事实上的“必然”。历史考证的恰当比方是“瞎子摸象”。历史学者是明眼人，但看不见暗处的事实，只能通过文献记载等材料来摸索；这与巨然大象在明处，瞎子们看不见，只能用手来摸索，就明与暗的关系而言是同构的。（如同印章可以刻成阳文，也可以刻成阴文。）瞎子摸象，各得片面，互补合成，庶几全象；或者，某一位瞎子富于经验，善于学习，这里摸摸，那里摸摸，从各个角度、不同深度去摸，也可单独庶几全象。但是无论如何，历史考证上是不会出现像明见“皇帝未穿新衣”这种情况的。

从善意出发，应该将陈先生的具体研究与他赞誉不实的自我评价区分开来，不要因为他自我表扬太过引起反感，而导致对他研究成绩的忽视或否定。但问题在于，陈先生出格的自我评价已经干扰到他自己的研究，例如对于脂砚斋、畸笏叟批语真伪的辨别。陈先生上来就颁布一条标准：凡是与其“曹頫说”不相协调，可据以对“曹頫说”质疑的批语，统统是伪造。陈先生敢于订这样的标准，端赖于自信“曹頫说”是“逻辑必然”，是“唯一可能”，所以一切与之相矛盾的都在蔑弃之列。陈先生的“逻辑”，就好比某位动物学家声称“天下乌鸦一般黑”，而当有人捉一只白乌鸦给他看时，他便宣布：“白乌鸦不是乌鸦”，从而保证“天下乌鸦一般黑”的“真理性”。但如果把“曹頫说”视为假设，则遇到与之不协调的证据，正确的学术态度就会视之为一个“问题”，去作进一步深入的研究，或者化解不协调，保住假设，或者修正假设。同样，“白乌鸦”的存在也是提出了“问题”，生物学家会去研究，是怎样的一种基因机制，导致了乌鸦毛色的变异。只有这种态度，才能使知识深化，学术进步。而像陈林先生那样的态度，就只能说是知性上的专制了，它只会取消问题，不能解决问题，对学术有害无益。

（刊于2006年9月20日《中华读书报》）

《红楼梦》作者问题的一些方法论思考

一、“事实本身”与“关于事实的知识”

如果中学生语文考卷中提这样一问：“《红楼梦》的作者是谁？”每个考生都会毫不犹豫地写下“曹雪芹”三字。现在语文教学和考试讲求“知识点”，“《红楼梦》的作者是曹雪芹”，便是一个最普通、最铁定的“知识点”。人们不问这项“知识”是从哪里来的，就像每天自顾吃饭，而不问“饭是从哪里来的”一样。但要是真的问一下，回答大概和小孩子说“饭是从锅里来的”差不多：这项知识是老师在课堂上讲的，或人人都是这么说的，或《红楼梦》书封面上明标着“曹雪芹著”。

晚近有一派讲“知识社会学”的科学史家，主张甚至连科学知识都并非出于“理性”，都不是什么真理，而是由对权威的信任等等社会因素“建构”起来的；验诸现实，许多情况确实如此。关于“饭是从哪里来的”，妈妈说“是妈妈用锅子烧出来的”；爸爸说“是爸爸从粮店里买来的”；当过农民的爷爷说“是爷爷在地里种出来的”。起先小孩子最信妈妈，后来跟爸爸逛街，信了爸爸，年岁渐长后，信了爷爷；但最终的信取，似乎并不完全由于爷爷的权威。关于“《红楼梦》的作者是曹雪芹”，“老师说的”或“人人都这么说的”，等于“妈妈说”；书封面上明标着“曹雪芹著”，等于“爸爸说”；“爷爷”怎么说呢？“爷爷”这里不是单数，是复数，是红学专家们；红学专家的说法，分歧就大了。多数的“爷爷”也说《红楼梦》是曹雪芹一手创撰的，这可以叫做“原作论”；另有不少“爷爷”则说，在曹雪芹之前已有一部别人写的原稿，曹雪芹巧手新裁，对其作了重大加工，成为现在的样子，这可以叫做“改作论”；“改作论”中，那位神秘的原稿作者究竟是谁，又有不同说法。绝大多数读者，信“妈妈说”或者“爸爸说”就满足了，但是想搞清楚事情原委的一部分读者，听了“爷爷”们的各种声音，不免陷于困惑，究竟信从谁呢？笔者自认为属于这样一个读者群。“事实本身”只有一个，“关于事实的知识”却有多个——“原作论”和说各不同的“改作论”；相互争论的红学家都说得头头是道，有理有据，对权威的信任于是并不能帮助我们做出选择。看来，“社会建构论”的知识学至少对红学问题不管用，这里还是需要

“理性”，需要“方法论”，来对关于同一个“事实”的不同“知识”作一番梳理、比较、评价。这样做的结果，虽然不一定能帮助“事实”本身的呈现，至少，可以澄清已有“知识”的秩序，明确问题导向，减少无谓争论，使认识的客观形势明朗化。

以方法论的自觉看待红学问题（乃至别的许多历史考证问题）上的各种异说，首要的一点是意识到：“事实本身”与“关于事实的知识”是两个不同的范畴，必须加以区分。人们常说：认识应与事实相符。这话已经隐含“认识”和“事实”是两个东西的意思，否则谈不上相符不相符；但必须两个东西都在明处，才能看它们是否“相符”。困难的是，历史事实却不在明处，恰恰在暗处。历史事实是一过性的，过去了，不会重演，所谓“复原历史事实”，其实是运用证据和推理构建“关于事实的知识”。“有理有据”者，“理”即推理，“据”即证据。从积极方面言，“理”和“据”是构建知识、接近和通向事实真相的必要途径；从消极方面言，“理”和“据”自身的性质及其相互关系又会成为知识的限度。妨碍在“关于事实的知识”和“事实本身”之间画等号的那条界限，并不是主观设定的，而是“理”和“据”在构建知识过程中的运作方式客观上决定的。红学问题的争论中，论者每谓自己说的是客观事实，对方则是主观想象、猜测；甚至意气用事，出现“下大批判一等”的激烈语言，这是缺乏方法论自觉的表现。即使像刘心武先生那样主观想象特别丰富以至过度的“红说”，他也有他的理据，是可以从方法论的观点进行考察和批评的。

二、只关心“本事”的传统“红学”

有人赞呼：“大哉《红楼梦》，再论一千年”，我意这是就《红楼梦》在艺术上和思想上的永久价值而言，至于带有史学考证性质的《红楼梦》研究和曹雪芹研究，即所谓“红学”，可以资用的材料实在是不多。红学问题的困难，正是苦于“文献不足征”。[①]

大要可以分为三类：一是现存《红楼梦》各种抄、刻本的本文和写在上面的许多批语（有三千多条），批语少数署名，多数不署名，署名最多的是“脂砚斋”和“畸笏叟”，从批语中看得出，他们与曹雪芹关系密切，深知并一定程度上参与了《红楼梦》的成书过程，所以“脂批”是研究红学问题的重要证据，其中包含不少有关作者问题的“信息”，但往往可以作不同的解读。二是与曹雪芹相识、相熟的人的有关诗文和记载，可以叫做“实录型”材

① 对红学的形势，应该有清醒的认识，研究队伍庞大，成果多，园地繁荣，但硬问题的进展不容乐观。余英时先生提出“红学危机”的说法，是切中要害的。

料，照理此类材料应是最可靠的证言，可惜数量太少，行文又都过于简略，作不同解释的空间很大。三是《红楼梦》问世、传世之后，一些文人学士写的与《红楼梦》、曹雪芹有关的随笔、札记之类，他们与曹雪芹没有什么干系，多数晚于曹雪芹很久，所写乃得之于传闻，可以叫做“传闻型”材料；此类材料只是旁证，运用时须当仔细辨析，不可直接信据。[①]

传闻性的随笔、札记之类，提到《红楼梦》，多说

---

① 另有一类材料，即与曹雪芹上世（特别是曹寅）有关的方志、族谱、诗文集，以及康雍朝的许多奏折、御批等等，但是曹雪芹的名字从来没有在这类材料中出现过，而依据这类材料的研究成果却不比直接研究《红楼梦》与曹雪芹的成果为少。“红学”开山之作、胡适先生的《红楼梦考证》一文，也是论曹寅的篇幅多于论《红楼梦》和曹雪芹的篇幅，所以余英时先生有“红学”蜕变为“曹学”的批评。刘梦溪先生不同意余先生，认为“曹学有助于对《红楼梦》的理解”，这也不无道理。但是问题在于，“曹学”的中心人物是曹寅，而不是曹雪芹，“曹学”与曹雪芹脱节，只有不绝如缕的一线联系。所以与其说“曹学”有助于“红学”，不如说“红学”生出了“曹学”，推动了“曹学”。试想，要不是与曹雪芹、因而也与《红楼梦》有关系，红学家们哪来这么大的兴趣去研究曹寅呢？当然也应该注意到，红学家在沟通“曹学”和“红学”、利用“曹学”材料研究“红学问题”上已经作过不少可贵的努力。

作者是曹雪芹。然而也有异词，如陈镛的《樗散轩丛谈》就说：

《红楼梦》实才子书也，初不知作者谁何，或言是康熙间京师某府西宾常州某孝廉手笔。[①]

认曹雪芹为作者的，对雪芹的情况则往往说错。《随园诗话》中的两条可算是最早了，但袁枚错把雪芹当成了曹寅的儿子。《诗话》卷二：

康熙间，曹楝亭为江宁织造，……其子雪芹撰《红楼梦》一部，备记风月繁华之盛，中有所谓大观园者，即余之随园也。[②]

卷十六提到见秦淮壁上三首题诗：

深得竹枝风趣，尾署“翠云道人”。访之，乃织造成公子啸厓所作，名延福。有才如此，可与雪芹公

---

① 《红楼梦卷》，一粟编，中华书局1963年12月第1版，第349页。

② 《随园诗话》，袁枚著，人民文学出版社1982年9月第2版，第42页。

子前后辉映。雪芹者，曹楝亭织造之嗣君也，相隔已百年矣。[1]

袁枚是曹雪芹同时代人，竟以缅想古人的口吻谈论雪芹，可见传闻之容易走样。袁枚之后又百年的俞樾就错得更离谱了，他在《小浮梅闲话》中也引了上引《随园诗话》卷二的那段话，随即云："则曹雪芹固有可考矣"，隔若干行后又加一注："纳兰容若《饮水词集》有《满江红》词，为曹子清题其先人所构楝亭，即曹雪芹也。"[2]俞樾不知曹子清即曹寅，"考"的结果，竟把曹寅的字和所写的词，都栽到曹雪芹头上去了。看来，曲园先生并未真的去考证。

传统时代的人读《红楼梦》，注意的重点在小说的"本事"，对作者的情况并不认真关心，这是传统时代小说的地位不高所致。与阅读心理也有关系，一部脍炙人口的小说，背后有实事，人们谈论起来就有劲了。如果再能挖掘出离奇的情节，就更加有劲，甚至越离奇，越信以为实。时至今日，也还是如此。刘心武先生的"红说"影响之大，就是明证。中世纪的神学家说："正因为荒谬，所

① 《随园诗话》，袁枚著，人民文学出版社1982年9月第2版，第543页。

② 《红楼梦卷》，第391页。

以才相信。”文学入人之深，亦有相似的机制。宗教和艺术创造的精神世界，是可以令人起“实感”的。

《红楼梦》的“本事”，谓“记故相明珠家事”的居多，贾宝玉的原型即明珠之子纳兰容若[①]。此外，有谓记和珅家事的[②]，有谓记傅恒家事的[③]；还有谓“当是康熙末，允禩诸人夺嫡事。宝玉非人，寓言玉玺耳。”[④]这后一说是索隐派的先声。其实，读《红楼梦》而关注“本事”的，都可以说为索隐派。只是“索隐派”一名后来专

① 如《郎潜纪闻》云：“小说《红楼梦》一书，即记故相明珠家事，金钗十二，皆纳兰侍御所奉为上客者也。”（见蒋瑞藻编《小说考证》，上海古籍出版社1984年7月第1版，第199页。）又如《能静居笔记》云：“曹雪芹红楼梦，高庙末年，和珅以呈上，然不知所指。高庙阅而然之，曰：‘此盖为明珠家作也。’后遂以此书为珠遗事。”（见《小说考证》第708页。）

② 如《谭瀛室笔记》云：“和珅秉政时，内宠甚多，自妻以下，内嬖如夫人者二十四人，即《红楼梦》所指正副十二金钗是也。”（见《小说考证》第201页。）

③ 《小说考证》编者蒋瑞藻云：“予尝见《随园诗话》批本，中一则云：‘乾隆五十五六年间，见有抄本《红楼梦》一书，或云指明珠家，或云指傅恒家，书中内有皇后，外有王妃，则指忠勇公家为是。’此说鲜道及者，录之以备异闻。”（见《小说考证》第203页。）

④ 见《小说考证》，第200页。

指从“大历史”中索隐本事，视《红楼梦》为一部“吊明之亡，揭清之失”的政治小说那一路了，不妨名之为“大索隐”；则索隐某某家事的，可谓之“小索隐”。人们各索其隐，莫衷一是，却并不互相起争论。索隐派还是属于比较随意的谈说，并未形成有严格规范的“红学”。

即使长于考证的学者，也是关心“本事”甚于关心作者。周春（1729—1815）是乾嘉间名儒，有《尔雅补注》《十三经音略》《读经题跋》《类说》《悉昙奥论》《佛尔雅》等著述。他在程高刻本行世后写《阅红楼梦随笔》，开首云：

> 乾隆庚戌秋，杨畹耕语余云：“雁隅以重价购抄本两部，一为《石头记》八十回，一为《红楼梦》一百二十回，微有异同。爱不释手，监临省试，必携带入闱，闽中传为佳话。”时始闻《红楼梦》之名，而未得见也。壬子冬，知吴门坊间已开雕矣。兹苕估以新刻本来，方阅其全。相传此书为纳兰太傅而作。余细观之，乃知非纳兰太傅，而序金陵张侯家事也。忆少时见爵帙便览，江宁有一等侯张谦，上元县人。癸亥、甲子间，余读书家塾，听父老谈张侯家事，虽不能尽记，约略与此相符，然犹不敢臆断。再证以《曝书亭集》《池北偶谈》《江南通志》《随园诗

话》《张侯行述》诸书，遂决其无疑义矣。案靖逆襄壮侯勇长子恪定侯云翼，幼子宁国府知府云翰，此宁国、荣国之名所由起也。……其云林如海者，即曹雪芹之父楝亭也，楝亭名寅，字子清，号荔轩，满洲人，官江宁织造，四任巡盐。①

周春为了坐实“序金陵张侯家事”，特地查证《曝书亭集》等书，表现出清醒的考证意识。但对作者问题、对曹雪芹仍然是不关心，随手抄《随园诗话》，除了袭袁枚之错，以雪芹为曹寅子外，又更增错，把曹寅说成“满洲人”。

最不可解者，《随笔》正文《红楼梦约评》竟有“曹雪芹赠红楼女校书诗有‘威仪棣棣若山河’之句”云云。此句显然也是抄自袁枚，却又抄错了。上引《随园诗话》卷二语之后，袁枚接着写道：

明我斋读而羡之。当时红楼中有某校书尤艳，我斋题云：“病容憔悴胜桃花，午汗潮回热转加。犹恐意中人看出，强言今日较差些。”“威仪棣棣若山河，应把风流夺绮罗。不似小家拘束态，笑时偏少默时多。”

① 《红楼梦卷》，第66页。

明我斋即富察明义，可能与曹雪芹相识，与袁枚是忘年交。袁枚所引二诗，是明义题红楼梦绝句二十首的第十四、十五首，分别题咏林黛玉和王熙凤。[①]袁枚看来没有读过《红楼梦》，不知其内容，竟把红楼闺秀误认为青楼校书。可怪的是周春读过《红楼梦》，却仍旧“红楼女校书”云云，还把明义的诗系在曹雪芹名下。《随园诗话》道光四年刊本也误作“雪芹赠云”，其时周春死已多年，当然不可能是抄这个本子而致误；周春致误之由，百思莫解。但可以总而言之，过去时代人谈说《红楼梦》，关心只在其“本事”，对作者、对曹雪芹，实在是漫不经心。

三、“新红学”的基本问题

第一个将《红楼梦》作者作为考证问题郑重提出的是王国维先生。他在《红楼梦评论》的《余论》中写道：

> 自我朝考证之学盛行，而读小说者亦以考证之眼读之，于是评《红楼梦》者，纷然索此书之主人公为

① 说据吴世昌《红楼梦探源》，北京出版社2000年10月第1版，第636、637页。

谁，此又甚不可解者也。

若夫作者之姓名（遍考各书，未见曹雪芹何名）与作书之年月，其为读此书者所当知，似更比主人公之姓名为尤要。顾无一人为之考证者，此则大不可解者也。

苟知美术之大有造于人生，而《红楼梦》自足为我国美术上之惟一大著述，则其作者之姓名与其著书之年月，固当为惟一考证之题目。而我国人之所聚讼者，乃不在此而在彼，此足以见吾国人之对此书之兴味之所在，自在彼而不在此也。①

王国维写《红楼梦评论》，主要是以读叔本华哲学的体会来阐发《红楼梦》的思想义蕴。他在文末转而提出上述问题，其意思是，不言考证则罢，若要“以考证之眼”读《红楼梦》，以考证之学治《红楼梦》，则首要的问题就是作者问题，当然应该包括成书经过问题。静安先生虽只提及“其作者之姓名与其著书之年月”，似乎把问题缩小了，但这实在是反映当时对作者问题所知之少（连曹雪芹的名讳都不清楚），也预示后来的“红学”研究作者问题时将会遇到的巨大困难。而所谓“吾国人对此书之兴味之所在，在彼而不在此”，即使在“红学”已蔚

① 《红楼梦卷》，第262、263、265页。

为学术领域之大国的今日，情况也没有根本的改变。严格规范的“红学”与随意兴发的“红说”，彼此之间，畸轻畸重，形势十分明显。这其实不是什么坏事情，红说大天地，红学小世界，大天地天长地久，正是《红楼梦》的价值所在。而在纷纭嘈杂的红学小世界里，又有另一种的畸重畸轻，关于曹雪芹的先世，知道了一大堆，但是曹雪芹与这“一大堆”之间的联系，以及曹雪芹本人的情况，却迄今所知甚少，且非常暧昧。不管怎么说，王国维提出的问题，是为具有严格规范的现代新“红学”开了头，定了调。

后来发现的一些材料，王国维当时无缘见到，所以他不知道曹雪芹名霑。敦敏《懋斋诗钞》一诗题开头即云：“芹圃曹君别来已一载余矣”，“芹圃曹君”下侧注一个“霑”字。敦诚《四松堂集》一诗题云“寄怀曹雪芹”，下面也侧注一个“霑”字；又一诗题云：“赠曹芹圃”，下面注曰：“即雪芹”。张宜泉《春柳堂诗稿》有“题芹溪居士”，自注云：“姓曹名霑，字梦阮，号芹溪居士，其人工诗善画”；又有“伤芹溪居士”，自注云：“其人素性放达，好饮，又善诗画，年未五旬而卒。”这些人都是认识熟悉曹雪芹的，王国维的问题得到了回答。但静安先生只是点到而止，他所提问题的意思，实际上是要将曹雪芹作为历史考证的题目，尽可能多地了解曹雪芹和他著书的情况。只知道一本书作者的名字，其他一无所知，则这个名字只是一个象征性的符号，不能说已经知道了这本书的作者，尤其是像《红楼梦》这样的大书。

以严格的历史考证意识和方法实施“红学”研究，始自胡适先生，他的《红楼梦考证》（简称《考证》）一文被视为新红学的开山之作。《考证》中写道：

> 我们只须根据可靠的版本与可靠的材料，考定这书的著者究竟是谁，著者的事迹家世，著书的时代，这书曾有何种不同的本子，这些本子的来历如何。这些问题乃是《红楼梦》考证的正当范围。[1]

王国维说：“固当为惟一考证之题目”。胡适说：“乃是考证的正当范围。”两位文史大家在表述“红学”基本问题时，连用语都几乎相同。

四、胡适《考证》再验

胡适《考证》的得失如何呢？首先应该记住，适之先生当时受到材料严重不足的限制，像敦敏、敦诚兄弟的集子等重要材料他都未能看到，无法利用；但适之先生还是

① 《胡适红楼梦研究论述全编》，上海古籍出版社1988年3月第1版，第86页。

旁搜远绍、细密运思，获得不少新知。他纠正了曹家旗籍归属上“镶蓝旗”等误传，考定应为“正白旗”；他广泛钩稽材料，对曹寅其人及家世有了初具完整性的了解；他根据《熙朝雅颂集》里二敦兄弟的一卷诗和其他材料，考定敦诚的生卒年，并进而推定曹雪芹的生卒年，可以说极其精确。关于雪芹卒年，后来红学家有“壬午（1762年）除夕”和“癸未（1763年）除夕”二说，争得不可开交；两派所据材料，胡适写《考证》时都不曾见到，但他推定雪芹卒于1765年左右，可谓目光如炬。[①]总之，胡适《考证》的筚路蓝缕之功是绝不应低估的。

然而另一方面，《考证》之所得，相对于适之先生自己提出的红学基本问题来说，只是外围战有所斩获，最重要的两点结论，即“著者是曹雪芹”和“雪芹乃曹頫之子”，适之先生的论证，其理据是相当薄弱的。但须知，这也仍然是客观条件所致，是不能怪适之先生的。如果说，著者是谁的问题，后来有进展而无定论，则雪芹谁子的问题，迄今都未能前进一步，以致刘梦溪先生称之为“红学三大死结”之一[②]。但这个问题又特别重要，不解

① 有点吊诡的是，关于曹雪芹的生平，所知最确切的，仍然要数争论最激烈、且迄无定论的卒年问题。寿数问题，生年问题，争论虽不如卒年问题激烈，而所知也含糊得多。

② 另两个死结是脂砚何人和续书作者问题。

开这个死结，曹雪芹无处安顿，以曹寅为中心的“曹学”就始终显得与“红学”无关；这里也可见出红学的尴尬。

关于“著者是曹雪芹”，胡适只有传闻性的材料可用，于是引了《随园诗话》卷二的那一条，理由是“《红楼梦》的旁证材料，要算这一条为最早”；未引其他，想必以为既是传闻，且时间在后，作为“证据”是没有多少力量的。所引也谨慎地承认只是“旁证材料”，谨慎地得出结论：“我们因此知道乾隆时代的文人承认《红楼梦》是曹雪芹做的。”[①]但是在最后结论的时候，胡适先生就不太谨慎了：“总结上文关于‘著者’的材料，凡得六条结论”，其第一条就是：“《红楼梦》的著者是曹雪芹”[②]。我们知道，“一加一等于三”和“张三认为一加一等于三”是很不同的，前者肯定错，后者可能对；适之先生不够谨慎地将两者等同了。曹雪芹自云“批阅增删”，胡适认为是“假托的缘起”，信袁枚而不信曹雪芹，胡适其实是在两种不同说法之间作了主观选择，没有作什么“考证”。外证不足，是客观条件，无可奈何的；但《红楼梦》本文和批语里隐藏着许多与作者问题有关的“信息”，后来红学家对“著者是曹雪芹”置疑和立异，也多从“内证”下手，适之先生显然未在这方面下工夫。

---

① 《胡适红楼梦研究论述全编》，第87页。

② 同上，第108页。

当然也应考虑到，胡适当时可用的本子不多，甲戌本、庚辰本都是写《考证》后很久才得到的。

关于雪芹谁子，胡适写《考证》初稿时，也信从袁枚，以为雪芹乃曹寅子。后来看杨钟羲《雪桥诗话》，其中说“雪芹为楝亭通政孙”，即致函询杨钟羲，得知出自敦诚《四松堂集》，又从敦敏、敦诚诗句得知二敦与曹雪芹熟识，乃断定曹寅和雪芹是祖孙关系，非父子关系。胡适终于寻访到了《四松堂集》，杨钟羲谓“雪芹为楝亭通政孙”，所据乃敦诚“寄怀曹雪芹”一诗的自注：“雪芹曾随其先祖寅织造之任”。据此可以纠正袁枚，曹寅不是雪芹的父亲，而是其“先祖”；但说曹雪芹曾“随寅织造之任”，却又是错的。曹寅卒于康熙五十一年（1712），雪芹卒于乾隆二十七年（1762年）或二十八年（1763年），取雪芹寿数最长的一说（张宜泉：“年未五旬而卒”），雪芹也不可能出生在曹寅死前，何得“随织造任”呢？周汝昌先生谓此注“盖刊书者宜兴所误加”[1]，但未说明理由。宜兴是敦诚的堂弟，敦诚死后，宜兴为刻《四松堂集》，敦敏也参与其事。周先生可能因为敦诚与雪芹熟识，对雪芹的身世，应知道得很详确，不至于错成这样，故断定乃宜兴之误。其实，人对即使特别熟悉的朋

---

① 《红楼梦新证》，周汝昌著，人民文学出版社1976年4月第1版，第720页。

友，其家世和幼年经历也未必尽知、确知，这并不违反常情。不管雪芹“随寅织造之任”的误说是谁的，总之说明，即使实录性的直接材料也得谨慎对待。顺便提一句，胡适完全可以不假杨钟羲就知道曹雪芹不可能是曹寅之子，因为他自己考得雪芹“生于康熙末年（约1715——1720）”，而曹寅知名当世，其卒年（1712）更不难考见，据此立即可以得出雪芹非曹寅子的结论。适之先生在这点上是疏忽了。

雪芹既非曹寅子，那么雪芹是谁的儿子呢？胡适的结论是曹雪芹乃曹頫子。论证如次：《满洲八旗氏族通谱》卷七十四“曹锡远”名下，曾孙辈有：

> 曹寅，原任通政使司通政使；曹宜，原任护军参领兼佐领；曹荃，原任司库。

元孙辈有：

> 曹颙，原任郎中；曹頫，原任员外郎；曹颀，原任二等侍卫，兼佐领；曹天祐，原任州同。

胡适据此认为“原任员外郎”的曹頫是曹寅次子；又已知：“曹寅死后，曹颙袭织造之职。到康熙五十四年，曹颙或是死了，或是因事撤换了，故次子曹頫接下去做。”这样，在曹頫和贾政之间就有三点对应：

> 《红楼梦》里的贾政，也是次子，也是先不袭爵，也是员外郎。这三层都与曹頫相合。故我们可以认贾政即是曹頫；因此，贾宝玉即是曹雪芹，即是曹頫之子。①

胡适先生这是在自传说的大前提下，以小说来证史。上述论证中有个错处，即曹頫其实不是曹寅的儿子，而是曹寅弟曹荃的儿子，因曹寅子曹颙“袭织造之职”三年后也死了，康熙特命曹頫入嗣曹寅，继任江宁织造；这事在后来发现的内务府档案中有明白记载。也是后来才发现的《辽东曹氏宗谱》也记曹頫为曹荃子。这些胡适都未看到，错了也不必负责；我们感兴趣的是他解决“雪芹谁子”问题时所全般依赖的“小说证史”法。

五、“小说证史”法小议

胡适主张自传说，《红楼梦》的“本事”就是曹雪芹的身世和曹家的家事。按照通常情理揣想，自传说是要比

---

① 《胡适红楼梦研究论述全编》，第102、103页。

他传说合理；批语中有很多将小说情节与曹家联系起来发的感慨，既表明批者与曹家关系密切，多半就是曹家人，又等于直接点明小说所传乃曹家家事。然而《红楼梦》毕竟是小说，其中固然会有很多实事素材，必定还有更多虚构或改写实事的成分。困难在于，根本无法在小说的人物和情节中划一条界线，使得一边是实事，另一边是虚构。“小说证史”的做法，常常是找出若干个已知的实事，再找出小说中的描写，使二者能够对应，然后将小说中与对应点相关联的内容反过来映像到现实，便以为挖掘出了未知的历史事实。胡适先生考证曹雪芹为曹頫子，就是这种办法。胡适用此法，还是用得相当有分寸的，至周汝昌先生就自由到几乎没有限度了。例如周先生认为元春实有其人，先为“宝亲王”（乾隆为皇子时的封号）的妃子，随乾隆登基成为皇妃；省亲实有其事，大观园实有其址等等，进而推论曹頫被撤职抄家，曹家回京归旗后又有过一次“小中兴”。刘心武先生更以小说家的想象力对周说大加发挥，甚至构思出元春被“弘皙逆案”余党劫持残杀的离奇情节，更说这就是历史上的事实。所有这些“史实”都是从小说“证”出来的，此外再无丁点的实证材料，不必说“对不对”，“可信不可信”，它们先已不具备“历史考证”的资格了。

先对应、后反射，以小说证史的方法，运用起来常会碰到不能对应或硬对应就导致矛盾的情况。用此法者或是未意识到，或是意识到了，就只得把不能对应的地方当作小说的虚构了事。就拿贾政对应曹頫、贾宝玉对应曹雪芹，因此贾政和宝玉的父子关系必对应曹頫和曹雪芹的父子关系来说，里面就有问题：已知曹頫奉旨入嗣袭职时不到二十岁，按曹雪芹生年最晚的一说（周汝昌谓雍正二年）算，曹頫生雪芹时应不到二十九岁；小说里宝玉的侄儿贾兰只小他两三岁，以小三岁计，再以宝玉早死的哥哥贾珠十七岁生贾兰计，则贾珠至少大宝玉十四岁，然则曹頫不到十五岁就已经生儿子了，这也太早了点。再者，曹頫袭职后所上奏折中自称“黄口小儿”，康熙御批说他“无知小孩”，根本不像已有家小的样子。那么，贾珠该如何对应呢？最直截的办法就是说贾珠乃是虚构，不必找对应；但是这样岂不显得“小说证史”法颇有顺我者昌、逆我者亡的专横。我不敢说“小说证史”法绝对不能用。此法容易带出的矛盾好比癌肿：无视其存在，会使肿瘤蔓延；一概禁止又好比化学疗法，杀死癌细胞的同时，把正常细胞也杀死了。真是不好处。最好是既能杀死癌细胞，又能不伤正常细胞，这就有赖于考证者的运用之妙了。从小说中得出的结论，在“反射”到现实以后，如果还能另外找到史料的佐证，哪怕只是微弱的旁证，也足以令人欣喜，但这很大程度上得靠运气。“小说证史”，本来就是史料阙如情况下不得已的办法嘛。

史家喜欢讲“史诗互证”，这里面一个“互”字很重要。“小说证史”就更需要“史证小说”来补充。古人做诗，触景生情，因事生感，发为韵语，其中人、地、时的架构，事情的原委，都是真实的。但是写小说，即使其中有许多事实的元素，作者也必会拆解重组，加上想象和虚构。所以“以小说证史”比“以诗证史”不知难上多少倍。这里有三个层次，小说文本，作者的构思，历史事实；文本中即使是事实的成分，要据以认识历史，也须考虑中间已经过了作者构思的加工。

高阳先生和刘心武先生同为小说家，同样读红研红，同样认为“秦可卿淫丧天香楼”一节有“本事”，愿作“小说证史”的探索；但他们做此事的方法论态度却是全然不同的。高阳先生在《红楼倾谈》一文中表示与赵冈先生有一“契合独深”的看法，即“宁国府影射曹寅妻舅、苏州织造李煦一家”，因此推论“新台之丑”的男主角应是李煦，女主角应是李煦之子李鼎的妻子；他并从李煦奏折中所言其生母病逝事，猜测李母死因或与丑闻泄露有关，如此则丑事发生时间也有系属。高阳先生俨然学者风范，史家途辙，他在绾合有关史料作出上述“大胆假设”之后，又指出四条进一步“小心求证”的可行线索[1]。但刘心武先生的“考证”却只是编故事，他只管把故事编得

---

① 《红楼一家言》，高阳著，生活·读书·新知三联书店2001年1月第1版，第100页。

滴水不漏，别的什么都不管。他说秦可卿的“原型”是胤礽的女儿、弘皙的妹妹，从小被曹家偷偷地抱养，后来被元春的“原型”向新皇帝告发，最后被新皇帝赐死。刘先生的故事确实“逻辑性”很强，却没有丝毫文献资料可以作为支持的证据，他也没有任何要去找证据的意向；甚至，刘先生似乎还以不存在与此事相关的实证材料为幸，这样，他编的故事虽不能“证实”，却也不能“证伪”了。一项关于史实的“考证”，既无证实的可能性，又无证伪的可能性，从方法论的观点看，它已经算不上考证了；即使因其离奇性和逻辑性而拥有广大的信众，它也绝不属于受到支持的理性知识。

六、从“实录型”材料看

胡适写《考证》之后，络续出现了一些新材料，是直接间接与曹雪芹有关系者的著述，如敦敏《懋斋诗钞》，敦诚《四松堂集》，张宜泉《春柳堂诗稿》，富察明义《绿烟琐窗集》等。其中少许诗文涉及曹雪芹，综合起来看，可以得知曹雪芹的一些情况，但却没有一条能无歧义地坐实雪芹著《红楼梦》之事。

张宜泉《春柳堂诗稿》有“怀曹雪芹”“和曹雪芹西郊信步憩废寺原韵”“题芹溪居士”“伤芹溪居士”等几首诗与曹雪芹有关，一点也没有提及《红楼梦》。二敦兄弟与雪芹交好，他们的有些诗句可以朝曹雪芹写《红楼梦》上解释，但也可以另作解释。如敦诚“挽曹雪芹”二首有“牛鬼遗文悲李贺”“开箧犹存冰雪文”等句，“牛鬼遗文”“冰雪文”即被释为《红楼梦》，但显得很勉强。周策纵先生说：“我以为‘牛鬼遗文悲李贺’指的就是《红楼梦》，李贺当然只以诗出色，可是《红楼梦》的文字正是像李贺那种呕心刻骨、诡谲光怪的诗一样。”[①]周先生这是拿对文字的感性体会来“说事”了。其实，敦诚在《四松堂集》另一处还说过：

> 余昔为《白香山琵琶琴传奇》一折，诸君题跋，不下几十家。曹雪芹诗末云：“白傅诗灵应喜甚，定教蛮素鬼排场”，亦新奇可诵。曹平生为诗，大类如此，竟坎坷以终。余挽诗有“牛鬼遗文悲李贺，鹿车荷锸葬刘伶”之句，亦驴鸣吊之意也。[②]

将敦诚的这段话一气通读，显然，“牛鬼遗文悲李贺”是对雪芹诗才的评价和称赞，与《红楼梦》是扯不上边的。至于“开箧犹存冰雪文”，同诗下面还有句：“山

---

① 《红楼梦案》，周策纵著，文化艺术出版社2005年2月第1版，第338页。

② 《红楼梦卷》，第6页。

阳残笛不堪闻”。正如余英时先生指出：“‘开箧犹存’的‘冰雪文’，明明白白是指‘山阳残笛不堪闻’的《闻笛集》。”[①]《闻笛集》是敦诚为纪念已故友人编的诗文集，其中有曹雪芹的文字，故挽诗特郑重及之。《闻笛集》已不存，载于《四松堂集》卷三的“闻笛集自序”中说：“检箧笥得故人手迹见寄者，或诗文，或书函，录辑成编，览之如共生前挥麈。”[②]可见也与《红楼梦》扯不上任何关系。

二敦诗句往曹雪芹著《红楼梦》上解释，且并不显得很勉强的也有。如敦诚“寄怀曹雪芹”诗有句：“残杯冷炙有德色，不如著书黄叶村”。敦敏“芹圃曹君霑别来已一载余矣。偶过明君琳养石轩，隔院闻高谈声，疑是曹君，急就相访，惊喜意外，因呼酒话旧事，感成长句”诗有句：“秦淮旧梦人犹在，燕市悲歌酒易醺”；“赠芹圃”诗有句：“燕市歌哭悲遇合，秦淮风月忆繁华”。这里，“著书黄叶村”、忆“秦淮旧梦”，都可解作写《红楼梦》。但考虑到有“改作论”，曹雪芹在别人写的原稿上呕心沥血，加工改写，未尝不可以说为“著书”，“忆

---

① 《红楼梦的两个世界》，余英时著，上海社会科学院出版社2002年2月第1版，第185页。

② 《懋斋诗钞·四松堂集》（影印合刊本），上海古籍书店1984年4月第1版，第278页。

繁华”。胡适写《考证》时，虽未见二敦集子，但据《熙朝雅颂集》引二敦兄弟四首诗后，下了三点结论：

> 1. 曹雪芹当时已很贫穷，穷得很不象样子了；2. 曹雪芹是一个会作诗又会绘画的人；3. 曹雪芹在那贫穷潦倒的境遇里，很觉得牢骚抑郁，故不免纵酒狂歌，自寻排遣。[①]

倒并没有从这些诗句里去找曹雪芹写《红楼梦》的证据，这又是他的谨慎。

值得认真考察一下的是明义《绿烟琐窗集》“题红楼梦”二十首绝句，其题注曰：

> 曹子雪芹出所撰《红楼梦》一部，备记风月繁华之盛。盖其先人为江宁织府，其所谓大观园者，即今随园故址。惜其书未传，世鲜知者，余见其抄本焉。

上文所引袁枚《随园诗话》卷二的一段话，可能就是引的它。明义究竟认识不认识曹雪芹？在红学家中是有争论的。这段话关键在“曹子雪芹出所撰《红楼梦》一部”此句，尤其是一个“出”字。单看这一句，自然的、首先

① 《胡适红楼梦研究论述全编》，第96、98页。

的解释是：曹雪芹向明义“出示”他所写的《红楼梦》，称雪芹为曹子，语气亲切，不仅证明明义认识曹雪芹，也证明《红楼梦》系曹雪芹所作。但是既云曹雪芹向其出示了《红楼梦》一书，随即又云“惜其书未传，世鲜知者，余见其抄本焉”，语义上既重复更有所不谐；细味这后一句，很像明义并非亲手从曹雪芹那里获睹《红楼梦》；“抄本”云者，必非针对刻本而言（雪芹生前没有刻本），只能是针对原稿本而言，但如是直接从雪芹手中获读，又何必斤斤于稿本、抄本之区别呢？所以首句也可解作：《红楼梦》本来是秘不示人的，只在亲属小圈子内传阅，现在曹雪芹拿出来了，愿意在较大范围公之于众了；称“曹子”，可以是亲切，也可以是尊重。若然，则用这句话证明明义熟识曹雪芹，便不能成立；而“雪芹撰《红楼梦》”，在明义也就不妨是得之于传闻，与“改作论”并不必然矛盾。

最值得注意的是裕瑞的《枣窗闲笔》。这书与前面提到的各书不同，多数篇幅是在讲《红楼梦》，它由八篇文章组成，除了最后一篇“《镜花缘》书后”，其余七篇都是对各种伪续《红楼梦》（如《后红楼梦》《红楼重梦》《红楼圆梦》等）作品的指斥和批评；裕瑞认为程高刻本的后四十回与曹雪芹无关，也算在伪续作品之列。关于《红楼梦》的成书经过，裕瑞有这样一段话：

> 闻旧有风月宝鉴一书，又名石头记，不知为何人之笔。曹雪芹得之，以是书所传述者，与曹家之事迹略同，因借题发挥，将此部删改至五次，越出越奇，乃以近时之人情谚语，夹写而润色之，藉以抒其寄托。曾见抄本卷额，本本有其叔脂砚斋之批语。[①]

如果胡适先生写《考证》时就看到了《闲笔》的这段话，他在论定“著者是曹雪芹”上一定会更费踌躇，甚至连“我们因此知道乾隆时代的文人承认《红楼梦》是曹雪芹做的”这样谨慎的话都难说了。裕瑞是明义的外甥，自己并不认识曹雪芹，按年龄也不可能认识，但他说：“闻前辈姻戚有与之交好者”；关于曹雪芹和《红楼梦》的创作情况，裕瑞虽也不过是得之传闻，但传递环节较少，可算比较直接。再说，裕瑞是几乎整本书都在论《红楼梦》，想要弄清楚作者是谁的意识相当明确，他的话无论如何比好为大言欺世的袁枚可靠得多。

但胡适《考证》之后，“著者是曹雪芹”已被多数人接受，几成定论，所以“原作论”首先考虑的是化解这段话对自身的威胁。余英时先生就不相信裕瑞，理由是甲戌本卷一上有条眉批：

---

① 《红楼梦卷》，第113页。

雪芹旧有风月宝鉴之书，乃其弟棠村序也。今棠村已逝，余睹新怀旧，故仍因之。

余先生说：“我很疑心裕瑞这一整段话根本就是根据甲戌本正文及评语改写的，而又走失了原文的意思。”①然而我们也可以换一个说法：裕瑞是对“原文的意思”作了“改作论”的解释，余先生则作了“原作论”的解释。关键在于批语中“旧有风月宝鉴之书”的“旧有”二字。“原作论”释“旧有”为“旧撰有”，曹雪芹“旧撰有”《风月宝鉴》一书，又“增删五次”，修改成后来的《红楼梦》。“改作论”释“旧有”为“旧藏有”，曹雪芹“旧藏有”别人写的《风月宝鉴》原稿，“巧手新裁”成现在样子的《红楼梦》。吴世昌先生即持后说，他对上引批语的解读，重点在探索“棠村序”的下落，写下了大块文章，非常复杂，本文无暇论及，但基本论点十分明确：“我历年以来长久怀疑《红楼梦》的前身——《石头记》或《风月宝鉴》不可能是雪芹作品。”②

《闲笔》上引文后不远处又有一段话：

---

① 《红楼梦的两个世界》，第156页。

② 《红楼梦探源外编》，吴世昌著，上海古籍出版社1980年12月第1版，第456页。

殊不知雪芹原因托写其家事，感慨不胜，呕心始成此书，原非局外旁观人也。若局外人徒以他人甘苦浇己块垒，泛泛之言，必不恳切逼真如其书者。

周汝昌先生认为这段话足为“原作论”张目，故而批评裕瑞在“自打嘴巴”①，余英时先生也表示同意②。表面粗粗一看，这两段话像是有点自相矛盾，尤其当以“原作论”的观点读之。问题是裕瑞的心里是否自相矛盾？是否既认为原作，又认为非原作？这显然是不会的。周先生强调“旧有风月宝鉴一书”在裕瑞只是“闻”而已，后一段话才是裕瑞“自己的意见”。然而即使裕瑞“自己的意见”是“原作论”，又何尝不是“闻”来的。后段话中“雪芹原因托写其家事”，一个“托”字，至少有与前段话中的“闻”字同样的重要性，可以从“改作论”解释：雪芹借“托”“旧有风月宝鉴一书”，改作以传述曹家的家事，从而寄“托”其无限的“感慨”。总之，裕瑞《闲笔》的这两段话，前一段明白是“改作论”，无法作“原作论”的解释；后一段“原作论”和“改作论”都可解释，合而观之，裕瑞是个“改作论”者。至于符合不符合

① 《红楼梦新证》（旧版），周汝昌著，棠棣出版社1953年10月第2版，第567页。

② 《红楼梦的两个世界》，第152页。

事实，那是另一回事。

七、从文本和脂批看

《红楼梦》各种本子和大量“脂批”中也包含着不少与作者问题有关的“信息”，困难在于，这些信息几乎都可以从不同的结论予以解释，“原作论”和“改作论”都可以说得通。胡适对“作者曹雪芹”和“雪芹曹頫子”的考证，本来就理据相当薄弱，在没有异说的情况下，可以认为问题暂时得到了解决；但是一当有异说出现，问题就继续存在着。

其实，问题是早在《红楼梦》文本中就存在的：第一回写空空道人将《石头记》“抄录回来问世传奇”，“改《石头记》为《情僧录》，至吴玉峰题曰《红楼梦》，东鲁孔梅溪则题曰《风月宝鉴》，后因曹雪芹于悼红轩中，披阅十载，增删五次，纂成目录，分出章回，又题曰《金陵十二钗》。”明言曹雪芹只是“批阅增删”，“原作论”以为伪托，但是为什么不可能是实话呢？即使在“改作论”看来，“批阅增删”也是谦辞，曹雪芹对此书的贡献远不止此，但谦辞背后的基本意思为什么一定是假的呢？

“原作论”最坚强的证据，要算甲戌本针对“批阅增删”一语的眉批：

> 若云雪芹披阅增删，然后（则、而）开卷至此这篇楔子，又系谁撰？足见作者之笔狡猾之甚；后文如此者不少。这正是作者用画家烟云模糊处。观者万不可被作者瞒弊（蔽）了去，方是巨眼。

但“改作论”其实也能读通这段话。在上引批语中，批者好像要否定“批阅增删”之说，用的是提问方式，而提问方式却又很怪：“开卷至此这篇楔子，又系谁撰？”“改作论”可以如是回答：“这篇楔子系曹雪芹增撰，整本书则是改作。”这样，批者的提问就不与“批阅增删”之说矛盾了。批者明知实情，不径直说出，却用这种似驳非驳的方式对付“批阅增删”之说，又何尝不是在以画家烟云法，故弄狡狯呢？从文字表面来看，曹雪芹本人是“改作论”，批者是“原作论”。他们两人成了后来“红学”上“改作论”和“原作论”之争的始作俑者，两个人你写你的，我批我的，合作造成一个迷局。那句“观者万不可被作者瞒蔽了去”的警告，本身就是瞒蔽之笔。使人不得不猜想这里有个心理上的“真实”，即曹雪芹和脂砚斋等批者自始就有意要瞒蔽读者，瞒蔽后人，让作者问题成为永远解不开的谜团。

《红楼梦》文本和脂批中，包含着作者问题信息却又可以从不同答案解释的语句非常多。第一回有一首脍炙人口的诗：

> 满纸荒唐言，一把辛酸泪；都云作者痴，谁解其中味。

就诗论诗，意思很明白：作者抹着“一把辛酸泪”，写下了“满纸荒唐言”；看官都会说作者是个痴心痴情的人，却没有谁能理解其中的真味；“作者”当然是指曹雪芹，“荒唐言”和“辛酸泪”都是他的。但是，如果联系甲戌本同页的眉批，此诗也可以作完全不同的解释。这条眉批说：

> 能解者方有辛酸之泪，哭成此书。壬午除夕，书未成，芹为泪尽而逝。余尝哭芹，泪亦待尽。每意觅青埂峰再问石兄，余不遇癞头和尚何？怅怅！

这条批语是曹雪芹逝年论战中“壬午说”一派的主要证据，这里且不谈。关键在于它将“辛酸泪”归于“能解者”，且“能解者”只能落实在“谁解其中味”一句中的“谁”字上，而这个“谁”字在诗句中显然是就著作者以外的人发问，当然应非“作者”。于是，“满纸荒唐言”

和“一把辛酸泪”不再属于同一个人，而是分属两个人，“荒唐言”是作者的，“辛酸泪”是“能解者”的；作者的“荒唐言”引出了“能解者”的“辛酸泪”。依批语，这位“能解者”不是别人，正是曹雪芹；他的“哭成此书”，也就只能作“补成”“改写成”来理解了。

又如第十三回回末写王熙凤协理宁国府，考虑首先要治理五项弊端，庚辰本眉批云：

> 读五件事未完，余不禁放声大哭。三十年前作书人在何处耶？

批者一定是因小说想到了现实生活中曹家的衰败之由，所以“放声大哭”。重要的是后一句，有论者先考定写此批的时间，前推三十年，曹雪芹还是未成年人，怎么可能就开始创作这部自称是写“半生潦倒之罪”的小说了呢？所以“三十年前作书人”一定是别人，他早就不知去向了，所以批者发问“在何处耶？”这是“改作论”对这条证据的运用和推论。但是“原作论”对这同一条证据作了相反的解释：“三十年前”不是定语，而是状语，只要在“三十年前”四字后，添一逗号，这一点就更加清楚；“在何处耶”不是问“作书人”完书后的去向，而是问现正作书的人，那时候“在何处耶”？如此，则可以是未成年，甚至可以是未出生。按前一种读法，这条证据是对

“改作论”的支持；按后一种读法，则化解了这一支持。

再看一个“改作论”化解支持“原作论”证据的例子。甲戌本第一回贾雨村口占“未卜三生愿”一律，侧批：

> 这是第一首诗，后文香奁闺情始不落空。余谓雪芹撰此书，中亦为传诗之意。

明言“雪芹撰此书”，无疑雪芹是一手创纂的原作者了。但是“改作论”换了一个读法，把这条批语中的第二个逗号移后一字，“雪芹撰此书”变成“雪芹撰此书中”，“此”字不再指“书”，而是指“诗”，意即曹雪芹将自己的诗写进别人原作的书中，藉以“传诗”；这一读法，文字似乎也更通顺一些，否则“中”字显得有点多余。当然曹雪芹完全可以在自己的书中写诗以“传诗”，但后一读法至少使这一条批语对“原作论”不起什么支持作用了。抄本本文和批语都无句读，究竟哪种读法符合批者原意，除非起脂砚、畸笏于地下，又何从得知？

诸如此类的例子很多。上述数例已经足以显示红学论争中“理”与“据”的方法论性质。并非“证据”本身已有确定不移的客观含义，其含义是“读”出来、“解释”出来的，而“解释”真正所“据”的，是先期已立的论点，这样的“论点”，如实言之，应被视为“假设”。

通常情况下，所谓“推理”，并不是从证据到结论的“演绎”，而是从假设到证据的“解释”，方向正好相反。“假设”碰到“证据”而能解释得通，“假设”就得到“证据”的支持，至少不被反驳。在研究的历程中，“假设”往往是受“证据”的启发而立的，二者处于互动的双向关系中；但就论证过程而言，“假设”逻辑上在先，先于“证据”，推理是根据“假设”对“证据”作出解释。往往同一个或同一堆“证据”，从不同的“假设”都可以解释得通。将一种“假设”可以解释通的“证据”，从对立的“假设”出发再解释一边，并不构成对前一种“假设”的反驳。上举各例就有这种情况。

历史考证上，“假设”总是对未知事实的假设，对同一个未知事实有不同的假设，也就是关于这个事实有不同的知识。不同的“假设”，依据它们在解释“证据”上的表现，是可以比较其优劣的。能够解释较多的“证据”，解释得较为通畅、顺当的，是较好的“假设”。反之，解释得很别扭，很牵强，就是不好的“假设”，在有较好的备选“假设”时，就会被淘汰。

然而须知，以“假设”在解释“证据”上的表现作为弃取标准，是不得已而为之的方法论标准。譬如一个反映司法无能的电影，它先已告诉你事实明明是什么，所以你知道法庭是判错了；但是历史考证上没有这样的便宜，那个“明明”的事实，在历史考证上恰恰是最为“暗暗”。

“事实”本身在暗处，又如何判断关于这个事实的多项知识中哪一项与其相符呢？于是只能在各项知识之间进行比较、选择，那个依据方法论标准显得最优的“假设”会被选中，暂时被认为就是正确的关于事实的知识，或曰与事实相符的知识。但也仅此而已，如果出现反面的“证据”或新的更好的“假设”，就得让位。

事件的亲历者要道出事实真相，其障碍往往在心理方面，在利害得失的考虑方面；历史事实的研究者要得知事实真相，其限度则在方法上面。方法既是进取的利器，又是进取的限度，确切地说，方法正因为是进取的利器，所以又构成进取的限度。方法是不得不用的，既用方法，又不能自觉方法之限度，此所以红学研究成果累累，而无谓争论亦复多多之一因也。总之，方法论的自觉不会使事情变得容易些，也许反而会使事情变得更困难些，因为它不允许将“关于事实的知识”轻易地等同于“事实本身”。红学问题的困难，客观原因是文献不足，有关曹雪芹的材料太少，无歧义解释的直接证据太少，因此推测想象的空间特大，立说容易，说中就困难了。然而困难所在，也正是它的魅力所在。

（刊于《传统中国研究集刊》第一辑，上海人民出版社2006年12月第1版。）

附：邓志峰先生来信

克艰先生道鉴：

大文拜读，甚是感佩，先生触手成文，皆具妙谛，虽非以红学名家，然能操戈入室，执其道枢，实得庄生环中之三昧。盖先生所论《红楼》作者争论之问题，实系历史事实甚至一切科学所言之事实在何种意义上得以成立之关键所在。昔荀子非十二子，然亦许其“持之有故，言之成理”，所谓故，约相当于今之所谓“根据”，所谓理，约相当于今所谓“逻辑架构”，有理有据而尚来荀子之非者，盖理之所存，蔽之所存，此即先生所云“从消极方面言，‘理’和‘据’自身的性质及其相互关系又会成为知识的限度”。去蔽之关键，不在“理”之精益求精，而在跳出此模拟构画之理，以西哲通之，则由现象而进至物自身；以东土言之，则言语道断，绝诸戏论，实证体认之学也（儒释颇有不同，此但浑沦言之）。由是言之，则《红楼》究系何人所作，无论“原作论”，抑或“改作论”，甚或曹雪芹其人之有无，皆可存而不论，吾人唯知天地古今曾有一巨眼英豪，作此一篇绝妙好辞可也。否则即便真为雪芹所撰，既经五次增删，则何者为原，何者为改？倘起斯人于九原，亦未必能知也。此义作者昔日亦必知之甚稔，故屡设迷局，“将真事隐去”，不欲人苟嚣嚣置辩于此，盖真事云云，假语云云，皆非必真实之所在，或当于渺渺茫茫中求之也。昔人有言，“自传即他传”，志峰今下一转语，曰“原作即改作”，不知先生以为然否？

近代以来，知性之学大昌，学者每以“理”相高，各不相下，实如盲人摸象，各得一偏，庄子所谓一曲之术也。道术将为天下裂，莫此为甚。志峰甚喜昔人之重本事过于重作者，虽以上文之例方之，可云“本事即非本事”，则其所为尚未得云究竟，或当更进一步，“假作真时真亦假，无为有处有还无”，置诸烟涛微茫之间；然较之后所谓红学诸家，津津于作者名氏之考核者，高下立判，盖一死一生，一乏味一有趣，所谓趣者，即天机也。

志峰于红学，素不能知，见先生之文，颇有惬于心，聊赘数语，但博一笑。谨此，即颂

大安

志峰

《罗生门》与《红楼梦》

——“认识论”二题

最近又看了一遍影片《罗生门》，引起一些联想；或者不如说，是因为读《红楼梦》和一些红学文章，对红学问题的困惑使我联想到《罗生门》。一部影视大片，一本文学巨著，涉及共同的“认识论”问题：一过性的事实，在众说纷纭的情况下，究竟可知不可知？因有如下二题之作。

一、心理需要与事实真相

《罗生门》本是芥川龙之介的一篇小说，而黑泽明编导的同名电影，则取材于芥川的另一篇小说《竹丛中》，两篇小说本来是毫无关联的。影片借“罗生门”为场景，让三个在这里避雨的人谈论“竹丛中”的杀人案；而小说的结构，则是胪列案件的几个证人和当事人在巡捕官署的陈述记录，除此之外，不着一字。影片结构上这样重新安排，使案子当事者陈述的不同的案情版本，通过与案子无关的对话者逐个讲述出来，更有效地唤起观者的强烈悬念：事实的真相究竟如何？抑或，事实的真相是否根本不可知？又通过对话者的议论“演绎”出这样的意思：人对事实的陈述不可信，是由于人心的缺陷，而这缺陷几乎是根本性的，不可克服。这意思，在小说里是引而不发的；文字的艺术不妨“隐”，视听的艺术则必须一定程度地“显”。

说罗生门下的对话者与案件无关，其实多少有点关系，其中的两位在巡捕官署作过证人：那个和尚三天前的中午曾在山路上遇见一个武士牵着马对面走过，马上坐着他的妻子，和尚认出胸口被扎过一刀的死者就是武士；那个樵夫则是首先发现死者的报案人，他说死者倒毙在离山路不远的林子里。第三位对话者确与案件无关，但很重要，正因为他不住地追问，悲天悯人的和尚和心事重重的樵夫才把旁听到的三个案情版本一一道出；这个似乎看透了一切的汉子还发挥了不少人间不如地狱、人性不如兽性的议论，以及事实真相不可得知的虚无主义“认识论”，竟使对人心之善尚存一线希望的和尚都差点同意了他。

三个版本分别属于远近闻名的强盗多襄丸，死者武士的妻子和死者本人；死者的话是借女巫之口说出的，这是艺术手法，可以信为死者本人想说的话，不必横生枝节。强盗骑着武士的马，带着武士的弓箭和腰刀，在逃逸的路上突然腹痛倒地，因此被捕手擒获，他当然是嫌犯；武士的妻子也在附近的庙里找到，两人被带到巡捕官署；女巫代言也在官署进行。强盗供认不讳，武士是他杀死的；女子则说，是她用自己的护身匕首刺死了丈夫；武士却说，自己是自杀的。

强盗是这样供述的：他在山路边息凉，见武士和那女子经过，便起了邪念。他将武士骗离山路，乘其不备，突然袭击，绊倒武士，将其捆绑在树上；又跑去骗那女子，说她丈夫突发急病，拉着她跑近武士身边，当着武士的面强暴了她。他既遂所欲，想要离开，女子挡住说："我不能在两个男人的面前出丑，你们两人必须有一个死。"于是他用长刀挑断捆绑武士的绳子，武士立即跳起，拔刀应战，经过二十多个回合，他终于取胜，杀死了武士。

女人则泣诉：强盗凌辱了她之后就溜之大吉，她跪伏在丈夫面前失声痛哭，丈夫却一言不发，那眼神既不是悲伤，也不是愤怒，而是充满着鄙视，冷酷无比，令她战栗。她苦苦哀求，请丈夫原谅，那武士始终一动不动，一言不发，冷酷的眼光直诛女人之心。她从草间拾回反抗强盗时掉落的护身匕首，割断绳子，递匕首给丈夫，宁愿他杀了自己，丈夫仍旧不言不动，眼光如剑。她绝望之下想与丈夫同归于尽，便以匕尖对准了丈夫，自己昏过去了；醒来后看到丈夫胸口插着那把短刀。

武士的版本最离奇：那强盗完事后，又花言巧语引诱女人随他去，做他的浑家，那女人不仅意肯言从，竟还指着被绑的丈夫要求强盗：“先杀了他！”闻言连强盗都大惊失色，一把将她掀倒在地，反问武士如何处置这个女人：“是杀了她！还是饶了她！”因这一言，武士从心底宽恕了强盗；女人逃走，强盗追之不及，回转来割断武士身上的绳索，也悻悻然走了。妻子的“背叛”和“狠毒”，使武士痛不欲生，拾起短刀，毅然自尽。

案情的真相究竟如何呢？罗生门下那个汉子的评论似乎可以作为总结：“人都自以为老实，都把对自己合适的话当做真话，而把对自己不合适的事情忘得一干二净，这样才心里舒坦。”可不是吗？人们说谎，往往并非有意说谎，而是真的以为自己说的是事实；心理陷溺在需要中，就会启动一种机制，能把自己不肯承认的事情，对自己不合适的事情，下意识地、自然而然地忘记掉，修改掉，以求得心里舒坦。当事人各说各的，看来真相是真的不可得知了。

然而，影片添加了小说中没有的第四个版本，是属于那个樵夫的。他其实躲在树丛后面，目睹了案情的全过程，只因事后从案发现场偷走了那把嵌螺钿、颇为名贵的匕首，心中有愧，所以开始不说，漏出的一句两句被那敏感的汉子抓住，追问不休，才说出他的版本：强盗强暴过武士的妻子后，请求原谅，还请求女人跟他走，他愿意金盆洗手，从此改恶从善，用劳动来养活她。女人二话没说，拾起匕首，跑近丈夫，割断绳索，两个男人明白她的意思，是要他们用决斗来决定她的命运。但两个男人都很懦怯，都怕死，不想战斗。武士说："我才不愿意为一个女人拼命呢。"还骂女人："在两个男人面前出丑，为什么不自尽。"那强盗也顺水推舟地奚落女人。女人气极，破口大骂，骂他们胆小鬼，骂他们名不副实。两人不得已才出手，且都本事平平，刀法不准，一个砍进树里，一个插进地里，拔不出来，决斗成了毫无章法的扭打。强盗终于碰巧从地里拔出长刀，刺死了武士，自己还在索索发抖。

这个版本可以认为（也应该认为）至少是基本真实的，否则黑泽明添这一笔岂不成了蛇足。黑氏这一增笔似乎又转进了一层意思：妨碍认知事实真相的道德缺陷和心理障碍，虽然难以克服，毕竟不是不可克服；樵夫既已承认了自己的过失（偷匕首），他就不受过失的障碍了，他能够道出事实的真相。影片末尾，罗生门后壁角下传出啼哭声，原来是个弃婴，那个以"人人都在作恶，我也不妨作恶"为人生哲理的汉子，剥下婴儿的外套就走。樵夫则抱起婴儿，准备带回家养，他对和尚说："我已经有六个孩子，再添一个也不过一样的辛苦。"和尚感谢他："幸亏你，我还可以相信人。"

但是，影片中仍有伏笔，仍留下了问题，值得深思，即，强盗用来刺死武士的究竟是长刀还是匕首？既然樵夫的版本为基本真实，我们不妨以此作参照来分析一下强盗、女人和武士的版本，连带也可以回答这个问题。

强盗的版本比较接近真实，因为确是他杀了武士。他把女人无言地割断绳索，改为女人主动说要两个男人决斗，是夸张了点，但女人确有这个意思。强盗的心理需要表现在把当时的怯懦怕死说成勇敢威猛，为此他还不惜夸赞武士的勇敢威猛来陪衬自己："能和我斗到二十回合以上的，只有他一人。"强盗当然不肯承认"决斗"中曾失手丢刀，所以刺死武士的只能是一直在手的长刀。

武士憎恨妻子，是因为受到强盗强暴其妻子得手过程（包括种种细节）的强烈刺激，从而把内心痛苦投射为无辜女人的"罪恶"，这是懦怯胆小而又妄自尊大、男尊女卑思想顽固的男人常会有的心理指向方式。武士说是自杀，其实想怪罪女人杀了他，女人割断绳子，要他与强盗决斗，确是他的间接死因。同时，他不肯承认输给强盗，说为自杀，也出于这种心理需要。因心理需要而下意识地编谎说事，分析起来，故事里总会有一两个事实的基点。武士说他死在匕首下，应该是事实，因为他临死知道刺进胸口的是匕首，心理并不需要在这种地方说谎。

女人其实未逃走，而是极度恐惧地旁观战斗。她看到匕尖对准丈夫时吓得昏死过去，醒来又看到丈夫胸前插的是匕首，而这场战斗正是她用匕首割断绳子挑起的，所以她自责自罪，认为是自己刺死了丈夫。她的心理需要是强调自己的行为另有原因，即丈夫那冷酷鄙视的眼光，以稍稍减轻一点自己并没有的罪责。这女人的心理需要实在很可怜，她完全不必要地自己跳进十八层地狱，唯一的需要是往上升一层。而刺死武士的是匕首，这一点她也没有必要说谎。

这样看来，扭打中强盗幸而到手的不是长刀，而是短刀，樵夫到底还是说了谎。樵夫是说了谎了，所以当武士说到“我死了，一个人的脚步轻轻地走来，从我的胸口拔去匕首”时，他坐不住了，霍地跳起，大声抗辩：“不对不对，他说的是假话，插在他胸口的是长刀不是短刀。”武士的假话多了，樵夫何以独独对这一条特别敏感、独独抗议这一条呢？是长刀还是短刀的问题，对别人不重要，对樵夫却至关重要。因为若是短刀，那么他的偷，就不是从草间顺手牵羊地拾取，而是从死人血淋淋的伤口拔取，性质要严重得多。樵夫心理上不肯承认，自己竟会这么忍心，所以他对和尚说：“有时候，我连自己的心思都摸不清。”

小说《竹丛中》的最后一节是“借巫师的口，死者幽灵的话”，而他的话最后一句也是：“我感到胸口的匕首被拔了出来，我的鲜血汩汩地往外冒。我就这样死了。”不管芥川写这句话是就事论事（刀总要被拔出来），还是另有寓意让读者去推演想象，电影《罗生门》的所有增笔，就是靠这句话与小说完美无缝地贴接在一起。小说是完整的，又是开放的，没有终止符；电影把小说的意思深进了一层，也是完整的，又仍然是开放的，同样没有终止符。人心缺陷与认知事实真相的关系问题，黑泽明并未给出最终的答案。

二、事实本身与关于事实的知识

说《红楼梦》的原作者可能不是曹雪芹，这在热爱《红楼梦》因而也热爱曹雪芹的广大读者中会是一个引起惊愕，甚至犯众怒的问题，但是红学界对此确实有很多的讨论和辩论。一方认为小说在曹雪芹之前已有一部原稿，曹雪芹巧手新裁，对其作了重大加工，成为现在这个样子，此可以称为“改作论”；另一方坚持前八十回无可置疑是曹雪芹一手创纂，其“著作权”不容剥夺，这是“原作论”；认为非曹雪芹原作的一方，关于原作的具体情况，亦复有多种说法。各方的论证，大多写得有理有据。

事实本身只有一个，关于事实的知识却有多种，彼此歧异、甚至冲突，这里的“问题情境”与《罗生门》有点相似。二者都提示我们，“事实本身”与“关于事实的知识”是两个不同的范畴，必须加以区分。但红学与《罗生门》二者的“问题情境”又有着实质的区别：《罗生门》中，三个当事人所陈述的“关于事实的知识”，之所以都不真，是由于各自心理的障碍；红学问题上各种不同解答之间的争论难以得到共识，“事实本身”难以呈现，则需要作方法论的省视。

红学上几乎所有的问题（作者问题是最重要、牵涉面最广的一个）都有不同的解答，这里未必有什么“心理需要”，虽然也存在某些论者急于取胜而强词夺理，或便词巧说的情况，但这并不重要，可以不论。关键在于，历史事实是一过性的，过去了，不会重演，所谓“复原历史事实”，其实是运用证据和推理构建“关于事实的知识”。“有理有据”者，“理”即推理，“据”即证据；从积极方面言，“理”和“据”是构建知识、通向事实真相的必要途径；从消极方面言，“理”和“据”自身的性质及其相互关系又会成为知识的限度。妨碍在“关于事实的知识”和“事实本身”之间画等号的那条界限，并不是主观设定的，而是“理”和“据”在构建知识过程中的运作方式客观上决定的。在此关键点上有清醒的“方法论自觉”，虽然不一定能帮助“事实本身”的呈现，至少，可以澄清已有知识的秩序，明确问题导向，减少无谓争论，使认识的客观形势明朗化。

“理”和“据”的自身性质及相互关系如何呢？举《红楼梦》作者问题讨论中的两个小例来说明。

现存各种《红楼梦》抄本上有大量批语（通称“脂批”），有署名，有不署名，署名最多的是“脂砚斋”和“畸笏叟”，他们与曹雪芹关系密切，深知并一定程度上参与了《红楼梦》的成书过程，所以“脂批”是研究红学问题的重要证据。

第十三回回末写王熙凤协理宁国府，考虑首先要治理五项弊端，庚辰本眉批云：“读五件事未完，余不禁放声大哭。三十年前作书人在何处耶。”批者一定是因小说想到了现实生活中曹家的衰败之由，所以“放声大哭”。重要的是后一句，论者先考定写此批的时间，前推三十年，曹雪芹还是未成年人，怎么可能就开始创作这部自称是写“半生潦倒之罪”的小说了呢？所以“三十年前作书人”一定是别人，他早就不知去向了，所以批者发问“在何处耶？”这是“改作论”对这条证据的运用和推论。但是“原作论”对这同一条证据作了相反的解释：“三十年前”不是定语，而是状语，只要在“三十年前”四字后，添一逗号，这一点就更加清楚；“在何处耶”不是问“作书人”完书后的去向，而是问现正作书的人，那时候在何处啊？如此，则可以是未成年，甚至可以是未出生。按前一种读法，这条证据是对“改作论”的支持；按后一种读法，则化解了这一支持。“原作论”本就占优势，化解了对对立论点的支持，似乎也就是对己身的支持。

再看一个“改作论”化解支持“原作论”证据的例子。甲戌本第一回贾雨村口占“未卜三生愿”一律，侧批：“这是第一首诗，后文香奁闺情始不落空。余谓雪芹撰此书，中亦为传诗之意。”明言“雪芹撰此书”，无疑雪芹是一手创纂的原作者了。但是“改作论”者换了一个读法，把这条批语中的第二个逗号移后一字，“雪芹撰此书”变成“雪芹撰此书中”，“此”字不再指“书”，而是指“诗”，意即曹雪芹将自己的诗写进别人原作的书中，借以“传诗”；这一读法，文字似乎也更通顺一些，否则“中”字显得有点多余。当然曹雪芹完全可以在自己的书中写诗以“传诗”，但后一读法至少使这一条批语对“原作论”不起什么支持作用了。抄本本文和批语都无句读，究竟哪种读法符合批者原意，除非起脂砚、畸笏于地下，又何从得知?

诸如此类的例子很多。上述二例已经足以显示红学论争中“理”与“据”的方法论性质。并非“证据”本身已有确定不移的客观含义，其含义是“读”出来，“解释”出来的，而“解释”真正所“据”的，是先期已立的论点，这样的“论点”，如实言之，应被视为“假设”。论者每谓自己的论点是“结论”，是从证据中“推理”出来的；既然证据是客观的，是事实，推理又是从正确到正确的思维过程，因而自己的论点必定正确，也因而对立方的论点只能是主观猜测，必定错误。这是缺乏方法论自觉的表现。

其实，通常情况下，所谓“推理”，并不是从证据到结论的“演绎”，而是从假设到证据的“解释”，方向正好相反。“假设”碰到“证据”而能解释得通，“假设”就得到“证据”的支持，至少不被反驳。在研究的历程中，“假设”往往是受“证据”的启发而立的，二者处于互动的双向关系中；但就论证过程而言，“假设”逻辑上在先，先于“证据”，推理是根据“假设”对“证据”作出解释。往往同一个或同一堆“证据”，从不同的“假设”都可以解释得通。将一种“假设”可以解释通的“证据”，从对立的“假设”出发再解释一边，并不构成对前一种“假设”的反驳。上举二例就是这种情况。

历史考证上，“假设”总是对未知事实的假设，对同一个未知事实有不同的假设，也就是关于这个事实有不同的知识。不同的“假设”，依据它们在解释证据上的表现，是可以比较其优劣的。能够解释较多的“证据”，解释得较为通畅、顺当的，是较好的“假设”。反之，解释得很别扭，很牵强，就是不好的“假设”，在有较好的备选“假设”时，就会被淘汰。

然而须知，以“假设”在解释“证据”上的表现作为弃取标准，是不得已而为之的方法论标准。譬如一个反映司法无能的电影，它先已告诉你事实明明是什么，所以你知道法庭是判错了；但是历史考证上没有这样的便宜，那个“明明”的事实，在历史考证上恰恰是最为“暗暗”。人们常说“认识要与事实相符”，但必须两个东西都在明处，才能看它们是否“相符”；若“事实”本身在暗处，又如何判断关于这个事实的多项知识中哪一项与其“相符”呢？于是只能在各项知识之间进行比较、选择，那个依据方法论标准显得最优的“假设”会被选中，暂时被认为就是正确的关于事实的知识，或曰与事实相符的知识。但也仅此而已，如果出现反面的“证据”或新的更好的“假设”，就得让位。

事件的亲历者要道出事实真相，其障碍在心理方面；历史事实的研究者要得知事实真相，其限度在方法上面。方法既是进取的利器，又是进取的限度，确切地说，方法正因为是进取的利器，所以又构成进取的限度。方法是不得不用的，既用方法，又不能自觉方法之限度，此所以红学研究成果累累、而无谓争论亦复多多之一因也。总之，方法论的自觉不会使事情变得容易些，也许反而会使事情变得更困难些，因为它不允许将“关于事实的知识”轻易地等同于“事实本身”。红学问题的困难，客观原因是文献不足，有关曹雪芹的材料太少，无歧义解释的直接证据太少，因此推测想象的空间特大，立说容易，说中就困难了。然而困难所在，也正是它的魅力所在。

（刊于2007年3月1日《南方周末》）

学着“看不起陈寅恪”

天才有可学，有不可学。杜甫可学，李白不可学；玻尔可学，爱因斯坦不可学；陈寅恪可学，钱钟书不可学。可学的天才自然有门徒，有后人，不可学的天才就往往不免寂寞了。历来学诗者多以读杜为正途，杜陵家数遂成千古典则；而天马行空的李白则吟道：“古来圣贤皆寂寞，惟有饮者留其名”，这是他的夫子自道。玻尔和爱因斯坦都没有带过研究生，但玻尔以他的研究所为核心创立了一个很大的学派；爱因斯坦则始终一个人独自思考，为他作传的A·派斯说这是爱因斯坦“最深的需要”；爱因斯坦晚年在普林斯顿相知最深的朋友也是一位不可学的天才，数学家哥德尔。陈寅恪有很多学生，亲其謦颏，得其指授，成为业绩卓著的史学家；而钱钟书的博闻强记、汪洋恣肆则没有人能学得来，所以他也没有标准意义上的学生，他虽拥有一个热闹非凡的“钱学界”，但他自己并不想要；爱因斯坦表达其寂寞心情的名言：“为什么人人都不理解我，却人人都向我喝彩？”是否多少也道出了一点钱钟书的寂寞。

钱学界目前正闹着一场公案，是关于“钱钟书看不起陈寅恪”一说的，争论颇烈，有些论辩方式还相当奇特。否认此说者说，陈寅恪曾赠书给钱钟书，钱钟书怎么会看不起陈寅恪呢？主张此说者于是举例反驳，韩美林曾将六千本自己的作品集题赠给相识不相识的读者，难道说韩大师看得起所有这些人？两造的逻辑都不通，它们只能回答赠书人是否看得起受书人的问题，而不是反过来。但是须知，此例中钱钟书是受书人，陈寅恪是赠书人，此例与钱钟书是否看得起陈寅恪的问题，根本不相干。

“钱钟书看不起陈寅恪”一说，可以有两层意思。主之者的意思是比学问大小，钱钟书的学问之大空前绝后，连陈寅恪都不在话下；否之者则从人品上理解，认为这种说法把钱钟书描绘成了骄傲不可一世的人，有损钱钟书的形象。一方旨在推崇，一方意欲维护；两方面应该是可以互补的，却互相误会着打了起来。就像京剧《三岔口》里，任堂惠和刘利华，都是为了保护焦赞，在漆黑一团的店堂里大打出手，记记是绝招，却记记打在虚空里。力主“钱钟书看不起陈寅恪”之说的这一方，绝招之外，还有不少的花拳绣腿，让人看了，觉得“钱学”正在与时俱进变为“学钱”，有些勇敢者仿佛自己已学成了钱钟书，也有本事可以看不起陈寅恪了。

最特出的是范旭仑先生《容安馆品藻录·陈寅恪》一文（载《万象》2005年6月号）。该文先从《容安馆札记》中找出一两条或指摘陈寅恪过失、或与陈寅恪立异说的材料，然后无限上纲，用十分狠戾的语句对陈寅恪作出一笔抹杀、全盘否定的“大判断”。

陈寅恪《柳如是别传》释证钱谦益绝句：“后夜翻经烛穗低，首楞第十重开题。数声喔喔江天晓，红药阶前旧养鸡。”已经指出前两句谓牧斋此时“草《楞严蒙钞》已至最后一卷”，而没有注意到后两句实暗寓《楞严经》“第十”中的语意，这当然是个疏失。钱钟书批评道：“仅注‘红药’，而不知即用首楞语，当面错过矣。”汪荣祖先生《史家陈寅恪传》中也曾提到这一点，范文语带不屑地说：“这想必是得自钱先生‘惠书赐教’的成果”；其实范先生能知陈寅恪的错误，也是“得自”钱先生“赐教”（我们大家都是），不过范先生是从释读钱钟书手稿而受教，这的确不容易，可以说是“绝招”了。不同在随后的评论中。汪先生说：“寅恪素以掌握文献著称，又通梵书，竟当面错过此寻常释典，失之交臂，岂不可惜！”这是善意中肯的评论。范先生则说：“钱先生雅擅春秋书法，拈出陈寅恪之昧于释典，虽轻采毛发，实深极骨髓。”范先生很会做文章，“拈出”云云，似乎陈寅恪在释典方面错误多多，钱钟书只是随便举了一个例子；其实钱钟书在多种场合提到的，就这一个例子，不知道还有没有第二例？从陈寅恪漏注一个释典，到判断陈寅恪“昧于释典”，距离实在太大，孙悟空的十万八千里斤斗都翻不过去，范先生却能借《文心雕龙》“轻采毛发，深极骨髓”一语，一步到位。范先生自以为在替钱钟书“发皇心曲”，我们却只能将此看作用心深刻的“钱学”辞章家，“学钱”学到走火入魔，便忽然有了“神通”。

用不着为陈寅恪摆谱，来证明他并非“昧于释典”，范先生反正是可以闭眼不看事实，一意妄说的。陈寅恪的“精治释典”（余英时先生语），著述俱在，历历可按；重要的是，陈寅恪治释典，以及治任何其他典籍，都是为了了解历史的真实，复原历史的具体。历史的具体面向多方，但早已过去，杳无踪影，所以陈寅恪要博采众书，细心编排，严密运思，调动一切手段，诸如人、地、时的考证，中外文字的训诂，包括文辞的赏析等等，有时也作一些并不武断的假设和推论；大块文章中或隐伏或明揭，总有一个中心问题在，有时起点的问题看似很小，经过峰回路转，结论往往有大意义。

不妨从陈寅恪的治释典中“拈出”一个例子（此类例证甚多，“拈出”不难，远不如范先生读《容安馆札记》那么困难）。陈寅恪读敦煌写本《诸经杂缘喻因由记》第一篇，是讲莲花色尼出家因缘的，“见所谓七种咒誓恶报仅载六种”，是“七”字乃“六”字之讹，还是写本有脱文，遗去一种恶报？初看这只是校勘上的小问题；但陈寅恪取读巴利文几种有关佛书，“所载此尼出家因缘，与敦煌写本大抵相同”，惟一事绝异而为敦煌写本所无，即此尼出家前因与家人离散多年，不复相识，竟阴差阳错嫁于所生之子，陷入“聚麀”境地，“迨既发觉，乃羞恶而出家焉”。据此可以推论敦煌写本所遗一种恶报，乃中土写手有意删去，此反映了中国与印度传统伦理思想上的重要差异。陈寅恪手翻的是书，心眼所瞩，是对书外历史真实的了解和理解，要这样做，非以具体问题为导向不可。这样的治学境界，断不是以量化标准来评价学问的大小、见闻之知的多少所能及。

至于柳如是《男洛神赋》，钱钟书说：“陈寅恪谓为赋陈卧子，迂谬可笑”，又说：“亦似咏娈童，所谓‘隽郎’是也”，着一“似”字，可见钱钟书立说的意态并不甚坚。陈、钱二人，对一篇文学作品理解不同，这是很正常的现象。所不同者还有，陈寅恪对己说是作了详细考证的，钱钟书则只有一个断语。要使“男洛神”是指“同性恋的娈童”一说成立，也还需要历史的考证，例如，至少要起码程度地了解柳如是当时当地的性风俗。钱钟书可能不屑于作这样的考证，但是扬钱鄙陈的范先生应该有这个责任。无奈“钱学”变成了“学钱”，范先生只是一味地假钱钟书之口“嗤鄙陈寅恪”，却不为钱钟书做一点点实事。本来，“迂谬可笑”是钱钟书插补在手稿中的话，有具体的所指，到了范先生笔下，却成了：“‘迂谬可笑’

没准是钱先生对于《柳如是别传》的大判断”。这个“大判断”在钱钟书还是“没准”之数，在范先生则是“准定”无可疑的了。这就又超越了“学钱”，进入不学而能的圣境了。

范文中还有好几处，把钱钟书批评别人别事的话，斩头截尾，断章取义，张冠李戴，栽到陈寅恪的头上。例如，《管锥编》提到“关（羽）、张（飞）能画”的传说，引了“近世庸劣人”伪托张飞题画的文字和关羽致张飞的一封信，旋即指出：“与汉魏手笔悬绝，稍解文词风格者到眼即辨，无俟考据”。接着假设有好事者“不识文风而欲矜创获”，“大可”引什么什么书，来“证赝为真”，包括“傍参杜甫《佳人》‘日暮倚修竹’之句，谓少陵老子‘无字无来历’，三弟画美人、二哥补竹之图当曾经眼”云云，于是批评说：“目盲心苦，竭学之博，思之巧，以成就识之昧。”范文把“目盲心苦”数语说成“言外是说陈寅恪”，难道陈寅恪竟会有这样拙劣的考证？请范先生“拈出”一个看看。唯一可联系的大概是陈寅恪晚年也“目盲”，范先生这种吠影吠声的“文词风格”，实在匪夷所思。其他如“泥华词为质言，以运典为记事”，“不学之失”等等，钱钟书原文中都有非关陈寅恪的所指，统统被范先生集矢于陈寅恪。《品藻录》还有几篇文章，也是借钱钟书之口，分别嘲骂另几位前辈文史学者，尚未对过原文，但我猜想，范先生的文章作法在其中也会有明显的表现。

陈寅恪和钱钟书是二十世纪中国文史学领域的两位大师，两座高峰，他们的著作都是珍贵的文化学术遗产。两先生的为学，取径不同，风格迥殊，他们生前未有正面论学的机会，后学如果以对读大师的方式，在熟悉通晓双方学问的基础上，让他们“对话”起来，甚至“争论”起来，当然会是极其精彩的学术篇章。写到这里，我不禁想起爱因斯坦与玻尔之间关于量子力学诠释问题的争论，著名物理学家J·A·惠勒曾这样评述：“我确实不知道哪里还会再出现两个更伟大的人物，在更高的合作水平上，针对一个更深刻的论题，进行一场为时更长的对话。我期待有一天，诗人、剧作家或者雕塑家将会表现这一题材。”一般认为，爱因斯坦在这场争论中是错的；但他的深刻质疑，对玻尔发展思想、深化论点、精练表述，起了有益的促进作用。更重要的是，与这场争论中的观点相联系，爱因斯坦关于物理学的基本想法，对物理学的未来发展有方向性的指导意义，杨振宁就一再强调这一点。像这样性质的争论，绝不会引发什么“看不起看得起”的问题。钱钟书曾云：“古希腊诗人谓争（strife）有二，一善而一恶，前者互利，后者交残。”（《管锥编》第一册，第238页）范先生如有意弘扬钱钟书的学问，应善思此言。

（刊于2005年9月8日《南方周末》）

陈寅恪不会这样建议

2012年12月2日《上海书评》上刊有张荣明先生《陈寅恪为何“不以华罗庚为然”》一文，这是荣明兄读《竺可桢日记》而写的系列文章《竺可桢与陈寅恪》的第三篇。起笔不远处，引了1957年2月18日竺可桢日记中的一段：“渠意颇不以华罗庚为然，说其过去曾建议蒋介石成立科学青年团，认其有创造能力，但其言论作风之味不佳云。”当时竺可桢是科学院副院长，正在南方考察、开会，抽空去看望了阔别十多年的老友陈寅恪，“渠”即指陈寅恪。这段话是荣明兄注意所在，所以后文又从竺可桢日记和其他文献钩稽了不少材料，配合，补充，得出结论：“华罗庚为人处世不免有种种特异之处，但盖棺论定，其人仍不失为中国数学界负有国际声誉的一代豪杰。”华罗庚的数学成就举世公认，其为人处世的种种，坊间亦时闻议论，说各有辞，荣明兄大文无疑可为吾侪之知人论世增一谈助。

我读荣明兄文至这段话，很自然地理解为：一“渠”后面，三“其”排比，是陈寅恪对华罗庚的三个观感——“言论作风之味不佳”的“其”指华罗庚，“有创造能力”的“其”指华罗庚，“建议成立科学青年团”的“其”也是指华罗庚。但读至将近文末对陈寅恪的大段议论时，才发现荣明兄的理解，是三“其”之一乃指陈寅恪，是陈寅恪曾建议蒋介石成立“科学青年团”，且此建议还是因华罗庚而发，这样可以让他的“创造力”有用武之地，“可发挥一技之长”云。

按王元著《华罗庚传》（江西教育出版社1999年10月修订版），第七章题为“创业”，讲五十年代初华罗庚从美国回来至57年“反右”这段时期，其中“‘三反’与‘思想改造’运动”一节这样写道：“在运动中，首先触及到华罗庚的立场问题，也就是敌我界限问题；涉及所谓华罗庚保存着蒋介石接见他时赠送给他的一张照片问题。”“思想改造运动时，有人将照片拿出来，揭发批判华罗庚，又不许他作解释。”（见该书第187页）关于这张照片是怎么被革命群众发现的，这一节也有叙述，此处不详引。可以肯定的是，华罗庚见过蒋介石，受到过蒋的接见，并且蒋还送给他照片，这是事实。平心而论，这在华的一生中也应该说是比较重要的事实。

有意思的是，这本按时间顺序写的《华罗庚传》，在理应客观叙述这一事实的前面章节里，却对这一事实一字不提。这是可以理解的。作者王元是华罗庚的高足，一位非常出色的数学家，他在哥德巴赫猜想的研究上，在陈景润之前就获得过若干重要成果，陈景润的“1+2”证明出来后，他删繁就简，获得过一个更灵巧的证明；但王元不是史学家。问题不在于“为尊者讳”的意识，这意识即史家亦难免，问题在于讳什么。“为尊者讳”当然是讳坏事，时至写作《华罗庚传》的九十年代，仍然以“受到过蒋的接见”为坏事，而要为既是事主又是尊者的华罗庚讳；而另一方面，华罗庚在政治运动中受批判，当然也是坏事，但犯事的主体不是他，而是批判他的人，可以不必讳；当两件坏事纠结在一起，笔墨着重在不须讳的一事上，不得已才隐约带出须讳的另一事，也就成了自然而然的写作方法。

再按《华罗庚传》，第五章“西南联合大学”的第八节讲了华罗庚1943年曾进入设在重庆复兴关的“中央训练团”受训一个月，训练团团长是蒋介石，此事也不是什么好事，而所以不讳者，因为毕竟比受蒋接见，严重性要差一些。而且，这一节主要是讲华罗庚在训练团得识时任工兵署长的俞大维并为其解难题的故事，显示华罗庚的才华。俞大维求华罗庚解的是一道有关密电码的数学题，他自己苦思几年不得解，请教好几位外国专家也无回复。华罗庚一个晚上就解出来了，第二天如厕时把答案速写在手纸上，托人转交俞大维。俞直到晚年记得此事，华后来也回忆过此事，那不过是牟比乌斯反转公式的一个应用，对华罗庚来说是小菜一碟。

根据上述这些材料，竺可桢日记中“说其过去曾建议蒋介石成立科学青年团”一语，须理解为陈寅恪说“是华罗庚”（而不是说“是自己”）提的建议，应无疑义。我也曾有意识要求自己照荣明兄之意来理解这段话，但总觉得不自然，文气不贯，未免牵强，而找出这些材料后，就自信更坚了。这里确实是“自然的是正确的”，不知荣明兄以为然否？既见过蒋介石，以华罗庚对科学的热爱和对政治的热情，而有“科学青年团”之设的建议，完全在情理之中。俞大维是蒋介石的幕僚，很可能蒋的接见华，就有俞的作用在。陈寅恪是俞大维的表亲，可以推断，华罗庚对蒋建议一事，陈寅恪是从俞大维处得知的，而不是一般的道听途说。

荣明兄文又引1955年3月23日的竺可桢日记，是关于中科院数理组讨论学部委员名单事：“闻华罗庚竭力反对姜（立夫）之加入，动机尚是陈省身为姜之学生，而姜把数学所书籍移台湾实是极大损失。”姜立夫是开创现代中国数学事业功劳莫大的老前辈，他的未获选中科院学部委员，因由当不止华罗庚的反对一端。数学所书籍移台湾，事在1948年，决策者不是姜立夫，当时数学所是中央研究院的下属，姜最多是负责具体事宜。此事可不必深论，现在年轻人难以理解的是，姜立夫有学生陈省身，为什么竟也成了一桩坏事呢？须知其时陈省身已是国际数学界公认的大范围微分几何学的奠基者，是为国家民族争了大光荣的人啊！这只能由“大范围政治运动学”来解释了。华罗庚五十年代初归国，对比之下，陈省身不赋归来，自然是严重的坏事。在政治标准压倒一切的大形势下，用不着“一不小心”，一点点人事关系就足以连累，姜立夫有学生如陈省身者，再加别的事情，其行路多艰，偃蹇不振，过来人是不会感觉奇怪的。

但问题来了。陈寅恪“不以华罗庚为然”，所说三事，一褒二贬，“建议蒋成立科学青年团”是贬之一。成立科学组织总不是坏事，为什么要贬呢？陈寅恪岂非也受政治形势影响，因人议事，只因是向蒋建议，好事也说成坏事了？我猜荣明兄要将“事实”认定为是陈寅恪提的建议，是否也有这一层顾虑在。但我认为不能这样理解。陈寅恪是不会受“政治运动学”影响的。虽然不是科学家，但以陈寅恪的智慧，必定深知追求纯知识的科学，不可能由权力人物成立一个什么“团”来推动。华罗庚其实也应深知这一点，他的组“团”建议，多半出于政治热情。华罗庚的政治热情，在不同形势下发为不同言论，往往很高调，事过境迁后看，有些还互相冲突。陈寅恪“不以为然”的，正是也只是这种政治热情，而不是表现这种热情的某个具体言论，所谓“其言论作风之味不佳”是也。

以我的理解，不仅不是陈寅恪建议蒋成立科学青年团，而且陈寅恪根本不会这样建议，因为这和他“局外人”的性格不合。以赛亚·伯林论自由，曾分自由为积极的和消极的两种，今日之论者议论所及，每取消极自由而不取积极自由。在“消极”一词的这个意义上，我敢说陈寅恪的性格和遇事态度是消极的，这也表现于他针对历史进化论，偏要说“历史退化论”。唱出“独立之精神，自由之思想”，要算是他最积极的作为了，但这份“积极”，绝不会衍生为政策建议或政治行为。他之于蒋，“看花愁近最高楼”，一语尽矣。他也见政治人物，例如见过周扬，但那是十分被动的见。他也建议，例如建议广播里不要一会儿说“学生教学比老师好”，一会儿又说“学生要向老师学习”；在被告知“新事物须实验”后，又建议“实验可以，但尺寸不要差得太远”，诸如此类。这样的陈寅恪，是以消极为底子的，“学问渊博，且深悉中西政治、社会之内幕”（吴宓语），都是在这底子上的。

关于华罗庚的学术生涯以及与政治的纠葛，还可以参看《徐利治访谈录》（湖南教育出版社2009年1月版）一书，访问、整理者是袁向东和郭金海。徐利治是华罗庚的学生，也是陈省身的学生，跟两位老师都有很亲密的私交，他研究连续统假设这个超级难题，也得到两位老师的支持。《徐利治访谈录》内容丰富，且多出于亲闻亲见。例如华罗庚归国不久，争取担任数学研究所所长时跟清华数学系的关系，荣明兄文中引的竺可桢日记，多为科学院这边的事，徐利治则谈了不少清华那边的事，可以互补。徐利治对华罗庚，陈省身，还有许宝騄三位先生，有一个总结性的观察，很到位：“我觉得华先生是入世派，陈省身先生也是入世派，许宝騄先生是位观世派。”这三位先生在他们那一代的中国数学家中，都是“国际一流”，人称“三杰”；许宝騄的专业是数理统计学。华罗庚和陈省身同为“入世派”，区别大概在于，陈省身止于数学事业上必要的内行行政，华罗庚则确实有政治抱负，徐利治说：“如果在政治上给他职位，权位，他是愿意做的。”王元的《华罗庚传》中也有类似评论。关于许宝騄，徐利治则说：“凡是权位、官职，一概都不放在心上。这个人专搞学问，是很清高的，但也喜欢议论政治。”

华罗庚先生天才高，成就大，他对数学世界的贡献是永远不会磨灭的。与政治的纠葛肯定妨碍了他的数学，不然，成就当更大，是他个人的不幸，也是数学的损失。作为后人，回想前辈往事，除了感慨，也会多一份“举一隅而以三隅反”的智慧吧。

（刊于2012年12月2日《东方早报》）

犹信玄天有夙根

——戈革先生与《玻尔集》

《尼尔斯·玻尔集》一共十二卷的中文译本，这次由华东师大出版社出版，最近已经全璧面世。

全书的翻译工作是戈革先生一个人独任艰巨完成的。2006年底，戈先生收到丹麦寄来的《玻尔集》原版第十二卷，他在扉页上写了两行字：“二零零六年十二月三十一日下午五时收到丹麦寄书，亦多感也。戈革记。”2007年底，戈先生走了，住世八十五岁。在生命的最后一年里，他译出《玻尔集》最后一卷，从容完成了世间的任务，就匆匆赶去天上见玻尔去了。

是造化的安排？早走一年，《玻尔集》未译竟，后继无人，留下莫大的遗憾；多住几年呢？我曾与戈先生通信，听他屡言“生趣无多”。七十九岁初度时，他作过一首《鹧鸪天》词自寿，末两句是：“果然浊世无知己，犹信玄天有夙根”，自注：“玄天乃谓丹麦也”。玻尔是丹麦人，戈革的夙根在玻尔那里。

在科学世界的自然之光下，尼尔斯·玻尔是与爱因斯坦双峰并峙的巨人。但是自然之光被舞台之光遮蔽了，舞台之光下，众目睽睽中，爱因斯坦身旁无人，茕茕孑立。是幸耶？是不幸耶？爱因斯坦全集有多种文字的译本，玻尔集只有戈革的中文译本，也看不到不久（也许很久）的将来出现另一种文字译本的可能性。但玻尔有戈革，爱因斯坦却似乎没有这样一位夙世因缘的他乡故知。爱因斯坦在夹道欢迎的人群中乘车过街，曾不解地发问："为什么人人都不懂我，却人人都向我欢呼？"

戈先生在自己出资编印的《史情室文帚》里刊出一张照片，他和玻尔的儿子奥格·玻尔（也是一位物理学诺奖得主）站在草地上讨论谁是互补哲学的"亚圣"。戈先生左手拄着拐杖，右肘弯举，食指略微翘起，脸庞半遮，却更传神，似在斟酌词句，一旁的奥格凝视着他，似在等着听下一句妙语。互补哲学的"至圣"当然是玻尔，曾跟玻尔作博士后研究的美国物理学家惠勒（"黑洞"一词就是他的发明）这样说："玻尔对身边人的强大影响，使我们相信，像耶稣、佛陀、孔子这样的人，真的活着。"

互补哲学是哲学，但不是学科分类意义上的哲学；互补哲学也是物理学，是对量子力学这门特殊的物理学作原理性的、同时又是洞幽烛微的照察，不能离却量子力学的基本内容，也为理解量子力学的基本内容所必需。起始于伽利略、大成于牛顿的理性的物理科学发展到量子力学，形成了一种充满困难甚至混乱的“认识论局势”，是玻尔的互补哲学，解决了困难，理清了混乱，稳定了局势。

量子从“概念”而“理论”而“力学”，是物理学世界一场旋转乾坤的伟业，玻尔参与并领导了这场伟业。他对大量复杂的光谱资料的整理和分析，他对原子结构稳定性问题的解决，他提出的“对应原理”对量子力学出现之前整个研究领域的指导作用，这些使他获得1922年的诺贝尔物理学奖；而此后量子力学数学方案的完整成形，一多半是在他领导的研究所里。

乾坤既经旋转，基础顿时动摇，量子力学的数学方案不难掌握，它的物理意义何在却是最深刻最困难的问题。能量、动量的概念，似乎丧失了实在性；函数、方程的规律，似乎不表示因果性，科学史上从来没有碰见过这样的问题。玻尔的互补哲学解决了这些问题，搞得天下大乱的是他，从新底定天下的，也是他。相对论没有这种情况。相对论甫出，不少数学家很有失落感，“为什么发明相对论的不是我”，他们的装备足够，就缺爱因斯坦的“灵明一点”，这一点既经点出，他们感到很容易。相对论还是在经典物理学的范围内，其革命性自不能与量子力学相比。

杨振宁的感受有代表性：“对我们这些在事情已经弄清楚后才受教育的人来讲，量子力学问世前后的那些奥妙的问题和大胆探索的精神，同时充满着希望和失望的情况，看来几乎像是奇迹一样。”事情已经弄清楚，局面已经安定，物理学世界已经放得下平静的书桌，多数的物理学家自可以单究物理，不问哲学，而哲学系的教授们也可以不学物理，高论（或批判）“互补”了。把玻尔的互补哲学说成只是对量子力学的一种“阐释”，标签太低，实在不谛；这样的“阐释”，现在有一大把，要多少有多少，都是平静书桌上的玩意儿。

戈先生是把也曾从学玻尔、与玻尔合作过的雷昂·罗森菲尔德看作互补哲学中的“亚圣”的，罗氏有《量子革命》一书，也由戈先生译成了中文，1991年于商务印书馆出版。戈革的翻译同时是研究，他写过不少论述量子物理学史和玻尔的文章，还有一本单行的《玻尔和原子》。他精研原始文献，广搜历史事实，思维形成统系，出之以准确而富谐趣的文笔，互补哲学经他的转述，读来好懂。戈先生自谓“浅显而不浅薄”，他的浅显来自深造，来自思考和文字的功力。我个人的阅读经验是，读戈革的文章，脑子清楚了，思维能跟着进入深的层面，得暇查看一些原始资料，觉得就是那么回事，戈先生帮读者省了多少时间和精力；而读那许多批判互补、强作解人的新“阐释”，脑子就糊涂，不知所云；再回头读戈革，脑子又清楚了，还能知道所以致糊涂之由。久而久之，那些使脑子糊涂的东西，不读也罢，戈先生来信，也教我不必读。这里忽然想起一个小时候听过的革命故事：列宁同志听说拉萨尔写的《爱菲斯的晦涩哲人赫拉克里特》不值一读，为了印证此说，他硬是把这本一千多页的厚书从头至尾啃了一遍，得出的结论是“这本书确实不值一读”。

戈译《玻尔集》可以放进中国人向西方取经的历史里。历史上的向西方取经，主要是向印度取佛经，译经大德无数，最著名要推唐僧玄奘。奘译佛典着重在大乘有宗的唯识学一系，有宗与空宗相对。佛教讲空讲无，有宗偏偏讲有，是否违反佛教宗旨？是不然也。有宗通过讲有是怎么有法的，来显示空，显示无，有宗之“有”，不是“性有”，而是“缘起有”，缘起建立万有，除析还灭万有。欧阳竟无先生说：“唯识诠用义是一大要旨”。“用”对“体”讲，用形下，体形上；唯识诠用，犹之乎物理究形下，唯识学是佛家的物理学。

除析万有，中有一环节，曰“极微”：“于粗色相，渐次除析，至不可析，假说极微。若更析之，便似空现，不名为色。故说极微，是色边际。”“极微”是“色边际”，即物质的“边际”，再下去就空了。如果中文的物理书把“基本粒子”都改名“极微”，于义无损，文字更美。陈真谛译《俱舍论》，“极微”作“邻虚”，虚无的邻居，再过去就虚了，亦妙。微观物理学也是除析万有，如今的“色夸克”、“味夸克”极似“色边际”，极似“邻虚”。

且不论利玛窦和徐光启译《几何原本》，中国自近代以来，西方数理科学的翻译似也成一传统，但是眼界不高，多数乃取法乎中，如概论、教材之类，真正的经典翻译，则断断续续，零零散散，其规模远不能与佛经翻译相比。伽利略、牛顿、麦克斯韦、高斯、庞加莱、希尔伯特诸多大师的著作已有一些中译本，不全；麦克斯韦的《电磁通论》是戈革翻译的。爱因斯坦全集的翻译正在有组织的进行之中，已出八卷，第三卷也是戈革翻译的。《玻尔集》是西方科学大师全集的第一部完整中译，假设未来世代里数理科学的翻译也像佛教经论那样集成大藏，则我敢说，戈译《玻尔集》就是其中的奘译唯识学。

戈先生译玻尔，在文字上下一种特别的功夫。读者不易觉察，初一看或会嫌句子太长，虚词太密，从句套从句，短语复短语，嫌其“欧化”。这里其实有良苦用心在：戈先生要传译的，不仅是玻尔的意思，略无余蕴，而且是玻尔的行文风格，如摄影般逼真；既神似，又形似，形似出神似；他要向中国的读者展现一个完整的玻尔。

玻尔的行文，谨慎，曲折，细微处十分讲究，层层意思的轻重、关联、间架，都在单线条进行的文字中安排得恰到好处。这种风格在他的同道中也是一个议论的话题，他的老师卢瑟福微有间言：“玻尔有重复自己的叙述的倾向。”戈先生则认为，玻尔的“重复”包含着“变化”，“重复”是必要的。罗森菲尔德很赞赏这种风格，认为是“玻尔反复权衡各个论点务使铢两悉称的结果”。戈先生说："罗森菲尔德本人的文章也颇得玻尔的薪传。"得薪传还容易些，困难的是，要以另一种性质全然不同的语言底片（中文）逼真地摄像这种"铢两悉称"。

我能体会戈先生的用心和用力，在校订《玻尔集》最后两卷时，发现有几处漏译，不长，各数百字，我做了补译，也想亦步亦趋地"直译"，但我做不好，怎么也直译不像，只得从便。翻译追求信、达、雅，直译而文从字顺，信、达或许有了；而以说理和论证为主的著述，翻译上"雅"的标准应该是将思想进行中的"铢两悉称"准确地反映出来。戈译玻尔，堪称典型。

戈先生的中文是非常好的，朴茂雅训，亦庄亦谐，用典使事，如臂使指，他的旧体诗得到钱钟书先生的高度赞赏，钱先生称他："精研格致，深造卓尔，余事词翰，工妙足夺行家之席。"上世纪八十年代，一首嬉笑怒骂的《君子兰》，曾在京华学界不胫而走，广泛传抄。戈先生译玻尔，如果运用他的绝妙中文，易直译处直译，难以直译处意译，在他自己会轻便许多，但不符合他自悬的高格，不取。戈革先生就是这样的人。

戈先生在世时，中译《玻尔集》曾出过前十卷，这次经由黄曙辉先生的积极筹划，江晓原教授的大力推荐，华东师大出版社一并将十二卷出齐了，是功德无量的大好事。我与戈先生通过一段时间信，向他请益，是用笔写、投邮局的通信，却没有见过面。每次去信，戈先生必很快回信；后来通信断了，是断在我这里。此后去过北京两三次，都行色匆匆，没有去拜望他。戈先生逝世后，我心里一直很愧疚，对不起老人家。这次黄曙辉先生令我校订第十一、十二卷，我责无旁贷，能为戈先生做点事，我非常乐意。我认真地做了，用心尽了一点绵薄之力，祈愿戈先生在天之灵会宽谅了我的不敬之罪。

（刊于2012年9月《文汇报》）

史情文采与科学理性

——与吴以义谈戈革和玻尔

吴以义，1984年留学美国，1989年获普林斯顿大学历史学博士，师事吉利斯比和马豪尼先生，1990年任宾夕法尼亚大学科学史和科学社会学博士后，师事席文先生。辗转美国各校，讲学二十余年。现任复旦大学历史系教授。

陈克艰（下简称陈）：戈革先生翻译的《尼尔斯·玻尔集》，在他生前出到第十卷，最后两卷，即第十一、十二卷，最近已由华东师大出版社，连同前十卷的新版一起推出。真是大好事。第一卷1986年就出了，翻译出版的过程拖得这么长，是因为原版的编辑旷日持久；戈先生则每收到一卷新书，总是半年左右就译好的。收到第十二卷是2006年的年底，07年年底，戈先生去世；生命最后一年，八十五岁高龄，病目衰躯，戈先生硬是把整卷书译了出来，才有今日《玻尔集》中文版的全璧面世。2001年，丹麦女王授予戈先生丹麦国骑士勋章，表彰他对玻尔的翻译和介绍。

九十年代末我想收全已出版的戈译《玻尔集》，但第一卷遍寻不着，你把戈先生送你的转送我了，我真是如获至宝。你和戈先生称得上是忘年交，1980年前后，我们读研究生的时候，你给我看过戈先生写给你的信，里面有抄录他的旧体诗，有褒贬时人的话，十分警策，其中几句，我到现在还记得。看戈先生写信的行文语气，完全是在与一位知己朋友说话。那时候，你我才三十出头，戈先生六十了，你正在研究量子物理学史，而这也是戈先生的研究领域。戈先生论人论学，向来有很严的标准，他对你以忘年之交而推心置腹，我猜想，原因是他赏识你在量子史研究上的工作，你们有共同语言。

吴以义（下简称吴）：可能是原因之一吧。那时我做硕士论文，选题就是量子物理学史，为了硕士论文，之前之后，还写了一系列文章，论普朗克，论玻尔，论德布罗意，论对应原理，论玻尔与爱因斯坦的争论，等等，其中几篇，戈先生当时就曾寓目，也许他认为我的路子对头，所以对我有所奖掖。记得是1981年吧，在华东师大开过一个全国物理学史讨论会，戈先生也来了。戈先生平时对人是少所许可的，但他在会上发言，说："我今天狗嘴里要吐象牙了"，对我的工作说了几句好话。我的做法是先读量子史上那些重要人物的原始论文，留心基本思想和论证思路，把那些论文的相互关联查清楚，也留意搜集有关的历史资料，然后梳理成文。

陈：我记得当时你给我们研究生同学们做过一个报告，讲你的研究，资料颇为丰富，思路也清晰，给我印象很深。我觉得，你当时就掌握了真正的学术规范，并且运用自如，而这是现今盛行的只需遵守、无须学习的形式的“学术规范”不可比拟的。我还记得，你不仅大量用英文资料，德布罗意的论文和有关资料是法文的，你还提出一个有趣的问题：“德布罗意是贵族后裔，家境好，学历史，后来转搞物理，他在物理学上的天才创发是否受到之前研习历史的影响呢？”

吴：当时读书和研究的条件比较差，书就很难弄到，还有人为的规定是障碍，如规定讲师职称以上才能入图书馆书库查书借书。华东师大藏有部分法国《科学院通报》，里面正好有德布罗意的东西，把我乐坏了。我是在目录卡里查到，才借出这些资料的。

量子史和有关的哲学，当然是重要的科学史专题，但一时间搞的人很多，多少有点“显学”的样子（现在是边缘化，成了冷门了），却是有历史原因的。那就是这之前，特别是“文革”中对西方自然科学家的“革命大批判”，爱因斯坦首当其冲，玻尔也是重点对象；“文革”后要翻案，要拨乱反正，所以讨论和关注的人很多。戈先生以前迫于政治大气候的压力，写这方面的文章，也曾说过违心之论，对此他做过自我批评。在更深入地研究后，他很快写出《尼尔斯·玻尔——他的生平、学术和思想》，一本很厚实的书。

陈：你一提我想起来了，我买过这本书，但没好好读，那是八十年代前期。戈先生九十年代后期又出一本《玻尔和原子》，我认真读过；戈先生不喜欢“科普”的说法，他说他写的是“通俗”读物，“浅显而不浅薄”。是真正深入浅出的通俗，深刻的思想和学理，经他的通俗化，毫不走样，非常少见。

吴：虽说拨乱反正，但问题在于，那时候的有些讨论，仍旧是用大批判对大批判，学风上没有根本改变，或者稍好一点，也有一些哲学上的思辨，但流于浅薄，只是把爱因斯坦、玻尔从批判对象变成表扬对象，随意发挥。对于这种学风，戈先生是非常不满的，口讲手写，不免经常有所批评，有时候还十分严厉。我的感受，戈先生实在是用生命投入，用全身心真诚的热爱，来研究和译述玻尔的，所以对没有下过工夫轻易讲说玻尔的做法，认为是亵渎，忍不住要痛下针砭。这就好比《红楼梦》里的贾宝玉，不许人秽嘴讲女儿，讲女儿之前，必须先漱口。

陈：比方得好。戈先生科学史方面的文章编集成书，书名是“史情室文帚”，他真是以满腔热爱的感情从事量子史特别是对玻尔的研究的。

吴：戈先生有专精，大学是物理专业，对经典物理学和量子物理学的掌握十分通透，带着深厚的感情研究量子史和玻尔，又有清醒的历史意识，处理史料的功夫到家。他又多才多艺，旧体诗和篆刻，造诣都极高；文章不用说了，一看就知道旧学底子厚，腹笥丰，时不时有警句妙语。这些方面对他的介绍已经不少。

陈：让我引一段钱钟书先生称赞戈先生的话："爬格生贤友，学人也，亦才士也。精研格致，深造卓尔，余事词翰，工妙足夺行家之席。尤擅治印，杜诗之放笔直干，禅语之单刀直入，庶足以形容其刀笔之雄劲。"戈先生有个笔名叫"爬格生"。戈先生曾先后为钱先生刻过六方印章，钱先生生前钤用的印章，不出这六方范围。

吴：说起治印，还有段趣事。我1984年赴美，在普林斯顿读博士，导师是查理·吉利斯皮（Charles C. Gillispie）。后来戈先生和吉利斯皮也通起信来，他们很投缘，戈先生想为吉利斯皮刻一方印，我转达了这意思，吉师很高兴。印文是我建议的："查理吉"，我为吉师解释了"吉"字在中文里的好意思，吉师很宝爱这份中国友人的特殊礼物。吉师曾送我一套他主编的《科学家传记辞典》，共十八卷，除第一卷有他自己的题词外，每一卷扉页均用戈先生所治的这一方印，可见他确实喜欢。

陈：吉利斯皮称得上科学史的大师，但国内介绍很少，那部卷帙浩繁的《科学家传记辞典》，搞科学史的应该都知道，我八十年代涂鸦作文，也从那里抄过东西。他的《创世纪与地质学》有中译本，但译文不尽如人意。我听你说过多次，吉利斯皮最值得引介的著作是《客观性的边缘》，真希望有有心人把它译出来。

吴：戈先生的旧体诗和篆刻绝无师承，自出机杼，别具一格，上面你引的钱先生的话，“格致”之外，也着重这两项。我记得戈先生写过一篇《赵飞燕玉印》，对历史上关于这颗印的多种说法作了考证，对印的字体和释文作了讨论，他收藏的古印谱里有这颗印的印迹，他就临刻了一方，把两个印迹都在文章里刊出；至于这颗印的真伪，戈先生说难以判断，但设想了如果这颗印在手，怎样进行检验的办法。有趣的是戈先生对我说，他的多种才艺中最出色的是国画，曾寄赠多幅，他的画，我却至今尚未能得其精妙，只是遵先生嘱，束之高阁而已。

陈：哈哈。这倒有点像金庸笔下的老顽童周伯通了，武功了得，酷爱下棋，棋艺不见高明，却逢人自诩棋艺最好。这大概是高人的通性吧。戈先生真是性情中人。我又想起一件趣事，戈先生有一次致信钱钟书先生，请教玻尔多次引用的一句中国古语的出处。

吴：是的。玻尔讲量子理论中的观测问题，因为人们总是通过仪器来观测微观对象的，仪器，或者说观测行为，对观测对象有不可忽略但又无法描述的作用，所以观测到的其实不是微观对象“本身”的行为，而是观测和对象相互作用后的“现象”，被观测的对象和观测手段常不能判然划分。为了生动形容这一情境，玻尔经常会加一句："正如中国的古语所说，在存在的大剧中，我们每一个人既是观众也是演员。"

陈：《史情室文帚》里有钱先生回信的照片，钱先生说："旁观者即剧中人，观场人亦登场人，此意亦不记吾国古籍有道者；西人常言时髦妇女上剧院'to see and to be seen'，则颇蕴其旨。"

吴：当年我写硕士论文时，也考虑过这个问题，我引了《老子》第二十章的一句话："众人熙熙，如享太牢，如春登台。"认为或可以作为玻尔所引中国古语的底本。

陈：有点像，有点像。"众人熙熙"，就是"存在的大剧"，"享太牢"就是"被看"（to be seen），"春登台"就是"看"（to see）。《老子》大概是中国古典被译成西文最多的一种了，如果把《老子》的西文译本多搜集几种，看看是否有译本比较接近玻尔所引的那句话，就能检验你的猜想了。玻尔如果读中国古书，也是读的西文译本，而且不会是僻书。下面谈谈玻尔吧，你是做过专门研究的。戈先生坚持认为玻尔是比爱因斯坦更伟大的物理学家，你的看法呢？

吴：从旧量子理论到新量子力学，玻尔参与了全过程，起了领导作用。他自己有杰出的研究成果，那篇论原子结构问题的大文，因为分为三部分，被称为"伟大的三部曲"。到他领导的研究所来学习和研究的各国物理学家，无论长期短期，都从他那里得到教益和启发，人们说那段时期是“激动人心的年代”，“二流的头脑到了他那里能做出一流的成果”。量子物理学是对经典物理学的一个带有根本性的革命，而相对论则是对经典物理学的一个充其极的发展，在这个意义上，戈先生的看法是有根据的。不过我认为没有必要执著于对伟大科学家进行比武功、排座次那样的比较，重要的是了解和欣赏他们各自的风格。

陈：玻尔的风格是怎样的呢？

吴：玻尔的直觉非常强，无与伦比地强。例如他说：“原子最外层的电子，最多八个。”泡利问：“为什么？”玻尔答：“因为周期表每行八个元素。”这是现在中学物理书里的常识，但当时对原子中的电子排布尚无清晰了解，玻尔是怎么知道的呢？是直觉地“看”出来的。元素周期表是元素化学性质周期性变化的经验规律，与原子的结构有联系，具体地说，与核外电子的分布有联系。在不同的事物之间，不同的规律之间，一眼看出联系，这就是“直觉”，是和计算、推理不同的一种知识能力。

再举一例。原子核裂变发现以后，自然就出现了核能利用问题，而核能需要链式反应持续地进行，这又需要以铀为原料。玻尔首先意识到，在铀的两种主要同位素中，铀235比较容易发生裂变，从而为早年核裂变的链式反应所必须。自然界富藏的是铀238，铀235非常稀薄。必须掌握从铀238 分离铀235，将其浓缩的技术。玻尔的直觉是非常准的，这是一回事；而他估计技术困难长时期里不能解决，这是另一回事，估计后来被事实突破了。

陈：对了。《玻尔集》第十一卷主要是玻尔政治活动的文件，当他得知分离技术已经可以掌握，马上又直觉到人类命运面临着巨大的变数甚至危险，起而进行了一系列政治活动，见丘吉尔，见罗斯福，致联合国公开信，在媒体向公众呼吁，等等。他的表述是：“人类在大灾难和较幸福情况之间的选择”，“原子能蕴含着人类富饶的福利，但同时包含着致命的危险”。科学认知上直觉敏锐，对人类的前途，同样直觉敏锐。“福利”之于“危险”，多数的科学家可能是乐观的态度，玻尔则明显有悲观的倾向，这是哲人的情怀了。

吴：继续谈玻尔的科学直觉，这方面最精彩的例子是他对原子稳定性问题的处理。大家都知道原子结构像太阳系，原子核居中，电子们绕核旋转。但按照经典理论，电子在运动中会连续地辐射能量，塌陷到核上去，原子结构不稳定了。当时的主流思路是利用电磁理论的非常复杂的处理力图证明稳定的结构是可能的，然而玻尔的思路与众不同：原子结构的稳定，理论上成问题是吗？那就首先坐实“稳定”的事实，把这个事实作为前提，然后“看”这一事实的物理图景或者说概念上的含义是什么。玻尔看出的图景是电子被束缚在不同的“能级”上，进而假定除非在不同的能级之间“跃迁”，否则不会发生能量的辐射或吸收，所以原子的稳定性是理论的出发点而不是有待证明的问题。这幅“图景”显然只能是直觉到的，任何计算推理都无济于事。

“事实”等价于“图景”，已经有理论的意味，可以作为进一步理论推导的前提了，并且这个前提与已经知道多年的能量一份一份辐射而非连续辐射的量子概念是协调的，就更得到支持了。原子结构表现于各自的光谱结构，光谱上的谱线分布规律早就有经验性的巴尔末公式，玻尔说：“我一看到这个公式，就一切都清楚了。”又是直觉，使他看到理论假定与经验规律的联系和协调，前者使后者理论化，后者使前者得到经验支持。普林斯顿大学老物理楼通往爱因斯坦办公室的过道外墙上，饰有巴尔末公式的浮雕，可见其在量子理论发展中的地位了。

接下来的计算推导，玻尔当时仍用经典物理的办法。玻尔认为，原子核与电子之间的库仑力作为向心力，和电子绕核运行的离心力应该相等，这在中学生就能懂的，而这样做的理由在他提出的“对应原理”那里得到保证。在量子力学数学方案成立之前，“对应原理”是整个研究领域的指导性原理，给了整个领域以某程度的统一性。妙在巴尔末公式里的那个里德伯常数，本来也是经验地测定的，玻尔一开始就断言它必定可以归结为电子的电荷和质量，光速和普朗克常数这些基本常数，这又是一个直觉，理论计算的结果果然可以用那些基本常数来表示里德伯常数，与实验精确测定的数据吻合得非常好。

玻尔的这项工作，好比一部交响乐，主题是直觉确定的，计算、推导是配器、和声，在对应原理的指挥下，极其优美地演奏出来。多年以后，爱因斯坦在六十七岁时写的自述里仍赞叹不已，他说："玻尔以独特的本能和机智发现了光谱线和原子中电子壳层的主要定律以及它们对化学的意义，这件事对我来说就像是一个奇迹，即使在今天，在我看来仍然像是一个奇迹。这是思想领域中最高的音乐神韵。"

陈：听你侃侃道来，我也像听了一曲优美的交响演奏。

吴：玻尔具有强大的人格力量，富于合作精神，温和宽容，善于引导，周围的人都受到他的感染和启发，在他的身边，每个人都能发挥最大的潜力。高深的创造性的学问研究最需要一种氛围，玻尔就最善于营造这种氛围。

陈：《论语》里说"温而厉，威而不猛，恭而安"，又说"望之俨然，即之也温"；《孟子》里说："所过者化，所存者神"；又说："充实之谓美，充实而有光辉之谓大，大而化之之谓圣，圣而不可知之之谓神"，大概可以作玻尔的写照吧。玻尔的学生惠勒在《宇宙逍遥》一书里说，玻尔周围的人确实是把他看作耶稣、佛陀、孔子这样的人的。

吴：拿朗道来说吧。朗道是苏联人，投到玻尔门下晚一点，他自己比喻舞会迟到了，姑娘们都已有了舞伴，他未免形单影只，意即他未能作出海森伯、狄拉克那样的大成就来，不是“舞技”不够，而是机运不佳；其实朗道有很多非常出色的成果。朗道天分极高，性格上难免有点恃才傲物，但他就是对玻尔服贴。他描述玻尔的讲课，两手从不空着，右手粉笔，左手黑板刷，解题的时候，在黑板上写写擦擦。玻尔擦黑板是从后往前小心地擦，擦到哪里停下来最值得注意，那就是一个关节点，从擦停的地方开始，再写一条新的思路。朗道说他唯一从别人那里学到物理学的，就是玻尔的写写擦擦。玻尔是把研究的动态过程搬到讲堂里，搬到黑板上了。玻尔访问过苏联，朗道做翻译。在一所中学里对学生们讲话时，玻尔说“我是不惮于说自己笨的”，朗道竟翻译成了“我是不惮于说你们笨的”。

陈：有趣有趣。回到“直觉”的话题，直觉既是在看似无关的不同事情上看出联系，应该说人人都天生有直觉能力，比方说疑人偷斧，斧头被窃是一事，邻人神情是另一事，看出二者的联系来并不困难，对不对且不论。那么创造性思维上的直觉能力，究竟是天生的呢，还是可以习得的呢？

吴：应该是两方面都有。朗道有个比方，不是讲天赋和习得的关系，而是讲直觉（头脑敏锐）和基础的关系。

他说人有三类，分别用三角形、倒三角形和菱形来代表。三角形表示基础广博，头脑敏锐，玻尔当然是这一类；倒三角形倒过来，没有基础，又头脑迟钝，这种人当然无缘作物理学家；这次朗道比较谦虚，自称是菱形，基础不够广博，头脑尚称敏锐。头脑敏锐如果是天生的，基础广博则应该是可以用后天的努力习得的。

除了直觉和基础，做学问时“品味”（taste）很重要，不完全是天生，也不出于有意识的努力，是要靠潜移默化，浸润，涵泳，渐渐习得的，玻尔对别人常能起这种作用；而他小时候，家庭环境对他起了作用。玻尔的父亲克瑞斯蒂安·玻尔是生理学家，哲学和文学修养很高，熟读歌德，玻尔自己也能长篇背诵歌德。父亲定期在家里与朋友们聚会，其中有哲学家赫弗丁，语言学家汤姆森，物理学家克瑞斯蒂安森等人。父辈们海阔天空，高谈阔论，玻尔和弟弟哈若德·玻尔就坐在一旁听。这里唯一带点有意识进行教育意思的，是父亲要求他们旁听，必须听，但不许插嘴。古人常说“从某某游，略得其旨趣”一类话，从高人游，确实是受教育的最好途径，尤其是对品味的培养。

陈：孔子说：“毋友不如己者”，大概也有这意思吧。

吴：玻尔从小喜欢哲学，他是丹麦人，精读过基尔凯郭尔，自然也深受德国文化和哲学的影响；研究物理，曾赴英国师从卢瑟福，长期在实验室工作，自然也受经验哲学的影响。二者在他身上有和谐的结合。有人问卢瑟福："你最讨厌理论家，为什么却最喜欢玻尔呢？"卢瑟福回答："因为他足球踢得好。"

陈：哈哈，王顾左右而言他。卢瑟福一定是在玻尔身上感受到某种英国人不熟悉的气质，并且很欣赏。

吴：玻尔提出互补哲学，来解决由于量子力学出现导致的"认识论局势"上的困难，互补哲学中有黑格尔辩证法的影响。

陈：我想补充一点。受黑格尔影响，有一个受了影响往什么方向去的问题。玻尔为了形象说明互补哲学的要点，打过一个比方："可以让钉子固定，也可以让钉子松动，但不可以让钉子既固定又松动。"我们国人受黑格尔的影响很多，很大，特别是"文革"中，但都是在"让钉子既固定又松动"的方向上，以至辩证法被讥为变戏法。"文革"后走向另一个极端，特别是搞科学和技术的，轻视哲学，无视哲学，所谓"科学进一步，哲学退一步"，把哲学视为对科学尚未弄清楚的事情乱说一通的大本营，终将被科学攻克、占领。"自然哲学"也被当做黑格尔的败笔抛弃了，但《玻尔集》里到处可以看到，玻尔始终是以古希腊自然哲学的传人自居的。

吴：无论科学，哲学，中国人向西方学习，都有如何准确理解和吸取其精华的问题。不能否认，近现代科学是西方的产物，我们学习和研究科学史，也是向西方学习的一条途径，重点应该在理解和介绍科学的思想和科学的精神，通过对比反躬自省，从而对自身传统有更深入的认识，以利更新和前进，在我们的传统中，科学的理性精神是晦晦不彰的。只是崇拜和利用科学的成果并不符合科学的精神，崇拜和利用使科学物化，变成拜物教。即使是应用科学开发技术，也需要科学精神的指导。把科学当做技术成果的博览会，那是吃鱼而不知渔。科学，一言以蔽之，是理性指导下对无知领域的探索。而研习科学史，深刻理解和领会伟大科学家创造他们伟大成果时的精神状态和思维过程，是建立科学理性精神的好办法。戈革先生穷后半生之力，向国人完整地介绍玻尔，其核心价值和主要意义在此。

（刊于2012年11月19日《中华读书报》）

《溪河溯源》编者前言

本书汇编吴以义先生的十八篇科学史论文，因作者远在美国，编辑方面的一些事务由我代劳，所以我想从编者兼读者的角度，作一些说明，谈一些感受。

我与以义兄是读硕士研究生时的同学，毕业后不久，他即赴普林斯顿大学，师从科学史巨子C. Gillispie读博士。获得博士学位后，他也就在美国定居下来。在那样高端的学术环境里，以义兄除与本师日夕过从外，还经常得与N. Sivin、T. Kuhn、余英时等名宿相游乐。以他善学的本事，以义兄当然会从大师们那里吸纳精髓；而他的足以骄人的学术造诣，也果然得到了老师巨子们由衷的肯认和赞赏。Gillispie八秩高龄荣休时，将自己藏书中的八百种珍本一举赠予其爱徒，仅此一事，已足令人羡煞。经济学家弗里德曼曾云：“在思想和学术的‘市场’上，同行的称赞才是真正的‘货币’。”准此以谈，则以义兄是拥有大堆金币的富翁了。而如今娱乐市场、媒体平台上无知群众对学术明星的发烧追捧，最多也只能算无量数的劣币；劣币驱逐良币固然是大势所趋，但若哪位明星自以为劣币足多，即可兑换金币，例如有妙人，假孔子自重，声称孔子生当今日，也会像他一样上电视台演说，这就未免太厚诬古人，又太不自量力了。孔子固然是“圣之时者”，但此“时”绝不是现今所谓“趋时”的“时”，而是说言行与时势相当，言行根据时势来决定：“邦有道，则仕；邦无道，则可卷而怀之。”孔子生当今日，只可能“卷而怀之”，不可能与明星同乐。

本文集题名“溪河溯源”，原是集中第一篇论文的题目——“溪河溯源：医学知识在刘完素、朱震亨门人间的传递”，但我以为，用这四个字来表征以义兄整个学问的风格，来标示集中几乎每一篇论文的性质，竟是出奇地恰当。所以不禁为想出这个书名而自鸣得意。

所谓“溪河溯源”，“河”即刘完素，以其籍隶河间；“溪”即朱震亨，以其居近丹溪。以河间、丹溪为代表的金元医学，是中国医学史上一段辉煌时期。以义兄这篇大作，将这派医学中的重要人员分为四组，穷原竟委地考释清楚医学知识在其中传递的各种不同方式。这是一篇高难度的作品，难在与所论问题相关的材料极其分散。我是说材料与“问题”相关，而不是说材料间彼此相关。材料间彼此相关，一条材料中有着另一条材料的线索，只要足够勤快，按图索骥，则罗致不难。或者不同的材料有相同的“关键词”，更可请电脑帮忙，“股沟”代替腹笥，是现代学者的一大方便。但以义兄所论的问题，材料分散在史传、笔记、地志、医籍等大量的文献中，集中起来数量可观，原始的散在则极其稀疏，彼此间的“形式相关度”极低，全要靠高度的敏锐、颖悟、博闻、强记才能将它们一一钩稽出来。成文不过两万字，然而真正是无一字无来历，无一事无出处。读时我常惊叹：“这材料怎么就到了他的手中呢？莫非是地毯式地搜查过？”“地毯式”是笨功夫，也做不到大面积；而以义兄钩稽材料、解决问题的“溯源”功夫，透出的是学力。

以义兄治科学史，中西兼擅。二者的题材内容相去甚远，但他研究的精神与方法一以贯之。本集中关于西方科学史的，都是些大题目，论哥白尼，论牛顿，论普朗克，论德布罗意，论量子力学的诠释，论玻尔与爱因斯坦的争论，这些题目上已经做过的文章可以说很多，以义兄与众不同并且高出于众的地方，就在于——“溪河溯源”。

现代人在学校的体制里学习科学，是把科学知识当做现成的真理来接受的。即使有些概念、命题以其创始人的名字命名，那命名也成了抽象符号；即使课程中或会提到知识进展的先行阶段，那也只是账簿式的记录。思想、知识，当其创始之初的状态，当其发生、发展时的具体情况，是完全不知的，也无要去知的意识。以这样方式习得科学知识，如果缺乏反省，事后又来谈历史，往往是乱谈；现成的“知识”会对探究这些知识的真实历史，反而起一种障碍的作用，佛家所谓“所知障”是也。国内的科学史，无论人员遴选、课程设置、机构归属，都偏重在“科学”，而不在“历史”，或许正是这种“障”的表现。当然，论精神实质，问题并不在于偏重“科学”、还是偏重“历史”。科学史是“史”，是要去知科学知识在历史上的形态，去知科学知识发生、发展中的种种因缘。例如，“力”的概念既是牛顿所创发，那么牛顿是受什么启发、怎么想到“力”的？“力”在牛顿那里究竟有些什么意思？牛顿是怎么论述“力”的？这些问题，只有亲炙牛顿著述的原本、手稿、笔记、书信，种种原始的档案材料后，才可能作切实的回答。以义兄《牛顿传略》一文，就是对牛顿遗传的所有第一手史料，下了通读、慎思、精择的功夫，再参考一直以来公认的牛顿研究的权威著作，而写成的。他另有《牛顿》一书，作为傅伟勋/韦政通主编的世界哲学家丛书之一种，2000年由台湾东大图书公司发行。我敢说，以义兄的研述是可传的，足可传诸久远，历久不磨。不管经过多少年，你要知牛顿，你就去读吴以义的这一书与一文；比起读百数十篇人云亦云、剿袭雷同，或以意为之、“想当然耳”的“成果”来，肯定强得多，时间成本可以少花，认识上则会有实实在在的收获。读它们，你能颇富历史感地、准确地，又不失完整性地接触到牛顿其人、其思，及其科学创造；所以读它们，等于一定程度上你自己在读牛顿。如果你有兴趣，发大愿，非自己读牛顿不可，吴以义的书与文正可作你摸索前行的向导，里面有足够丰富的信息和线索。我以为，以义兄在科学史其他题材上的研述，也都可以作如是观。

以义兄的著作，另有《库恩》一书，也属于《世界哲学家丛书》，1996年在台湾出版。2002年则有《海客述奇——中国人眼中的维多利亚科学》一书，在台湾三民书局出版；此书上海科学普及出版社2004年出了新版。上述《牛顿》和《库恩》二书，我很盼望在大陆也能再出新版，以便让更多的中国读者读到。目前情况下，只能用变通替代的办法：本集中《传略》一文不妨当做《牛顿》一书的简写，而《论哥白尼革命及库恩对哥白尼的研究》则取自《库恩》，为该书的第三章，惟题目是我另取，读之，或可尝一脔肉而知全镬。本集中《十八世纪美国人眼中的中国技术》一文，原文系英文，为便于中国读者阅读，由袁媛小姐译为中文，我做了校订。建议能读英文的读者，还是尽力读原文为好；译文中不免有错误，自当由我负责，与作者无关。已在刊物上发表过的文章，在文末说明原载刊物的名称和时间。行文中若干处，后来情况已发生变化，如《牛顿传略》文末谓郑太朴译牛顿《自然哲学的数学原理》为“唯一”中译本，现在已又有王克迪的译本，但凡此均仍旧，不作改变，读者自可察知这是写作时间的关系。

荐书短评（七则）

《中国的经济制度》，张五常 著·译，中信出版社2009年10月版。

中国近三十年来的经济发展，举世咸称奇迹。奇迹若止于被赞叹、被歌颂、被炫耀，则与神迹无异，无关乎科学与学术；但奇迹若得到了客观、合理的解释，那就最多只是事先意想不到的事实；而解释事实正是科学工作的任务。这本新著揭示地区竞争制度为中国经济发展的主因，并解明这一制度的合约结构，论证其所以有效的层层因果。这一揭示、解明和论证在经济分析上的扎实基础，即是作者早年所著、并早已成为经典的《佃农理论》。张五常先生的这一研究，具有点中穴道般的准确性和深刻性，“中国奇迹”于是得到了科学的解释，就像地球近日点的进动得到了广义相对论的解释一样。因此，任何发乎情绪的赞叹、歌颂、炫耀等等，在科学的学术工作上都是多余的了。作者有句名言：“平生未见过这么好的制度！”

闻者哗然。其实此言与“平生未见过爆炸得这么好的原子弹”同其性质。这一类命题的好坏褒贬，丝毫没有归功或归罪的态度在里面，它只是归因的陈述。读过本书，自应能明白这一点。

《一个大国的崛起与崩溃——苏联历史专题研究（1917~1991）》（上、中、下三册），沈志华主编，社会科学文献出版社2009年8月第1版。

中国看美国，时而为敌，时而为友，既隔着重洋，怎么看也是“远人”。而中国看苏联，则不仅是邻居；始以兄弟交欢，继又兄弟阋墙；最后，兄终弟及，扛旗大业，艰巨独任，始终是痛痒相关。所以，一部褪去意识形态色彩、客观的、冷静的、全面的、“实证性”的苏联史，就特别难产，今既产出矣，则尤觉难得。“实证性”是本书主编沈志华绪论中的自评用语。这个词语时髦而多歧义，但用在本书上意思十分明确，并且正确：本书写作的第一手原始材料既多且新，一皆取于苏联解体后解密的“大内秘档”。历史研究上常有“抽象和宏大问题”的争论，所争若关乎“真理”，是否越争越明，不知道；若关乎“事实”，如果证据不足，材料缺乏，则肯定越争越糊涂。此时新材料之涌出是最重要的，在这个意义上，苏联解密档案不仅为苏联史、甚至也为中国现代史若干重大问题的新观察和新研究，提供了绝佳条件。本书由众多专题论述组成，涵盖广，挖掘深，苏联史的方方面面尽在目前，各方面的环节程序历历如绘，说是一部“通史”，也不为过；因为通与不通，原不在架子。以己之心，度人之腹，我猜想，“三十年代大清洗”和“斯大林与中国内战的起源”两章，将最为有“历史感”的读者所注意。但历史是不会重复的，既不会在时间里，也不会在空间上重复。“以史为鉴”的古训，绝不是吸取教训、以免重复的意思。谁能告诉我，历史上哪一场悲剧（或曰浩劫），是因为没有吸取过去的教训而以重复的方式发生的呢？

《民主的细节》，刘瑜著，上海三联书店2009年6月第1版。

改革开放以来，国人介绍和研究欧美的书籍多不胜数，但我愿把这一本挑出来，归到梁启超《新大陆游记》、王韬《漫游随录》、李圭《环游地球新录》，以及郭嵩焘、曾纪泽的出使日记等一类里去；时代虽不同，一样是作者凭自己的亲历和观察，对异国情状的“细节”叙述，读来亲切有味，大开眼界。本书的“细节”属于“民主”这个大题目，自更有其特殊的吸引力。

国人在民主问题上常表现两种偏向：一是但作概念化的理想观，兼以盲目诉求的热情；另一则是西方民主一概以“虚假”、“骗人”视之的成见。各趋极端，却两极相通。以“虚假”、“骗人”视民主的成见，并非封建主义留给我们的糟粕，这种成见是新的。这成见的制造者，曾经通过概念化、抽象化民主热情的鼓动得到过实实在在的大好处。所以，成见的根源并非无知，而是在于权力和既得利益；但是像本书这样，在具体和细节上给人以平实而贯通的知识，是足以说服人摆脱成见的。作者自谓写作结集在本书里的文章，乃出于“对缺乏精确性的议政方式的反感”。她通过说故事来说明道理，说事和说理成了一而二、二而一的事情。作者真是文章的高手，跟着她一路行进，花团锦簇，目不暇接，却一步不偏“精确性”的无形轨道。“随风潜入夜，润物细无声”，流畅生动的语言，富于节奏感，带点麻辣味，这是“风”，而入你心的，却是那温润的理致。

《何方谈史忆人——纪念张闻天及其他师友》，世界知识出版社2010年10月版。

这本书主要是谈史，忆人也是谈史。作者以亲历亲闻和对第一手文献资料的考索，恢复了中共党史上一些重要事件的真相，披露了一些鲜为人知的秘辛。有批评，有辩论，批评和辩论针对的则是那种根据需要来派定“事实”、根据需要来捏塑“历史”的做法。需要正未有穷期，老谱将不断袭用，因此，何方先生令人钦敬的勇气，当今之世也正有其“需要”。然而也令人感慨，堪称二十世纪最大数学家的希尔伯特，在有人问及布鲁诺因宣传日心说而被烧死时，回答说："科学不需要殉道者。"科学探究真实，历史也探究真实；为什么科学不需要殉道者，而历史的探究却额外地需要一份理智之外的勇气呢？

书中有一篇醒目的短文："从陈独秀、张闻天到胡耀邦"，追述三位总书记对五四精神的继承和发扬，似乎也形成一个不绝如缕的小"传统"。这是又一次地提示：道理是道理，事理是事理；历史进程中起作用更有力的是事理，而不是道理。英谚云："通向地狱之路是由美好的愿望铺成的。"说的是事理。"文革"前一年彭真同志访问印尼，作报告，引列宁："历史喜欢开玩笑，本来要进这间房的，却进了那一间。"说的也是事理。

柳红《八O年代：中国经济学人的光荣与梦想》，广西师范大学出版社2010年10月版。

中国经济制度在困境中起步改革，至今三十年，取得了奇迹般的巨大成功。关键在前十年，其中经济学人的参与，起了不可或缺的重要作用。乘凉的后人，要记得栽树的前人，这本厚书，就是写他们的故事。书分三编，分写三代人的同时奋起，从著名的老辈学者，到当时还默默无闻的青年学子；他们以冷静的思考和热情的行动，以点点滴滴耐心扎实的试验和推广，合力推动着改革大业的前行。那一段改革中的重大事件和步骤，也在叙人的故事中明朗地展开。无数小故事汇拢来，组合成一幕宏伟壮阔的历史大剧。它告诉人们：改革并没有一个总设计，并不是按照总设计蓝图的逐步实施；改革也不是盲目地摸着石头过河，而是有着清醒头脑的众多改革者对大大小小挑战的理性应对。

作者对那时代充满激情的怀念，强调“那是经济学家没有和商人结合的时代”。这不禁使人想起马克斯·韦伯。在论述完理性化的资本主义如何从新教伦理中脱胎，而又断了与新教伦理的脐带后，韦伯愤激地批评说：“专家没有灵魂，纵欲者没有心肝，这个废物幻想着它自己已达到了前所未有的文明程度。”

《古典的回声》，高峰枫著，浙江大学出版社2012年1月版。

高峰枫著《古典的回声》，是一本文章的结集；多数文章，是对新出的古典研究和翻译的述评。古典虽古，其命维新。对圣经和耶稣的历史研究，在西方久为显学，作者选择介绍了好几本这方面的力作，使我们大开眼界，是本书的重头。作者特别注意西方古典文学与早期基督教的关系，也使我们兴趣盎然。

作者读书多而细，典故熟且活，通习多种西文，文字敏感性强，视野开阔，把捉精准，感受与理解结合得好。他对冯象《创世纪译注》的赏析是小处着手，而对冯著渲染《创世纪》的神话因素进行商榷则是大处着眼。他把美国学者白氏夫妇的最新《论语》英译置于古史辨统系来评价，视角独特，细想倒也平实；而他遮拨白氏对《论语》与《福音书》的牵强比附，则出自充分的学术储备。读他仿金圣叹批《水浒》的笔法批点《旧约》亚伯拉罕杀子一章，不禁叹为奇构。他对中国学界“盘剥西方古典”另趸发卖现象的批评，言辞犀利甚至刻薄，实有确凿坚强的底据。现象之起，或系制度性原因；废疾之瘉，唯赖学人之自省。古典的回声，是古典在现代世界的回响之声，也是现代世界叩问古典的回应之声，《古典的回声》则留下了思索：我们是否应该、是否能够倾听古典渊默之中的原声呢？

本书是“六合丛书”之一种，丛书还有高山杉《佛书料简》一种。兄弟俩专攻各异，博通则一。山之杉，峰之枫，比肩并高，交相辉映，风景殊佳。

《社会思想的视角》，王焱著，浙江大学出版社2012年8月版。

本书是王焱先生十多年来二十篇文章的结集。长文累万字，短文三五页，都当得起精博二字；论题多端，古今中外，扼要申论，都从社会思想的视角看。前言里作者对学人有个定位：社会思想的理论家要比社会科学的专门家高出一头，而社会理论家的一个特点是重视历史。是故，论陈寅恪的中古政治史研究，重点在士族的文化和门风；

论托克维尔的《旧制度与大革命》，注意于旧制度实是中央专制和贵族制的二元并存，大革命只是革掉了贵族制，却发展了中央专制；论卡尔·施密特与自由主义关于国家和社会关系的争论，强调现代法治下，公民社会与不专断的中央政府结合，能建设更强有力的国家，施密特低估了“自由主义构建现代国家的能力”；还论到了新制度经济学的奠基者科斯及其后继者诺斯，科斯的经济学研究常有细致的历史资料调查，而诺斯的经济史研究则开创了国家理论的新范式。作者取以论述的“社会理论家”多为杰出大师，对所论历史的“大事因缘”又参悟得透，对读大师，凭据历史，论证严谨又有力量，行文典雅而有气势，王焱先生堪称社会思想的大论家。

（为《南方周末》好书评选活动作）

理性的见证

莫里斯·克莱因（Morris Kline）教授的大作已经译成中文的，据我所知有三种：《古今数学思想》《数学——确定性的丧失》和《西方文化中的数学》；按照现今的分类时尚，它们可以分别归于数学史、数学哲学和数学文化学三门“学科”。《古今数学思想》是克莱因最重要也最成熟的作品，成书于1972年，而译出最早。中译分四册，前两册1979年行世，当时正值“科学的春天”，第一次印数即高达五万，不到两年出全，后两册的印量也有万七之数。全书最近又都重印了。中译《数学——确定性的丧失》属“第一推动丛书”，整套丛书有法眼选目，有高手移译，质量上乘，销量亦可观。这本新近译出的《西方文化中的数学》则是克莱因的早期著作，英文本出版于1953年。

单从书名即可想见，这本书是要将数学置于西方文化的背景中加以考察，要谈数学与西方文化其他领域的关系和相互影响，谈数学精神、数学方法在数学外领域的体现和应用，然而，有点“吊诡”的是，关于古希腊和希腊化时期的前六章，强调的恰恰是数学精神的独立性和纯粹性。

古希腊的数学家鄙视手工劳动和商业活动，柏拉图就宣称：“算术应该用于追求知识，而不该用于贸易”，“自由人从事商业贸易是一种堕落”。即使是对实用发明作出过巨大贡献的阿基米德，真正珍爱的仍然是演绎性的科学，他也认为“任何与日常生活有联系的技艺都是粗俗的”。希腊人几何发达，代数稍逊，他们将几何学做成高度完善的演绎公理系统，这在欧几里得的《几何原本》里集了大成；而由于对“数”未能像对几何形状那样建立起严密紧致的逻辑体系，希腊人明显有厚几何薄代数的倾向。代数概念一定要转变成几何概念才算合法：解方程必须用几何作图法；二数乘积或三数乘积必须理解为形状的面积或体积，所以四个数的乘积被认为不可思议。但是几何化毕竟完成不了数论的公理化，希腊人只得将无法表示为整数或整数之比的数叫做“无理数”，这个名称一直沿用至今，而数的理论的公理化是迟至十九世纪的事了。

在几何学内部，希腊人坚持尺轨作图的限制，所以有“三等分角”、“立方倍积”、“化圆为方”所谓“三大难题”的成立。其实只要允许用复杂一点的工具，难题不难解决，但是希腊人不许，因为这样做是突破了公理的藩篱，羼杂进了感性因素，几何学的理性便荡然无存了。对于希腊人来说，维护理性的纯粹性和独立性，比什么都重要。这种独立、纯粹的理性精神，从来不曾在也有悠久数学历史的巴比伦、埃及、印度和中国文化中出现，只在古希腊出现。事情似乎是，数学以及后来自然科学的理性，只能在特定的文化土壤和环境中才能产生，而这种精神本身，又是普世性的，超文化的。

科学理性的历史形态不拘一格。古希腊（特别是毕达哥拉斯——柏拉图一系）的理性是数学本质主义，认为数学结构即是世界的本质。而由伽利略、牛顿开启的近代物理学的理性则表现为“数学地描述现象”，仅仅是描述现象，而不问“本质”。牛顿用计算证明，使地球物体自由下落的力与使行星环绕太阳旋转的力可以用同一个公式表示，这就够了。问到“万有引力”的本质，牛顿的回答是：“我们应当力戒假说”。近代科学的伟大创始者都信仰上帝，在他们看来，是上帝，把世界造得可以用数学来描述，而他们自己，不过是人中的先觉，率先领悟了上帝的旨意而已。当牛顿发现，太阳系的实际运动呈现出偏离计算的不规则性，因而稳定成为问题时，他又不得不假设上帝的不可知的力量在维持着太阳系的稳定。将理性能及的视为上帝的显现，归功于上帝，是感恩的心情；在理性不能及处，撒手听命，只让上帝来负责，是求助的心情。出于感恩的信仰和出于求助的信仰是应该加以区别的。

十八世纪的拉普拉斯算出行星运动的不规则具有周期性，因而太阳系还是稳定的，他既不感恩，也无须求助，所以当拿破仑问他《天体力学》一书为什么不提上帝时，拉普拉斯回答说："陛下，我不需要这个假设。"

数学（和科学）理性与宗教的关系，是本书的一个重头。作者在这个问题上的观点，显得比较径情直遂。他似乎认为，理性与宗教是不共戴天的，理性靠自身的发荣滋长，即能推翻宗教。近代科学的大宗师们依旧虔信上帝，似乎只是一种历史局限性，是古时"愚昧观念"的遗留。书中有好几处，论述以理性为指导的人类文明的"进步"，如何逼使宗教收缩地盘，改变形态，甚至缴械投降；行文如行军，慷慨激昂，铿锵有力，字里行间充满道德正义感，几乎写成了反宗教的理性宣言。在这等地方，考虑一下更富于历史意识的人文学者的看法应该是有益的。例如，托克维尔在《旧制度和大革命》中说："在过去各个时代，人们攻击宗教时表现出的热忱总是产生于新宗教唤起的虔诚"，但法国大革命时的反宗教运动，却像是"几个想要否定基督教的大作家汇合在一起"造成的，但是，"只有这些作家所处的时代和国家的极其特殊的原因，才能解释作家们的事业。"所以，仅仅在理性与宗教的关系上论宗教的兴衰，无论如何不是历史的真相。

本书用到的材料极其丰富，涉及的领域极其广泛，文学、美术和音乐，哲学、伦理学和经济学，都从与数学相关的观点上论到了。有关的数学知识，也多作了深入浅出的介绍，使知数学不多的读者不至于茫然。有几个问题论述得特别精彩，如文艺复兴时期绘画中透视法的发明，完全是运用几何学的结果；而反过来，从画家们的光学透视体系中，又孕育出射影几何学，这门“诞生于艺术的科学”，成了后来“许多新几何学的母亲”。数学是一种理性的文化，本书的这一基本观念，肯定不被现今非常热闹的“科学知识社会学”（SSK）所赞同。SSK做过不少扎实的科学史案例研究，竭力消解理性的存在，把科学真理归结为制度、权力、利益、人际关系等等社会因素的建构产物。但是有一点，就我狭隘的见闻所及，SSK的研究中，似乎还没有一个重要的数学史案例。如果SSK不能啃下数学这个硬果的话，本书就还可以作为理性的见证而有其价值。

（刊于2004年9月16日《南方周末》）

诺奖中的政治

二十多年前，出过一本从社会学角度研究诺贝尔奖得主的名著《科学界的精英》，书里有个说法：诺奖能在众多国际科学奖项中享有独一无二的崇高声誉，乃是因为像爱因斯坦、玻尔这样一些科学伟人都曾笑纳此奖，所以，是人弘奖，而不是奖弘人。很长时间里，我对此说一直深信不疑。偶尔听说诺奖也有不公正的情况，甚至有“政治”掺和在里面，便以为那只限于文学奖或者和平奖；科学奖即使所颁非人，那也只是因为科学成就的评价过于困难。大师众多，奖金有限，得与不得之间，天意也，非人为也；概率也，非必然也。在我的心目中，霍金的地位远高于普里高津，后者得之，前者不得，这里却说不上什么公正不公正。

上述的说法和想法，其实是忽略了一个问题，即诺贝尔奖究竟是怎样运作的？过去不具备条件，1980年，有关诺贝尔奖的档案解密，才使历史学家有可能去正视和研究这个问题。眼前这本《权谋——诺贝尔科学奖的幕后》，就是这方面的权威史著，作者R·M·弗里德曼为此花了二十年的工夫。书名的英文原文是“Politics of Excellence”，意即选拔卓越成就也是一个政治过程，并非卓越成就自然而然的自我彰显；译为“权谋”似乎有点过头，但实在也想不出一个既确切又简明的译法。政治中肯定有权谋，但却不是一切的政治全都只是权谋。诺奖评选过程的政治性表现在多方面，国家利益、民族情绪、价值观念、经济得失、个人恩怨、平衡考虑，都在里面起作用。这本书的好处在于，史料丰富全面，叙述细致周到，读者只要有心，就不难看到各种因素在诺奖“政治”中各各不同又相互配合的表现，而不至于只留一个“权谋”的印象。

诺奖是瑞典人颁发的，瑞典的科学界对物理学的本性一直抱持狭隘的门户之见，重视精密测量和能有“直接发现”的实验物理学，轻视多用数学和创发基本概念的理论物理学。这一“价值观念”上的倾向长期支配着诺奖“政治”。以1910年的评选为例，庞加莱在提名人中得四十三票，范德瓦耳斯仅得一票，结果范氏当选，庞加莱落选，个中原委十分曲折。

简单地似乎可以说，是诺奖委员会的阿伦尼乌斯与瑞典皇家科学院的米塔-列夫勒之间的个人争斗有以致之。米塔-列夫勒是数学家，传说诺贝尔就是因为与他有“情仇”而不愿设数学奖；他和阿伦尼乌斯两人其实都是瑞典科学界少有的明见之士，两人都努力在诺奖评选中“为理论打开门”。但两人结怨甚深，什么事情都要对着干。两年前，阿氏支持普朗克，米氏大拆台脚，使普朗克落选；这次米氏推举庞加莱，阿氏也一报还一报。阿氏设法取得了撰写总报告的权力，他不惜放弃自己有远见的一贯看法，为获得表决多数而利用多数人的偏见，把庞加莱的成就描述为“主要属于数学方面”，大事推崇范德瓦耳斯当时就已显得陈旧的实验工作。这种策略，正是“从前被别人用来支持门捷列夫而他本人曾强烈反对的”。醉翁之意不在酒，为了报复米塔–列夫勒而刷掉庞加莱，阿伦尼乌斯得遂所愿，他确实搞了权谋。但经过委员会和皇家科学院的先后表决，结果如此，不能不说是对物理学本性的偏见起了最后的决定作用。庞加莱的落选使他的法国同行大为愤怒，他们说：“庞加莱被当做没有开过枪的士兵，然而他是一位将军，他影响了现代物理学的整个方向。”翌年，居里夫人第二次获奖，那又是阿伦尼乌斯为了补偿法国科学界而搞的平衡术了。

这本书里的多数案例，是讲那些引起过革命性变革的物理学大师怎样受到诺奖的排斥：普朗克、爱因斯坦、薛定谔、海森伯，都曾一再遭到压制、否决，延迟了获奖时间。这说明保守狭隘的科学观曾经是多么根深蒂固，并且这种科学观有着深厚的历史和文化根源。事实上，所谓

“雅利安物理学”和“犹太物理学”的荒唐区分，早在纳粹上台之前十年，就在德国物理学界盛行了。瑞典受德国文化影响很大，诺奖委员会和瑞典皇家科学院在价值标准上的故步自封也就不足怪了。

爱因斯坦得的是“保留”的1921年物理学奖，于1922年颁发。正式报告中绝口不提相对论，奖金是发给他的光电效应研究。为了博取有表决权的“测量物理学家”的认可，大力推举爱因斯坦的奥森在报告中只提光电效应“定律”，不提光电效应“理论”；奥森也玩了“政治”。爱因斯坦早先落选也好，这次当选也好，都是“政治”运作的结果。另外还规定，爱因斯坦致答谢词时，也不得提到相对论。爱氏没有出席授奖仪式，他到日本去了，顺便还光顾了中国的上海。翌年夏天他去领奖，在瑞典的第二大城市戈森堡参加北欧自然科学家第十七次大会时，补做了诺奖答谢词——这样他可以不受限制了。他放言无忌，大谈相对论。坐在前排贵宾席上一位专心的听众说：“我想再多知道一点相对论”，他是瑞典国王古斯塔夫五世。

就科学史上的地位来说，庞加莱、爱因斯坦这些大师得不得奖是无所谓的。他们的价值，“虽大行而不加，虽穷居而不损”，超越高上于一切的政治，他们是自我界定的。有趣的是，爱因斯坦本人还很在乎这个奖，那时他离婚不久，需要这笔钱来付前妻的赡养费。

历史认识须有不可或缺的两个方面，一是具体的真实，一是在长时段中的意义。这本书揭出了诺奖的许多幕后真相，有助于对治公众对诺奖的盲目崇信；但若就此以为诺奖根本不公正，甚至指责所谓“诺贝尔腐败”，那也有失偏颇。事实上，只要是以人为的规则和程序进行的选拔，就没有绝对的公正可言。程序和规则是人制订的，是人执行的；是人就有偏好，就有利益追求，就需要“政治”来协调。对评奖这类事情，提出超越政治的责望，无疑是南其辕而北其辙。一百年来的诺奖得主，能久享盛誉的，就那么几个；而其能久享盛誉，却主要不是因为得过诺奖。就算“历史”也未必一定公正，是金子未必一定能发光；但是能永久熠熠发光的，则一定是金子，在这点上，历史还是有它公正的、理性的一面。

（刊于2005年9月10日《文汇报》）

历史上的书籍与科学

牛顿是古人，他死的时候，曹雪芹还在童年；爱因斯坦是现代人，他访问日本途经上海时，中国共产党刚刚成立。但是有一位英国小女孩却把俩人搞混了；当她终于得知爱因斯坦还活着时，立刻提笔给他写信：“我本来早就应该给你写信的，只是我不知道你竟然还活在世上。我肯定是把你和牛顿搞混了。”这也难怪。套用一下托尔斯泰的名言：“幸福的家庭家家相似，不幸的家庭各有不幸”，我们也可以说：“伟大的人物个个耀眼，平凡的众生各具笑貌”。耀眼，所以容易搞混。记得有一部拍徐悲鸿的电视剧，上世纪二十年代的大学办公室里，竟然提前挂上了爱因斯坦晚年的照片；须知，爱因斯坦是1955年去世的。

牛顿和爱因斯坦虽然同是大名垂宇宙的科学伟人，但他们其实有许多不同；这里只提一点，这一点看似很小，也许意义却并不小。1986年，全世界纪念牛顿，纪念他的主要著作《自然哲学的数学原理》问世三百周年；《原理》初版未标日期，“1686年8月”的字样，是1713年出第二版时倒填上去的。2005年，全世界又纪念爱因斯坦，那是纪念相对论发明一百周年；爱因斯坦关于相对论的第一篇论文《论动体的电动力学》，登在1905年9月号的德国《物理学杂志》上。牛顿写厚书（现在叫“专著”），直接出版；爱因斯坦写论文，通过刊物发表。这反映了他们各自所处时代在科学权威性的建构方式上有所不同。这一类的区别，多数讲科学史的人并不注意，却是眼前这本书——《历史上的书籍与科学》——关注的重点。

以往科学史的舞台上，上上下下都是些重要思想和理论，你方唱罢我登场，演示了科学的进步；与思想理论相关的其他社会因素，最多作为“背景”略一提及，“注意”是谈不上的。现在，科学史家开始注意背景了。因这一“注意”，背景就活动起来，不再是“背景”，与思想理论互动起来，成了舞台上的重要角色，有时甚至是主要角色。从“不注意”到“注意”，不仅是认知范围的扩大，更是历史意识的进一步渗透。对肠胃来说，观察面食的发酵过程，不一定有助于消化；但对头脑来说，观察思想与各种非思想社会因素的互动，则一定有助于理解。

《历史上的书籍与科学》一书，既以书籍与科学的关系为纲，可以收纳的内容就极其丰富了。羊皮手抄本，早期印刷本，十六世纪阿拉伯人绘制的世界地图，炼金术文献和星相图集，多彩多姿的装帧风格，千奇百怪的自然界图解，可以说应有尽有，令人目不暇接。图书馆怎样从博物馆分离出来？定期刊物怎样从学者们彼此通信讨论科学问题的风气中孕育出来？最初的索引是怎样形成的？百科全书在启蒙时代，怎样不同于今日仅作为备查工具书的地位，而起着“展示科学事物中各个环节之关联”的作用？问题的清单可以开列一大串，都有征引广博而条理清晰的叙论。对阅读经验的历史也有引人入胜的论述：一方面讲读者的兴味怎样影响着书籍的生产，这里面有经济学的眼光；另一方面又讲阅读如何以不可预测和无法控制的方式改变着读者，书里有专门一章，题目就叫做“阅读生理学”。关于更广泛范围的历史研究，书里也常有极富教益的提示。例如，讲占星术的一章指出，应注意欧洲文艺复兴时期占星术在政治决策中的作用；这对于一向把马基雅维利式的谋略当做政治决策关键的历史认知方式，无疑是开出了一个全新的问题维度。

本书由二十篇相对独立的论文组成，书末附有二十二位作者的简介；其中的两位承担了主编的责任。他们颇具匠心地将二十篇论文分为三组，以时间为经，以问题为纬，把全书结构成一个有机整体。所有问题中最重要的问题，就是上面提到过的科学权威性的建构方式；这个问题也牵涉到现在和未来。曾经，科学的权威性就在于那些经典著作本身，因为它们是富于创造能力的天才写作的。随着印刷术普及，书籍日益增多，特别是教科书的大量涌现，书籍本身即是权威的观念成了一种过时的浪漫主义。科学权威性的所在转移到了实行同行评议的专业期刊；出书的科学家可以得到版税和公众声望，却不能以此收获学术声望了。现在，情况又在发生本质性的变化，科学期刊的权威性受到了严重挑战。电子网络遍布全球，“不发表，便毁灭”的旧格言，变成了“只要出世，就能面世”。期刊也在电子化，电子化的科学期刊，与“博客”的圈地又有什么区别呢？其权威性又何在呢？本书主编在导言的末尾直抒心声，对过去了的“书籍的方便和厚重”表示一种无可奈何的怀旧情绪，但他们写这本书，仍有其良苦用心：了解历史，“将使我们在应对现实问题的焦虑和困境中，具有多一点的批判性和敏锐性”。

这本书让那种“不是学术书，就是通俗书”非此即彼的两分法失效了，它学术性、研究性很强，同时趣味性、可读性也很强。它可以正襟危坐地“读”，也可以斜倚横卧地“游”。不说别的，光是那两百多帧从“历史上的书籍”里采撷的插图，就足以构成一幅系统的“时间隧道”；这“隧道”不是单线条的，它骨干挺拔而又枝节繁密，读者进入其中，赏心悦目之余，自能生发一些回到了过去的实感。近多年来，旧书市场十分活跃，喜欢把玩旧书的人越来越多，但是亲手摩挲域外旧籍的机会毕竟难得，有这样一本书在眼前，至少在视觉感受上，可以“慰情良胜无”了。

（刊于2006年4月19日《中华读书报》）

魂不守舍魂归何处

——《知识分子都到哪里去了？》读后

若干年前，大约是讨论人文精神最热闹的那阵子吧，一位科技知识分子朋友曾这样对我说：“设想某天早晨一觉醒来，有一号职业的人忽然全体消失，蒸发掉了，无影无踪了，这世界却丝毫不受影响，人们照常工作、吃饭、休息、玩乐，时间仍是流逝，街市依旧太平。你说，这是一种什么职业呢？”趁我一时语塞，他立即代我回答：“就是像你这号搞文科的知识分子。”我向来和他抬杠惯的，这次却还没来得及说“不”，就已经自己泄气、服气了：“是啊，如果忽然消失的是全体医生，天下岂不要大乱？至少，那天全世界等着开刀的成千上万急危病人是没救了。”当这本书的书名——“知识分子都到哪里去了？”——跃入我的眼帘时，蹦出我脑海的竟是这么一个回忆。

照本书作者弗兰克·富里迪的意思，当今之世，“知识分子”真的是全体消失了；他说的也是“搞文科”的知识分子。谈知识分子而只限于“文科”，这倒不是随意的定义，也不是出于政策考虑，这在历史学上是有根据的。法国当代史学大家雅克·勒戈夫有一本很著名的书《中世纪的知识分子》，里面说："在西方国家，知识分子随着中世纪的城市而诞生"；"'知识分子'一词出现在中世纪盛期，在十二世纪的城市学校里传开来，从十三世纪起在大学里流行。它指的是以思想和传授其思想为职业的人。"那时的大学是教会办的，在大学里教书的是教士，他们专业和传授的思想当然越不出"文科"范围。所以，《知识分子都到哪里去了？》一书中没怎么论到"科技知识分子"，想必不会引起什么异议；科技知识分子明明在，不用找，而且是现代世界的支柱，先进生产力的代表，有目共睹。

《知识分子都到哪里去了？》一书所云知识分子的"消失"，有两层互相联系的含义。一是知识分子本身变质了。真正的知识分子理应"为思想而活"，不应"靠思想而活"，犹如虔诚的宗教徒理应"信教"，不应"吃教"；但本书认为现在的知识分子都把思想和知识当作了工具，下焉者变"专业"为"专吃"，上焉者也不过是迷恋和追求个人出人头地的"成就"，这便"意味着历史所了解的那种知识分子的终结"。二是知识分子的地位变了。作者认为，历史上知识分子的所知主要是"道"，知识分子其实是知"道"者，他们代表理性、真理、根源性的价值和意义，作为个人，他们也会追求思想之外的种种利益，但是“作为一个群体”，“知识分子有着令人敬畏的文化权威和影响力”。然而现在，知识分子群体的超然的生命存在业已丧失，思想已经魂不守舍，最多只能寄托于个别知识分子的个体生命中；知识分子成了统计学意义上的一个总体，一个类别，一个集合，一种职业，与别的总体、类别、集合、职业不分轩轾。现在的情况是，一方面“知识分子的权威遭到广泛质疑”，另一方面，“教育和学习获得了前所未有的重要性”，“商业机构和公共机构不断宣称致力于扩大它们的知识基础”；两方面其实一致，因为“知识成了易消化的现成品，能够被‘传递’、‘分发’、‘出售’和‘消费’”。现时代知识和知识分子的贬值，不是贬在价格上，是贬在价值上、意义上。

书里对知识的贬值和丧失意义，作了很多现象描述，主要说的是西方社会，但我们中国人读起来，觉得这里的情况也差不多，也许还更严重些。大学不再坚持优胜标准，精英教育堕落成职业教育；图书馆提供咖啡厅、休息室，乃至“几乎任何服务”，而借书还书则被视为“枯燥乏味”的末事；莎士比亚戏剧被“现代化”，“其动机并不是什么艺术家的洞见”，而是“出于联系观众的考虑”。诸如“庸人主义”“管理主义”“工具主义”“文凭主义”这些标签，频频出现在作者的笔下，富里迪先生并未批评任何个人，他描述和批评的是整个时代的状况，可以说，他是写了一本“骂世”的书，当然平心而论，他的骂还是相当温和的。

知识分子的全体不知所终，作者也论到了其原因，如市场对知识和文化的侵蚀，公共政策的导向，制度化、职业化的压力，等等，论得比较宏观，比较粗略，有点大而化之。如照经济学的论法，也许可以论得细致些。知识分子也是人，是人就有七情六欲，就有在约束条件下追求利益最大化的自然倾向；有的经济学家笔锋一转，会说知识分子的精神劳动也是“趋利”行为，但此“利”不是指精神劳动的成果可以换得的好处，而是指精神劳动内在的过程和目标即是“利益”所在。有一点区别必须强调：精神劳动与其约束条件的关系有其特殊性，跟做工、务农、经商、从政这些行为与其约束条件的关系，不能等量齐观；精神应该具有超越性，一定程度上甚至与约束条件无关。当富里迪先生在书末号召“为公众的心灵和头脑发动一场思想之战”时，他能依据的，也就只能是这一点。

富里迪先生是个左派，据译者介绍，他生在匈牙利，后来移居英国，曾化名注册，成立大不列颠革命共产党，自任主席。他心目中的知识分子，其实是“从来不对现状满意”“质疑传统价值”的批判型左派知识分子，因此知识分子所代表的“理性”“理想”等等，就不是源于传统，而是知识分子自我作古开创的新的价值。他甚至把保守的右翼人士指责、攻讦左派的言论称为“反知识分子论”，换言之，他把右翼知识分子开除出知识分子行列了。然而，这本书里却有一个很深刻的观察："如今，颂扬和试图维护现状的，不再是文化保守主义的代表们。相反，右翼知识分子很愿意看到制度和文化发生根本性的改变。传统上由右翼承担的对文化和教育机构的维护，现在由专业人士和专家接手了。"这就是说，文化保守主义对现代的文化状况更具有批判态度，左派却蜕变成了"顺从的知识分子"，因为"专业人士和专家"的前身，很可能就是左派"；例如，在法国这个一向被视为"知识分子故乡"的地方，"今天的知识分子看起来更像小技术官僚"。这样说来，富里迪先生号召的"思想之战"，谁任战士呢？过去寄托于知识分子群体大生命的思想之魂，将归何处呢？书里没有回答这个问题，甚至也没有提出这个问题。尼采说"上帝死了"，福柯说"人死了"，现在富里迪先生说"知识分子死了"。富里迪先生期望知识分子复活，却开不出起死回生的方子；如果说这期望里还有点活气的话，也只是尸居余气了。

（刊于2005年12月7日《文汇报》）

游走于文史之间

——虞云国的《水浒》新读法

将近十年前，虞云国先生在《万象》杂志上开张写《水浒》文章，总名曰“浒边谈屑”，每期登一篇。题目多为《水浒》中的风俗名物，虽常常只是小东西，如“炊饼”“酒望子”“度牒”等等，文章则俨然大家。其材料之丰富、见闻之广博、识解之精妙、考辨之确当，再加上行文雅训生动，很快就吸引了众多眼球，赢得了读者欢心。据当时主持《万象》的安迪兄说：偶有“谈屑”脱载时，隔三岔五就会接到询问电话：“怎么不见虞云国的文章？”最近，三十篇“谈屑”结集成书，题名《水浒乱弹》（下或简称《乱弹》），由中华书局出版行世。

新春放假，重温一过，因长期在书山文海中头出头没而似乎麻木了的对“书趣”的感受，嘿，竟一下子回来了。名目无所谓，“乱弹”也好，“谈屑”也好，重要的是，每一篇都给你长一份颇具完整性的历史知识；而三十篇合一成整体，却又远不止三十份知识。整体大于部分之和，这本书是带我们走进了一个世界，使我们对千年之前、水浒那个时代、形形色色的社会生活，产生了仿佛亲历过一样的感受。这样的书，可不容易写。

《水浒乱弹》探索并成功地创造了一种《水浒》新读法。云国曾为日本史学巨擘宫崎市定论水浒的著作写过一篇书评，提到《水浒》有历史学的、文学的、社会学的等多种读法，依愚之见，《乱弹》一书是这多种读法的综合，而其落实，则在“宋元社会风习”的还原上。

历史学的读法可以前辈学者余嘉锡《宋江三十六人考实》为代表，该文“据宋元群籍勾稽出小说中梁山人物的历史原型与梁山泊的历史变迁”，但由于文献不足，“有关《水浒传》人物史事的纯史实考证，余嘉锡之后已经没有太大的空间”了。《乱弹》中也有若干以“纯史实考证”纠正《水浒》小说里史地错误的节目，并以此推测小说作者的情况和成书年代，但《乱弹》的史学眼光主要关注于小说文本里的种种名物，发掘出凝聚于其中的当时社会情状，使小说文本也成了有价值的史料。

要做到这一点，光有“眼光”是远远不够的，这里最需要的是“功夫”，是“学力”。一个俗语、一个称呼、一个物件，在博物学词典里都只是一个点，但在云国的笔下带出了一大片，穿行在这一大片中，你能感受到一大片历史的实存。云国读书多，腹笥丰，记诵博，运用活，一个名物牵头，大量小说、戏曲、诗歌、笔记里的有关材料，落英缤纷般抖落出来，书斋学究成了散花天女，不由你不赞叹“她”的锦绣手段。我们现在生活中，衣食器具，土地屋舍，日用而不知，不闻亦不问，谁会关心馒头的来历，谁会考究豆腐的做法，然而以今视昔则不同，跟着虞云国用史学的读法去读这些小东西，真有莫大的乐趣。

云国自称“浒边谈屑”，“浒边”有两层意思：一是在《水浒传》的旁边，一是在水边；合二为一，总而言之，则是“不下水”，不谈论小说本身。云国有文才，能诗，感时咏史，抒情遣怀，经常有旧体诗的写作，但云国无意作文论。他读《水浒传》的“文学的”读法，除了上所云戏曲、歌诗随供驱遣外，在将诗、曲作为对证、疏释的史料的同时，常常会不自禁地焕发出文学的意兴。试将他从元代杂剧里挖出来的货郎担的曲儿和《水浒》小说里燕青所唱的“货郎太平歌”对着读，真个有回肠荡气的舒畅，真个有顿挫婉转的悠扬。

至于社会学的读法，过去萨孟武先生的《水浒传和中国社会》堪为典型。萨书主要是以水泊梁山为社会学的个案，从中引出社会学的问题，给予解答，更引出理论。这从萨书的一些子目就容易看出：“梁山泊的社会基础”“小霸王劫婚与中国社会之‘性’的缺点”“由潘金莲与西门庆谈到古代的婚姻问题”“快活林酒店的所有权问题”等等。《乱弹》的社会学读法，则全在于当时社会的具体情状，当时若干事项的具体关联。例如，菜园子张青，由“园子”二字是对人的称呼，而不是指种菜的园圃，谈到宋代开封、建康等城市蔬菜供应情况，微观及于宏观，而又不离具体。又如火葬，都认为来自“僧道”，《乱弹》则全面揭示出宋代火葬风行的社会原因，显然不是“僧道”一路所能概括。历史的具体性离不开实感。一言以蔽之，萨书教人“学法”，学习看法；《乱弹》供人“享受”，享用感受。

云国自云，像《乱弹》里这样的篇目，他曾拟订了百多个，私心真盼望他能写完这些题目，以飨读者，以惠后来。

（刊于2009年2月21日《光明日报》）

别出心裁的社会史

——读史景迁《王氏之死》

史家每以“大处着眼、小处着手”为治史胜境；史景迁先生用通俗叙事的方式写历史，而造此胜境，无疑是开了一条新路。近日读《王氏之死》一书，印象最深的是作者将史料和文学作品参错运用、互相释证的高超手法。该书写的是十七世纪中叶明祚乍移、清鼎方立之际，山东一个贫困小县郯城农村里的事情，虽然作者自谦“仍然不知道”能给予读者多少“关于整个清朝”的认识，但他曲折多方的铺陈确实引领我们跨越时空，身临其境，对中国农村生活中的矛盾、痛苦和无望有了切身的体会；中译者的译笔不佳，大小是个遗憾，但书中新奇而徵实的叙事结构有着极强的吸引力，能使读者不终卷不止。

《王氏之死》是一本社会史。写中国的社会史，最大困难在史料方面，地方志和私人笔记里，虽也有不少反映社会生活的记载，但那是写作的人凭一己之兴趣和主观之选择偶然涉笔，社会史最需要的基本资料和数据，则往往阙如。不像中世纪的欧洲，有系统地留下了详尽的土地租约，验尸报告，行会活动记录，教区人口的出生、结婚、死亡登记等直接表现社会生活的现成资料，可供史家从容取用，从而比较完整地勾画出当时的社会面貌。中国社会史之难写，与传统的史学观念恐怕不无关系。就连公认对方志学创新颇多的章学诚，其“创新”亦止限于“经纪文献”的体例方面。他建议“方志立三书”：“仿纪传正史之体而作志，仿律令典例之体而作掌故，仿《文选》、《文苑》之体而作文徵”，其蕲向则在“通古人之遗意”；他提出“今之方志”应“拟于古国史”，其目的亦只在“上备朝廷徵取”。社会史现成资料之不备，良有以也。但是另一方面，这也应该看作对今日治社会史者的挑战。资料不备，方法可补，毕竟中国的丰富史籍里，散见的社会史原料是非常之多的。当时的记录固不免主观，主观故不免片面，然而主观材料经一定方法规范下的组织运用，就会有客观性，多角度的片面，合起来可望成为具体的全面。

《王氏之死》主要采取三个观察者的角度。一是做过两年郯城知县的冯可参，因过失丢官以后主持编撰了一部《郯城县志》，他“似乎要真实地保留那些凄惨的记录，而不想加以美化和粉饰”。二是继冯可参任郯城知县的黄六鸿，他十分尽职，为改善郯城的状况作过不懈的努力，致仕后写了不少回忆和笔记，总集为《福惠全书》；

“他是一个非常敏锐的观察家，能够看到细微之处并力求准确”。三是《聊斋志异》的作者蒲松龄，他一生大部分时间住在南边与郯城接壤的淄川县；史景迁发现，从蒲松龄作为“记载山东陈年旧事的人、讲故事的人和形象塑造者”的视角，可以补充冯可参和黄六鸿记述的不足。《王氏之死》第一章的题目就叫做“观察者”，在交代三个观察者详细情况的同时，记叙了构成后面所讲故事背景的若干重大事件，如清朝的征服，盗匪的洗劫，地震和大饥荒等等。

这本书其实讲了四个故事，“王氏之死”是最后一个，也是最像“故事”的一个，用了两章篇幅，前三个故事各用一章。每个故事又都是一桩案件，且都是黄六鸿在知县任内审理的。四桩案件分别反映郯城生活的四个侧面：一、土地耕作和税收；二、寡妇保护其子女和亡夫遗产的努力；三、地方恩怨带来的暴力；四、男女关系上的道德问题，特别是妇女的贞操问题。四个侧面整合起来，当时的郯城社会庶几全体在目了。

王氏故事本身的情节很简单：因为不堪贫穷匮乏、受苦受难的日常生活，王氏离开丈夫任某，跟着情人私奔了。被情人抛弃后，王氏不得已回到村里。她不敢面对丈夫，栖身于村边的小庙，不久便被人发现；任某把王氏带回了家中。几个月后，一个寒冷的冬夜里，心存怨毒的任某在王氏睡着后把她活活掐死。任某将王氏的尸体扔在不远的林子里，又去告官，说是和他有仇隙的邻居高某与王氏私通并杀了王氏，高某于是被拘押。但精明的黄六鸿很快就查明了案情，高某释放，任某判刑。

故事须有细节。史景迁先生写故事，细节处写的不是人物的表情、动作和对话，而是在在带出与故事相关的经济因果、风俗习惯、伦理观念、法律条文，真正是无一字无来历，无一事无出处。其来历或出处，有的是冯可参的《郯城县志》和黄六鸿的《福惠全书》，有的是几乎通盘承继前明的《大清律》，有的是其他社会史学者的有关研究。王氏一案，任某未判死刑，这既不是有人徇情，也没有法外施恩的意思；而是因为任某无子，若处死，任家便断了香火，且受害者王氏本身犯有严重过愆，依律任某可免一死。又例如，第三章讲寡妇的故事；有些寡妇遇亡夫族人逼嫁而“毁容破面，死不再适”，县志把她们作为贞操节烈的典型来表扬，史景迁则拈出《大清律》条文：“改嫁者，夫家财产及原有妆奁，并听前夫之家为主”，揭示了其中的经济原因。“此条文原意在使寡妇能忠于她死去的丈夫，却产生了明显的副作用，死者的族亲非但不鼓励未亡人守节，反而逼迫她再嫁，他们企图摆脱赡养她及其子女的义务，还想获得更多的利益。”（译文有改动）像这样使人明了事理的随处提点，书中有很多很多。

史景迁根据冯可参和黄六鸿讲故事，每讲到适当段落，总能从蒲松龄那里截取另一段故事来作呼应。两套故事蒙太奇式地剪接在一起，聊斋里的异人异事因此现了生活中常人常事的原形，而早已被逝水淘洗的芸芸众生、琐屑事情则因此而激活，因此有意义。可以说，史景迁用冯可参和黄六鸿“实证”了蒲松龄，又用蒲松龄“诠释”了冯可参和黄六鸿。史籍记载是“文件”，文学作品是“文本”，就历史学而言，史与文的相互证释应以把“文本”当做“文件”来处理为前提，而不应反过来。现在有个时髦的说法，叫做“过度诠释”。其实，历史诠释之是否恰当，不是适度抑或过度的量的问题，而是以文本的文件化为前提，还是以文件的文本化为前提的取向问题。在这个问题上，《王氏之死》的处理是很有分际的。

（刊于2005年6月1日《中华读书报》）

玄奘的“命运”

钱文忠著《玄奘西游记》里有许多有趣的“知识点”，请随便举一例。唐朝大诗人王维，字摩诘；名、字连读“维摩诘”，则又是印度的一位佛教大居士。有一部大乘经，专门讲这位居士的事，译成汉文，就是中土流传极广的《维摩诘经》。王维信佛，所为诗也佛味深浓，有“诗佛”之称。他的名字，想必是“维摩诘”的一分为二。“维摩诘”系梵字译音，若意译之，“维”者“无”也，“没有”也；“摩”者“垢”也，“肮脏”也；“诘”者“匀称”也。玄奘重译此经，题目就改成了“无垢称经”。如此，则王维的名字译回汉文，竟成了名“王没有”，字“又脏又匀称”，简直不像话了。如果王维懂梵文，又偏爱拆“维摩诘”三字作名字，则他应该叫王诘，字维摩，翻成汉文，就是名“王匀称”，字“无垢”，或者字“不脏”，非常好。

《玄奘西游记》是钱文忠先生在中央电视台百家讲

坛作系列讲座的讲稿，出版时内容有所增补。作者在一本正经、颇有系统的讲述中，每每荡开去，裁一段轶事，摘一片新知，这样，主题的进行，由丰富的和弦、配器簇拥着，让听众和读者既开心，又开眼，十分受用。但文忠讲座与本书最大的成功，我以为还不在点点滴滴以致蔚成大片的知识普及上，而在于改变了玄奘的历史命运。

中国两千年的佛教传播史，高僧大德，不知凡几，名闻最著，当推玄奘。然而不幸，玄奘的名声却主要是由一部文学作品造成的。历史人物以文学形象与后世见面，歪曲甚至背反在所难免。人们心目中，玄奘就只是一个除了会念咒处罚孙悟空便一无所能的窝囊废和尚。在政治需要下，玄奘还充当过“人妖颠倒是非淆，对敌慈悲对友刁”的修正主义反面教员；即使落实宽大政策，也不过“僧是愚氓犹可训”，属于“可以教育好的”的愚民而已。但文忠的讲座和写作把这一切改变了，他“尽量按照历史事实复原玄奘的一生”，再现了玄奘的真实形象。王元化先生的评论最到位：“他把玄奘身上那种使命、理想、追求，不顾千难万险，敢于经受考验的精神，一步步发掘出来了。这是中国人的舍身求法的精神，是一种很宝贵的东西。”从文忠讲座和书的受众之广，可以说玄奘的身后命运就此转折；从今往后，替玄奘塑造形象的，将是钱文忠的《西游记》，而不是吴承恩的《西游记》。

文忠的《西游记》取材广泛，而主要集中在玄奘自著《大唐西域记》和玄奘徒弟慧立著《大慈恩寺三藏法师传》二书上。前者是玄奘奉命写给唐太宗看的，有考察报告的性质，只记所闻所见，不涉及个人遭遇；后者则系慧立据亲闻师说录成，既为传记，当然以写玄奘个人经历为主。二书互补，俨然完璧；且二书都基本上以时间和经过地点的先后为叙述次第，寻索十分方便。《大唐西域记》有季羡林等先生的校注，极其精博；玄奘生平又有杨廷福等先生的年谱，堪称翔实。所以，根据历史材料通俗地讲述玄奘，这件事的学术准备是很现成，很充分的，以文忠兄的学识和才情，做好这件事，实在是驾轻就熟。要不是如其书的前言所说，讲演时受到媒体平台种种规矩的约束，而能让他像平时讲课或在朋友间高谈阔论那样尽情发挥，我相信效果一定还要好。

现在学术界好讲学术规范，往往讲得离了谱；但文忠兄在这项似乎并非学术性的活动中，仍然紧靠着真正的学术之谱。例如讲曲女城，玄奘实际到过两次，一次在初莅那烂陀寺前，一次在毕业那烂陀寺后。玄奘见戒日王，预大法会，是在第二次去曲女城，《西域记》却记在那烂陀寺前。显然这是由《西域记》的报告书性质决定的，因为不宜两次记同一个地方；文忠兄很细心地抉出这一点。惜《校注》虽亦考玄奘见戒日王的年份，却未及此点，亦百密一疏之难免欤？

又如《西域记》卷二记健驮逻国，提到如意法师“于此制《毗婆娑论》”，卷三记迦湿弥逻国，却又说以世友为主的五百罗汉“造十万颂《阿毗达摩毗婆娑论》”。《校注》于此又未免“一疏”，谓“如意法师制《毗婆娑论》”，即玄奘所译二百卷的《阿毗达摩大毗婆娑论》。但玄奘的译本明明题：“五百大阿罗汉等造”，而如意法师又世次远后于世友等五百罗汉；《校注》此注，让《西域记》卷二、卷三的两处记载尖锐地矛盾起来。文忠兄注意及此，故在讲世友的故事时，只说以世友为上座的五百贤圣写成了“论藏十万颂”云云，未提此即《毗婆娑论》，避免了矛盾。

然而，抑犹有可进言者。玄奘所译《阿毗达摩大毗婆娑论》系世友等五百罗汉造，这是没有疑义的，且关于造论经过有生动的故事。此书玄奘之前另有译本，亦曰《阿毗达摩毗婆娑论》，署“北凉天竺沙門浮陀跋摩共道泰等译”，只有六十卷。释道挺为北凉译本所作序云：“当且翻时大卷一百，太武破沮渠，已后零落，收拾得六十卷。”故如意法师若真有《毗婆娑论》之作，则可以肯定是另一本书。大正藏毗昙部另又有《鞞婆沙论》十四卷，署“阿罗汉尸陀槃尼撰，符秦罽宾三藏僧伽跋澄译”。笔者学浅，不知尸陀槃尼为何许人。但据此推想，《大毗婆娑论》因其篇幅之巨和地位之重要，有部中人每出概述、撮述一类的著作，虽不中离事实亦应不远。如意法师是世亲的老师，世亲曾作《俱舍论》，既解释又批判《大毗婆娑论》中的义理，则其师有述《毗婆娑论》之作，亦名《毗婆娑论》，应属自然之事。

总而言之，文忠兄此次讲座和出书在大众中获得的成功，是其学问和才华的一个结果。但若谓此即文忠兄成功的止境，却未免大材小用了。季羡林先生称赞文忠：“中西兼通，古今同娴”，“张皇妙谛，犀照真理”；汤一介先生瞩望文忠：“领军中国新一代杰出学者”。这些都是比迷倒万千众生要高出许多的境界。

木秀出林，幸播音有好风；人能造极，是所望于文忠。

（刊于2007年10月31日《中华读书报》）

一本根底故、裁断新的佛学门径书

熊十力先生是现代中国一位有非常意义和特殊地位的思想家。想当年，一本《新唯识论》，精思十载，语、文双行，甫出世就掀动了哲学界和佛学界。鼎革以后，新著《原儒》《乾坤衍》等，却只能在特许下印存少量，或赠友好，或备书库，既非官方出版，也非自费制作，问世而不行世，大有明夷待访之意。改革以来二十多年，熊著转又不断以各种面目的新版正式行世，在一代又一代青年学子放眼观书的视野里，总见得着熊十力其人其思的存在；这可以看作今日之中国，至少还有思想尚未腐败的见证。1985年单行的《佛家名相通释》，打响了熊著不断新版的第一炮，不久即有中华书局的《熊十力论著集》；进入新世纪，继《熊十力全集》和《熊十力别集》之后，最近又有《十力丛书》的印行；《通释》是丛书已出书中的第一种，据1937年北京大学的初版本从新点校，读者便之。

熊先生在《通释》的“撰述大意”中引用友人汤用

彤先生的话说："佛学无门径书，不可无作。"可见，熊先生写这本书，是为了给初读佛的人指点门径的。初读佛书，满眼的"名相"、"法数"，是首先会碰到的拦路虎，拆开来，一个一个字都认识，合成概念，连成句子，就简直不知所云了。其不知所云，与读外文一路上全是生词的感觉，往往相似。这样，初学者会立刻同意了常途的说法：读佛的困难主要在于"名相繁琐"。

繁琐似乎是个贬义词，既繁多又琐屑；然而尅实言之，佛学名相，繁则繁矣，琐则不尔。琐屑是一盘散沙，彼此互不连属，多点少点没有关系，掏一碗出来，加一碗进去，不妨其仍为一盘散沙。所以如果只是繁琐，倒又并不困难了，只须将《佛学大词典》置于座右，勤于翻阅，也就不难一路读下去。佛学的名相困难，在于众多名相之间细密精致的区别和联系，在于学说整体常具有严谨完备的系统，各各名相，必须位于整体系统的骨节上、置于相互联系中才能理解，辞典式的罗列解释帮助不大。金克木先生说得好："术语是个难关，但不需要一一下定义，因为不能孤立了解而且总含有歧义。说明术语需要先明体系，在整体结构中考察零件。"《佛家名相通释》就是这样一本提供"整体结构"、可以帮助读者"先明体系"的精粹著作。

熊先生自言曾主张读佛须"由小入大"，即由小乘入大乘。但对于"思考力曾受训练"，科学、哲学方面已有“相当素养”的“今日学子”，熊先生则又反而主张从“大有之学”、即唯识学进入。熊著《通释》虽泛称“佛家名相”，其实疏释的全是大乘唯识学的基本概念和术语。重要的是，《通释》虽体例上貌似“辞典”，其实是一部有结构、有系统的专著，无论选目，还是行文，熊先生时时不忘整体的照应。佛学史上也有这样的先例，无著菩萨造《集论》、世亲菩萨造《俱舍论》，都出以分别说术语的形式，却“其实不是辞典，而是用术语合成的一个结构”（金克木先生语）。仍拿读外语作比方，碰到不知所云的“名相”、“法数”，可以查《佛学大辞典》知其大意，就像读外文碰到生词查辞典一样；但总需先有了起码基本的语法知识，才读得懂句子和段落，查辞典才能帮助阅读，因此不妨说，《通释》就是一部为读唯识学原典作准备的“语法书”。或者也可以说，《通释》是一本并非为了查阅、而是宜于通读的“辞典”。熊先生为“今日学子”安排的读书次第是：“读佛书，必先读论；读论，必先唯识法相”，而我们不妨接着讲：“读法相唯识，必先《通释》。”

熊先生写《通释》，是在《新唯识论》之后。《新论》可以说是对唯识学（特别是世亲所论释者）的一个全面的批评，并假此阐发熊先生本人以儒为宗、体用不二、翕闢成变、生生不已的“生命哲学”。《新论》的发表，曾引起内学院欧阳师弟的强烈反应，有些言辞还相当激烈。《通释》行文中于《新论》也多有引及。或者会问：以熊先生出佛入儒的立场和态度，其疏解唯识之学，客观性、准确性上是否会有所损害呢？敝见这是不必担心的。

确实有很多这样的情况：从对一种理论学说的批评中去了解这种理论学说，往往会有歪曲。批评者不是有意、便会无意地把其所欲批评的理论学说，“重述”成容易施加批评的模样。但熊著《通释》绝不是这种情况。熊先生自述为学宗旨：“根底无易其故，裁断必出于己。”对于佛家唯识学，《新论》重在批评，所以裁断之言多，而根底之故隐；《通释》则重在述学，所以根底之故显，而裁断之言少。《通释》中即有裁断，也每在为述学提挈纲领。

例如，批评“种子”说是熊先生批评唯识学的最重要关目；他的同乡后学冯文炳（废名）先生曾当面问他：“为什么反唯识呢？他的错处在哪里呢？”熊先生脱口而出：“他讲什么种子？”但熊先生对“种子”概念并非一概排斥、一概“裁断”为错。《通释》上卷“种子”条，引《瑜伽师地论》卷五十二“云何非析诸行别有实物名为种子，亦非余处？”遂评论道：“读《大论》至此，欣然豁目，如获至宝。”盖熊先生于此看出了法相宗初期“种子”一辞的含义，与经过后来唯识家改造的“种子”概念，“显然异其旨趣”。熊先生深致不满而肆其批评的，是后者；于前者，却是引其为己身哲学“假说翕闢，施设万象”之同调的。通过这样的“通释”，读者不仅能知“名相”的“定义”，更能知名相含义的历史演变，及名相与理论整体的相互关联。读《通释》以了解唯识学，就有这样的好处。

（刊于2008年2月27日《中华读书报》）

有分识与赖耶识

一

本文写作的缘由，是读金克木、吕澄、汤用彤三位先生关于有分识与赖耶识关系的不同论述，引起了一些想法。

最先读的是金先生《说“有分识”》[①]一文。读毕，对金先生的论断“根本识者，即阿赖耶识、异熟识、一切种识，而上座之有分即其雏形也”[②]，微觉不谐，以为其言过于直截。我自己认为，大乘唯识学的赖耶识学说与上座部（特别是南传以后）的有分识学说，是两个不同的系

① 写于1945年，入收金先生的自选集《梵佛探》。

② 《梵佛探》，金克木著，河北教育出版社1996年5月第1版，第435页。

统，义理上的差别实在很大。若简单地将有分识视为阿赖耶识的雏形，会妨碍对唯识学根本义旨及其在佛学史上的创造性的理解和评价。

后来读吕澄先生的《印度佛学源流略讲》，其第二讲“部派佛学”中对有分识的述评，我以为抓住了问题的关键，足以划清有分识与赖耶识的界线。吕先生说：“上座系把结生后的有分心看成最初的，把死亡前的有分心看成最后的。这一理论，使佛教的学说带有‘我’的倾向了。原始佛学本是否认有作为人生主体的‘我’的，但不承认是一回事，在实际中却又大讲‘业力’和‘轮回’。承认‘业力’和‘轮回’，没有‘我’便讲不通，这就使得后来的犊子部就公开主张有补特伽罗，别的部派则采取了变相的说法。上座的‘有分心’贯彻生死，成为生死之间的主体，也就是一种变相的‘我’。”[①]又说：“上座系学说出现‘我’的倾向，这实际上也是原始佛学未能解决的问题逻辑地发展必然要有的结果。”[②]“轮回”是印度人固有的思想，佛教出现之前就已盛行，如数论、胜论等所谓“外道”就主张有“神我”；“神我”不灭，出生入死而不死，是轮回的主体。轮回思想佛也肯认之，这一

---

① 《吕澄佛学论著选集》第四册，齐鲁书社1991年7月第1版，第1974页。

② 同上，第1975页。

思想且是佛说的重要内容；但佛又说“无我”，破斥外道的神我，以及众生执着的有“自性”的自我。“无我”，则“轮回”的主体是什么呢？两者从逻辑的观点来看确有矛盾。然而，对佛说是不能用生硬的逻辑来拘执和提问的。佛是大圣人，用牟宗三先生的话来说：创造了人类各大文明宗教的大圣人都“没有理论，没有系统，没有工巧的思辨，他们所有的只是一个实感”，大圣人的言说，他们言说中的字眼，“都不是问题中的名词，亦不是理论思辨中的概念”，而是智慧，是灵光，“这灵光是纯一的，是直接呈现的，没有问题可言，亦不容置疑置辩，它开出了学问，它本身不是学问，它开出了思辨，它本身不是思辨。”①

佛之教待信，佛之理须解。灵光既已呈现，以后就需要学问和思辨来契接它、展示它了；今人研阐过去时代敷演大圣教言的学问和思辨，尤须注意它们各各不同的系统相与方向性。佛灭度后，佛的信众发生分裂，先后出现许多部派；部派分裂的原因，有律仪上的，有语言上的，有阶级上的，有地区上的，当然更有理解上的。“轮回”与“无我”之间的矛盾问题成为各部派佛学发展的一个重要契机和动力。但可以说各部派的学说都未能完

① 《五十自述》，牟宗三著，鹅湖出版社1993年版，第81页。

成任务，只有到了大乘唯识学的阿赖耶学说，才算圆满解决这一问题。借用金克木先生文中的话说："有此存储业报种子之巨库（指阿赖耶识），乃可释业报，解轮回，而无须一'神我'，无我、无常、刹那生灭之教可仍持不失矣。"[①]但金先生文中详细介绍的南传上座部佛学中关于"有分识"的"毗提"理论，显然起不了这样的作用。

在读了金、吕二先生的论述后，我自己思考，有分识学说与赖耶识学说的最大区别在于：后者立第七识（末那识），前者不立，而末那识正是唯识学说明我执之来源、从而证成"无我"的关键。所以当我读到汤用彤先生《佛教上座部九心轮略释》[②]一文时，感到十分惬意。汤先生此文不长，语极简略，但是内容丰富，断制精确；此文全面辨析了有分识与赖耶识的异同，其中一段正是论述上座部不立第七识以及与之密切相关的"第六（意识）何所依耶"的问题。我在读此文之前，已在一个重要之点上与汤先生所见略同，高兴何似，所以有了写这篇文章的动机。

二

金先生文开头就引玄奘《成唯识论》（省称《识

① 《梵佛探》，第435页。

② 1924年发表于《学衡》，后收入《往日杂稿》。

论》)、奘译无著《摄大乘论》(省称《摄论》)的无性释文、奘译世亲《大乘成业论》,以及真谛译《显识论》等文献,以表明"有分识乃赖耶识之雏形"并非金先生自己的孤明先发。

如《识论》卷三云:

余部经中亦密意说阿赖耶有别自性:谓大众部阿笈摩中密意说此名根本识,是眼识等所依止故;譬如树根是茎等本,非眼等识有如是义。上座部经分别论者,俱密意说此名有分识;有谓三有,分是因义,唯此恒遍为三有因。化地部说此名穷生死蕴,离第八识,无别蕴性,穷生死际,无间断时。……说一切有部增一经中,亦密意说,此名阿赖耶。[1]

又如,《摄论》卷一所知依分第二云:

复此声闻乘中,亦以异门密意已说阿赖耶识,如彼增一阿笈摩说:世间众生爱阿赖耶,乐阿赖耶,欣阿赖耶,喜阿赖耶。为断如是阿赖耶故,说正法时,恭敬摄耳,住求解心,法随法行。……于声闻乘《如

① 《藏要》第四册,上海书店出版社1991年6月第1版,第617页。

来出现四德经》中，由此异门密意已显阿赖耶识。于大众部阿笈摩中，亦以异门密意说此名根本识，如树依根。化地部中，亦以异门密意说此名生死蕴。[①]《摄论》论本此段话中未道及“有分识”，此下又云：“根本识为性，穷生死蕴为性等”，无性释文曰：“‘等’谓圣者上座部以有分声亦说此识，阿赖耶是有因故。”[②]

按：以上二段论释确实认可“阿赖耶识”在小乘的经论中已经说到，另列了三个名称：根本识、有分识、穷生死蕴。但“余部经”中说此，都有各自的“异门密意”，即使增一经中的“阿赖耶”之名、义，与玄奘自己将广说深探的大乘“密意”也肯定有极大的不同。金文所谓“渊源脉络，应有可寻”，如果据这些引文可以说“上座部分别论者”的“有分识”是赖耶识“雏形”，则“大众部”的“根本识”、“化地部”的“穷生死蕴”也应该是。大乘人一般都喜欢说自己的论说在小乘经中有根据，表示对“圣言”的重视，并借圣言建立自己论说的权威性。他们这样说，并不是像现代学者那样，出于探寻思想之“渊源脉络”的历史意识。

① 《藏要》第三册，第71、72页。

② 《摄大乘论释》卷二，《大正藏》卷三十一，第386页。

《识论》和《摄论》都说增一阿含（阿笈摩）经中已有“阿赖耶”名，《识论》且明言是“说一切有部”的增一经。但用大正藏电子文本搜索，所有汉译的小乘经（包括增一阿含）中都无此名。田光烈先生认为汉译的增一阿含“显然非一切有部所传，所谈义理有些近乎大众部的主张，大众部为大乘所自出，经中又承认大乘，所以此经大概是大众部的传本。”[①]田先生又说：“《增一阿含》与南传巴利文《增支部》对勘，四百七十二经中，仅有一百三十五经相同，不足三分之一。”[②]可见同一部经在不同部派传本间的差异之大。“大众部”接近大乘，“说一切有部”是铁杆小乘，阿赖耶识则是大乘唯识学的基本概念；反而“阿赖耶”名在“说一切有部”的经中有，在“大众部”的经中没有，看似奇怪，倒也不难解释。

佛教的根本义理是“性空”和“缘起”，性空说“无”，缘起说“有”，性空学说由大乘“空宗”发展而充量至极，缘起学说由大乘“相宗”（唯识学）建构而

① 《中国佛教》第三册，知识出版社1989年5月第1版，第170页。又，《摄大乘论》和《成唯识论》中提到的另外两个异名，“根本识”和“穷生死蕴”，用电子文本搜索，在汉译小乘经中也都不见。最大的可能是，它们本非经说，系有关部派后来窜入；而汉传又不是这些部派的本子。

② 《中国佛教》第三册，第171页。

臻于美备。借用中国人的“体用”语，性空是就“体”而言，缘起是就“用”而言，所以欧阳渐先生说：“唯识诠用义是一大要旨。”[①]历史上首先出现的大乘是空宗，然后才是相宗，而大众部接近的是空宗。空宗与相宗争论激烈，坚持空宗立场者始终不讲第八识阿赖耶。另一方面，唯识学的名相法数则颇有一些在小乘有部中露其端倪，故小乘有部又称“小有”，大乘唯识宗又称“大有”；铁杆小乘有部经中有阿赖耶名，接近大乘的大众部经中反倒没有，也就不奇怪了。一般认为，大乘经中首先出现阿赖耶名的是《大乘阿毗达摩经》和《解深密经》；有没有可能，有部增一经中的阿赖耶名及有关文句是大乘经出现之后窜入的呢？欧阳先生尝谓：“有部结小有之终，经部开大有之始”[②]，经部（经量部）是从有部分化出来的；若论唯识学的“渊源脉络”，恐怕还是得从有部、经部这一路上找。唯识学是将小乘有部、经部的义理名相大大发展，以“缘起”统帅，与“性空”融合，而建构成的一个广大悉备、洁净精微的哲学系统。

---

① 《唯识研究次第》，欧阳渐著，支那内学院刻本，第1页。

② 《阿毗达摩俱舍论序》，见张曼涛主编的《俱舍论研究》(上)，大乘文化出版社1978年版，第15页。

三

金先生文中又说："《瑜伽师地论》卷五一，谓小乘未说第八识，窥基《略纂》释及此时，设问引《摄论》作难，复为置解，谓：'无别体有非名有也'。……虽言说有，未知有之所以。"[①]此段话是金先生对《瑜伽师地论》（省称《大论》）及窥基《瑜伽师地论略纂》中有关文句的概述。为准确理解这些文句，有必要将它们引全：

《大论》卷五十一上来即云：

> 问：前说种子依，谓阿赖耶识，而未说有有之因缘广分别义。何故不说，何缘知有广分别义，云何应知。答：由此建立是佛世尊最深密记，是故不说。如世尊言：阿陀那识甚深细，一切种子如瀑流；我于凡愚不开演，恐彼分别执为我。[②]

《略纂》卷十三针对这一段释曰：

> 论云，问前说种子依谓阿赖耶识，此即初也。谓前本地分中，已明第八是诸种子依，种子皆依有故。

① 《梵佛探》，第425页。

② 《藏要》第六册，第967页。

小乘诸论未说有有之因缘广分别义者，此即第二，开三问端。为问由致而未说有者，前本地虽大乘有第八，然小乘经而未说有，一问也。问曰如摄论引小乘经中云，爱乐喜习著阿赖耶，所余经中亦如是说。此言即小乘经已有，何故言未有耶？述曰：二义此为无者，说如萨婆多等。又然彼经虽说有体，即第六，无别所诠，及余别义，谓因缘广分别等。今言未有者，无别体有，非名有也。有之因缘者，此有第八之所以也。虽言说有，未知有之所以；既知所以有故，第八存之。其与现数受等俱转，广分别义，即为第三问。论云何故不说，以下第三正设三问，令兴决释也。何故不说者，但问小无所以，余文可知。[①]

按：上所引《大论》卷五十一本文，是说在前五十卷的“本地分”里，已说到了作为“种子依”的“阿赖耶识”，但“阿赖耶识”的其他种种含义（“广分别义”）还未说到，“何故不说”呢？因为它们是佛的最深意思（“最深密记”）。而事实上，《大论》以下篇幅也就说了这些“广分别义”。但是写《略纂》的窥基笔锋一转，把《大论》所谓“未说”（即前文“未说”），释为

① 《瑜伽师地论略纂》卷十三，《大正藏》卷四十三，第169页。

“小乘诸论”未说“广分别义”，“小乘经”未说阿赖耶识“别体有”。所谓“引《摄论》作难，复为置解”，成了窥基的自难自解。窥基引《摄论》，就是上节所引《摄论》卷一中“如彼增一阿笈摩说：世间众生爱阿赖耶，乐阿赖耶，欣阿赖耶，喜阿赖耶”等句。窥基为什么不直接引经，却要转引《摄论》所引经呢？这可以用汉传增一经系大众部传本，其中并无阿赖耶名及有关文句来解释。也可能，如吕澄先生所说：“基、测诸师专心方广，轻阿含而不习”[①]，窥基、圆测这些玄奘的高徒，只读大乘，不习小乘，由以致之；如果窥基熟习汉传阿含，未在其中发现阿赖耶名，他倒应该以此向《摄论》作难，而非引《摄论》向《大论》作难呢。

窥基把《大论》前文“未说”、后文“广说”的区别，转成小乘实无、大乘始有的区别。窥基的意思，小乘“虽言说有”阿赖耶，但“未知有之所以”，故说其无也可，此即“小无所以”；因为只有“知所以有故”，方能“第八存之”，即必须将阿赖耶的“有之因缘”、种种“广分别义”说清楚了，才算立起了第八识的“别体有”。窥基这笔锋一转，涉及了佛教史上，大小乘之间，关于何为佛说、特别是大乘是否佛说的持久争论。

关于此一问题，金克木先生概括得好：“大不斥小，

---

① 《吕澄佛学论著选集》第1册，第17页。

未谓声闻非闻诸佛，惟予鄙笑，显其浅陋。小乃斥大，视为外道，经律论中未见引及。”[1]佛教三藏，原为小乘结集，经是佛说，论乃后申，律为规仪；后来出现大量的大乘经论，在小乘的立场是根本予以排斥的。小乘否认大乘经是佛说，斥为外道邪说，此即“小乃斥大”。反之，却“大不斥小”，大乘人自居“菩萨乘”，视小乘人为“声闻二乘”，他们承认小乘经是佛说，但佛说小乘，乃是“因材施教”，针对性质比较低的“二乘”，说得比较浅，说的是“不了义”；大乘经才是佛说“了义”，是对性质高的菩萨乘说的。大乘人一方面看不起小乘，“惟予鄙笑”，另一方面又宽容承认小乘可以“发趋大乘”，“回小向大”。

如窥基根据《解深密经·无自性相品》，就有一种“三时判教”之说：第一时教，佛于初时为发趋声闻乘者宣说，如《阿含经》等所说“苦、集、灭、道”四谛之理、“我空法有”之旨，谓一切存在均由因缘所生灭，故无实体，然实有构成存在之要素，故称“有教”，指小乘。第二时教，佛为发趋大乘者讲说，如《般若经》等之说“诸法皆空”之理，谓一切万法本来即为空，此系否定之教法，称为“空教”，指大乘空宗。第三时教，佛普为发趋一切乘者讲说中道之义，如《华严经》、《解深密

① 《梵佛探》，第438页。

经》等，以三性三无性之说，谈空之真义，肯定非有非无之中道，故称“中道教”，指唯识宗。在窥基看来，只有唯识宗才是“了义”的大乘教，才是“真大乘教”。窥基《略纂》中对小乘经中已说、未说“阿赖耶”的“作难”和“置解”，可视为其“三时判教”说的具体运用。

四

梁漱溟先生关于何为佛说、大乘是否佛说的问题，有个很独特的看法。他说：“小乘佛教之不谈形而上学，多无人留意，我觉得这实是最大之事”，“小乘的说话，实在不是在那里答对什么宇宙本体的问题，他只是将宇宙万有分门别类来看，至于万有归总一个的观念，他并没有”；“你要看印度当那时节，大家都自鸣一说的竞谈这项问题（指形而上学问题），而佛教起来插足于此社会，偏偏一句不谈，岂不是很可注意吗？这是什么原故，他竟能如此？照我说，这是大乘小乘都是佛说的一个证据。如果不是有意不提，以为后来再说之地，怎能恰好小乘预先就替后出的大乘留下地步，怎能单自坚决的不讨论大家讨论的问题。”[①]

梁先生早年耽读唯识学，一本《东西文化及其哲学》，用他自己的话说，就是“本着佛家的意思裁量一切”[②]；晚年答客问：“您有今日的成就，在您背后支持您的原动力是什么？”梁先生说：“我觉得还是得力于佛，佛学。”[③]可以说，梁先生一生思想上，对佛学特别是大乘唯识学是真诚信受的，他论定大乘是佛说，取的是“既先不说，后必有说”的逻辑，在我们外人看来颇觉新奇，却与大乘人的论法相似。

无著《大乘庄严经论·成宗品》提出“八因”，“决彼疑网，成立大乘真是佛说”；玄奘《成唯识论》则以“七种因”，“证大乘经真是佛说”；其第一因，《庄严》曰“不记”，《识论》曰“先不记”，条目雷同，行文亦雷同。将它们与梁先生的说法对照看，颇富意味。《庄严》云：“第一不记者，若此大乘非是正法，何故世尊初不记耶？譬如未来有异世尊即记，此不记故知是佛

① 《东西文化及其哲学》，梁漱溟讲演，陈政、罗常培编录，商务印书馆1922年1月初版，1987年2月影印第1版，第81页。

② 同上，第48页。

③ 《这个世界会好吗》，［美］艾恺采访，梁漱溟口述，一耽学堂整理，东方出版中心2006年1月第1版，第121页。

说。”[1]《识论》云：“一先不记故。若大乘经，佛灭度后，有余为坏正法故说，何故世尊非如当起诸可怖事先预记别？”[2]《庄严》的意思是，佛在世时，曾预言过“异世尊”（即未来佛）出世，今大乘经如不是“正法”，佛必应也有预言，既无预言（不记），故是佛说。《识论》的意思是，佛住世时，曾预言过未来将出现的种种“可怖事”；如果大乘经是别的什么人为了破坏“正法”，在佛灭度后所说，那便是一件极大的“可怖事”，佛必定会“先预记别”；既“先不记”，故是佛说。《庄严》的行文有点毛病，“未来有异世尊”是好事，未来有人破坏“正法”而僭说“大乘”，则是坏事，以佛“先记”好事来推定佛必也会“先记”坏事，逻辑上似不够严密。佛家因明讲宗、喻、因三支，《庄严》的毛病出在喻支上，喻支所举例应与宗支所论事同类。《识论》“七种因”其实是参考《庄严》“八因”的，但将后者的毛病改过来了。

或问：“《庄严》‘不记’条既以佛先记‘未来有异世尊’推论，则谓大乘经乃‘异世尊’所说‘正法’又未尝不可？佛不必将‘正法’说尽。”可以这样回答：在大乘佛徒的心目中，佛的权威实在太高了，现世“正

---

① 《藏要》第七册，第3、4页。

② 《成唯识论直解》，林国良撰，复旦大学出版社2000年4月第1版，第206、207页。

法”非佛说不可；弥勒佛是被当做“异世尊”看待的，但他也没有资格说经，相传为弥勒所著的《瑜伽师地论》，在唯识学论典中有“一本”之称，其余《庄严经论》《显扬圣教论》等，则有“十支”之名，但《大论》毕竟只是“论”，不是“经”。

“八因”和“七种因”的论证方式，其大前提是“我佛全知”，这与基督徒的“上帝全能”不同。上帝全能，创造世界，具有正面的、积极的意义；我佛全知，却是觉知这个世界乃是虚幻的，至于世界之创造，则是无始以来无量数含识众生的业业共造，全然是负面的、消极的。梁漱溟先生论大乘是佛说的大前提也是“我佛全知”，但程度上要低一些，是说佛对所有的问题“全知”，且全有说；小乘经中未说形上问题，是“先不说”，既先不说，后必有说，故后出之大乘经，必是佛说。

五

倘舍教信，但观史迹，从历史的观点看“佛说”问题，是怎么样呢？

佛灭度后不久，有过一次“五百人结集”，参加者都是佛的弟子，主持人是迦叶。结集采用“会诵”方式，即由某人记诵佛说，大家审定后，公认是佛说的就记载下来；为便于记忆，记载多出以偈（诗句）的形式；将多人记诵的内容汇编起来，就是经。关于这次结集的情况，各派的律中都有记载，大同小异，所以是可信的。以情理揆度，也应该有这样的一次结集。最初结集的经典已全亡佚；现存最早的佛经是汉译阿含经（长阿含、中阿含、杂阿含、增一阿含，统称“四阿含”），及相应的巴利文《尼柯耶》，故有“莫先于阿含，莫信于阿含”[①]之说。但即使阿含经，也是后来经过重新加工的形式，所以严格地说，还是不能径以阿含全部皆为原始佛说的。

至于后来造成上座部与大众部“根本分裂”的结集，已是佛灭百年后的事。关于“根本分裂”，南传的说法和北传的说法有较大的不同。正如北传记载此事的《异部宗轮论》所说：“去圣时淹，为日久没”[②]，其时的结集，参加者中没有一个亲聆过佛的教言，对“佛说”的取舍刊定发生争执是必然会有的事。“根本分裂”以后，部派分裂越演越烈，以至各各部派都有自己经律的传本，原始佛说的面目也就越来越不易辨识了。现代的学者用比较方法，将南北两传各部派的经律进行对勘，找出它们的共同部分，即定为佛说。这当然不失为一种有效的方法，但因为年代相隔久远，部派分裂众多，相互间既对立争论，又模仿影响，久远年代里的转辗孳乳，踵事增华，使这种方

① 《吕澄佛学论著选集》第一卷，第17页。

② 《藏要》第四册，第941页。

法的有效性也存在相当的限度。

佛灭五百多年，约在公元一世纪的中叶，印度有大乘经的流行；大乘经出现的历史情况更难研究清楚了。印度的古人喜欢聚众说理，集体辩论，逻辑性强，但是历史的意识薄弱。遗传至今的佛教文献，特别是三藏的“论”，概念之分剖，每每细密到令人觉得脑神经未免太粗；理路之辨析，往往清楚到让数学家都会糊涂，然而其中可资专家考证的材料则少之又少。可以断言的是，大乘经不可能像最初的佛经那样通过会诵结集来形成。佛灭已五百多年，谁能在大庭广座中声称佛的哪一个句义是他亲耳所闻呢？

最早出现的大乘经是般若类经。玄奘翻译的十六会六百卷《大般若经》，是经过了他系统整理和编纂的，其实是一部丛书，其中第九会即是中国人熟悉的《金刚经》。此会一开头讲佛住在王舍城，门下比丘众有千二百五十人，叙述讲道的过程比较朴素；不像别的会里，讲比丘众有五千人，各具神通，叙述风格很铺张，这就证明《金刚经》在般若类经里是出现比较早的。[①]其他如《宝积经》、《华严经》等也都是丛书性质。这类经典现在尚存的梵文原本，其中夹杂的俗语，学者研究出是属于东印度以摩揭陀为中心的地区，据此可以论定这类大乘

① 见《吕澄佛学论著选集》第四卷，第2038页。

经的制作地点。[①]然而，文献版本学的考查还是未能确定地回答哪些是“佛说”的问题。

早于《异部宗轮论》的另一译本《部执异论》，其译者真谛在译记里说，大众部内部分裂，即因对内部流行的大乘经有信有不信引起的。[②]吕澂先生概括地说：“大乘学说是从部派佛学发展来的，各部派对它都有或多或少的影响，其中大众系的几派，对它的影响尤深，大众系各派的思想，后来渐趋大乘化，逐渐发展，终于有了独立的大乘的一派。”[③]这些说法，都不是针对大乘经的来历而说的。看来，要像古史辨派对中国上古文献作系统的辨伪存真、查明“古史”如何“层累地造成”那样，来对浩如烟海的佛教文献做同样的工作，是做不到了，只能望洋兴叹。

章太炎倒是有一个确定的说法，《菿汉微言》有言曰：“小乘诸师皆以大乘为非佛说，而大乘诸师谓文殊、普贤摄阿难至铁围山外结集大乘。此岂可为诚证邪？余以大乘必非阿难结集，而文殊、普贤实有其人，则结集大乘者也。此皆地上菩萨邻于佛位，示见外道居士，等身与佛酬接，不在千二百五十人之数。迨乎圆音一演，其修

---

① 见《吕澂佛学论著选集》第四卷，第2041页。

② 同上，第2033页。

③ 同上，第2031页。

证所得，超过小乘不可计量，故最深义谛在此，而不在彼。”[①]太炎认为结集大乘经者不在佛弟子之数，其身份是“外道居士”，然而太炎之说并不能为小乘张目。小乘人以大乘为非佛说，意在否认大乘之为“正法”，是信徒的态度；太炎的意思，则大乘即非佛说，也是“正法”，且是“超过小乘”的“最深义谛”，太炎是学者的态度。但太炎学者的态度尚不彻底，他说结集大乘经者“等身与佛酬接”，是佛的同时人，竟然完全不考虑大乘经的出现远在佛灭后五百年之久这一事实，不妨用他自己的话来反问：“此岂可为诚证邪？”

太炎的意思可解为二层：一是史实的层面，文殊、普贤这些人得了佛的秘传，以为张本，演为大乘，则大乘经仍至少部分是佛说，但此无“诚证”。二是思想的层面，从小乘到大乘，是思想上极大的创造性发展，太炎所注重者在此。太炎“自述学术次第”，曾云：“遭祸系狱，始专读《瑜伽师地论》及《因明论》《唯识论》，乃知瑜伽为不可加。”“又取魏译《楞伽》及《密严》诵之，参以近代康德、萧宾诃尔之书，益信玄理无过《楞伽》《瑜伽》者。”[②]他确实是真诚地服膺大乘。

---

① 《菿汉三言》，章太炎著，虞云国标点整理，辽宁教育出版社2000年1月第1版，第28页。

② 《菿汉三言》，第165页 。

创造性的思想，相对于它所产生的时代条件来说，是有独立性的；这独立性，不仅表现在它的意义上，也表现在它的发展和历史上。思想之独立的意义和独立的历史又是不可分割的，思想的意义常通过思想自身传承和发展的历史来展开。对思想之外缘因素如当时环境、人际影响、有关文献的版本流变等等的考究，并不能尽思想之意义，尚须以理解和体会来“及其见处”。因此，思想史的研治，“内学”是不可废的，构成一个独立的维度，可以与“外学”互补。

六

虽然佛说的范围无法用历史考证的办法界定，徐梵澄先生甚至悲观地说：“佛教经典在多少个世纪里，代复一代地积累如山，但其中没有一句话可以充分权威地论定是佛本人所说。”①但是，佛教基本思想与某些关键项目系佛本人原创，是佛悟得，是佛之教，却是没有疑义的，如“五蕴”，如“十二因缘”（又称“十二支”）。

佛教的基本思想是“空”、是“无”，但必须说明森罗万象的“有”及“有”之所以，用说明“有”及“有”

① F.C.Hsu, On The Theory of Pure Consciousness, New World Press, 1990, p.17.

之所以来体现"空"、证成"空"，"空"义才得落实，佛于此说"缘起"。万有出于缘起，"此有则彼有，此灭则彼灭"[①]，万物之"缘起有"，不同于中国古人所谓"道生一、一生二、二生三、三生万物"之"生有"。"生有"是本体上生出之有，是结结实实的有，是"性有"，本性上即有；"缘起有"则是"幻有"，其性本空，本性上乃是"无"。"性空"，故"缘起有"可以"还灭"。可见，佛是不讲本体论的。

佛通过"五蕴"来说"无我"；五蕴即色蕴、受蕴、想蕴、行蕴、识蕴。《五蕴皆空经》云：

> 尔时世尊，告五苾刍曰：汝等当知，色不是我，若是我者，色不应病及受苦恼；我欲如是色，我不欲如是色，既不如是随情所欲，是故当知，色不是我。受、想、行、识亦复如是。[②]

此处"色"可释为身体，如果身体即是"我"，那么"我"想要这样的身体，不要那样的身体，应该可以"随情所欲"，事实却不是；身体常受"我"不想要的病及苦恼，所以身体不是"我"。其他四蕴，"受、想、

① 《佛所行赞》卷三，《大正藏》卷四，第30页。

② 《杂阿含经》卷一，《大正藏》卷二，第499页。

行、识亦复如是”。一边有五蕴和合，一边有个“我”，二者既不等同，那么，“我”是什么呢？然而，佛不直接说“我”是什么，佛只说“我”是怎么来的，从而表明本来无“我”，“我无自性”。五蕴和合，如理可许为有；而“我”，最多只是五蕴和合的方便假名。众生昧于此理，于五蕴“不知、不明、不断、不离欲”，以至五蕴成了“五取蕴”；“取”者“执着”义，执着五蕴以为“我”，这才有了“我”，“我”原来是虚妄执着的结果。[①]有些人因为生病而信佛；希冀病痊，“不欲如是色”；期望健康，“欲如是色”；所欲不遂，却又不信了，便是“我执”的表现。以生病为缘而信受佛法，破除我执，翻上一层，一切放开，初不在“欲如是色”、“不欲如是色”，而卒所以能不期然而然地痊愈康复，这才是依佛教行。五蕴之有，在“性空”的前提下，可说为“实有”，而自性之“我”，则决定是“妄有”。佛的语汇中，“我”干脆是“执有自性”的同义语，佛说“诸法无我”，即是万事万物，包括“色法”（物质），都没有

---

① 西哲休谟分析因果性概念，分析到最后，只剩“在此之后”，而没有“因此之故”；因果性只是事件的前后相续，“因此之故”比“在此之后”多出来的意思，是人的心理习惯加上去的，被休谟当做“形而上学”清洗掉了。休谟的论法，与佛陀论五蕴与“我”之关系的论法颇为相似。

"自性"的意思。

用五蕴和合说明"无我"，理道通畅，但如何说明轮回呢？人的一期生命结束，死了，则五蕴消散，妄执之"五取蕴"也随之熄灭，如何转世？有一种回答是：五蕴消散，重新聚合，转为来世，犹如化学物质的分解和重合。这倒有点像赵孟頫夫人管仲姬的一首曲子："你侬我侬，忒煞情多；情多处，热似火。把一块泥，捏一个你，塑一个我，将他来齐打破；用水调和，再捏一个你，再塑一个我；我泥中有你，你泥中有我。和你生同一个衾，死同一个椁。"[①]这样子的消散重聚论是没法说明轮回主体的，既不是"你"，也不是"我"，连妄执之"你""我"都不是，而只是那块"泥"，即你我之"本体"；但佛教是不讲本体的。有位朋友说："我怕死极了，想到死就痛苦。如果真有佛教所说的来世，我愿意信佛教。"他把佛教的宗旨完全理解反了，佛教人信，教人悟，是要人把妄执之"我"去掉，从生死流转中解脱出来，"不受后有"，即不再有来世。他倒好，把妄执之"我"径直当做轮回主体，偏偏为了要有来世而去"信"。

然则轮回的主体又如何说明呢？

佛说"缘起"，乃是总摄一切，但佛主要是就人生

---

① 转引自《词苑丛谈》卷十一，电子版四库全书本。

现象证悟、说法，佛常把自己证悟的经历说给弟子听，像《杂阿含经》卷十二（第二八七经）上的一段话，就开示了自己“正思惟”十二因缘的历程，其中实际上回答了轮回主体的问题：

> 尔时世尊告诸比丘，我忆宿命未成正觉时，独一静处，专精禅思。作是念：何法有故老死有，何法缘故老死有。即正思惟，生如实无间等：生有故老死有，生缘故老死有。如是有、取、爱、受、触、六入处、名色。何法有故名色有，何法缘故名色有。即正思惟，如实无间等生：识有故名色有，识缘故有名色有。我作是思惟时，齐识而还，不能过彼。谓缘识名色，缘名色六入处，缘六入处触，缘触受，缘受爱，缘爱取，缘取有，缘有生，缘生老、病、死、忧、悲、恼苦，如是如是纯大苦聚集。我时作是念，何法无故则老死无，何法灭故老死灭。即正思惟，生如实无间等：生无故老死无，生灭故老死灭。如是生、有、取、爱、受、触、六入处、名色、识，行广说。我复作是思惟，何法无故行无，何法灭故行灭。即正思惟如实无间等：无明无故行无，无明灭故行灭，行灭故识灭，识灭故名色灭，名色灭故六入处灭，六入处灭故触灭，触灭故受灭，受灭故爱灭，爱灭故取

灭，取灭故有灭，有灭故生灭，生灭故老、病、死、忧、悲、恼苦灭，如是如是纯大苦聚灭。[①]

按：这段话佛明言是“忆宿命”时的思维，所以显然是谈的轮回转世问题。现在一般讲十二因缘：无明、行、识、名色、六入、触、受、爱、取、有、生、老死，是一气连贯地讲：无明缘行、行缘识、识缘名色、名色缘六入、六入缘触、触缘受、受缘爱、爱缘取、取缘有、有缘生、生缘老死；佛说则将十二因缘分作了两段：从“识”到“老死”十支为一段，先讲；“无明”与“行”二支又为一段，后讲。先讲的一段，佛又先从“老死”讲到“识”，逆说；再从“识”讲到“老死”，顺说。转接处一句“齐识而还，不能过彼”，是个关键，即一期生命的最原始是“识”，“不能”过彼了。然而佛毕竟“过彼”，讲到了“识”前的二支，“行”与“无明”，这是在说前世了。只因前世（或云今生）有“无明”，“无明”缘“行”，“行”即造业，众生因“无明”而造业种因，感召后果，“行”缘“识”，这才有了今生（或云来世）的原始。但此段话中佛说“无明”与“行”，却又不从“缘起有”的方面说，而只从“还灭”的方面说：“无明无故行无，无明灭故行灭，行灭故识灭，识灭故名

① 《杂阿含经》卷12，《大正藏》，第2卷，第80页。

色灭”云云。“识”上十支，说“缘起”，说“有”；“识”下二支，说“还灭”，说“无”，也就是说悟空，说解脱。佛说此段话，众义赅备，结构严整，主要的意思可概括为两句：生死流转的根本在“识”，出离生死的原动力在去“无明”。

作为“十二因缘”一支的“识”，与“五蕴”色、受、想、行、识中的“识”是不同的，五蕴之“识”是意识，十二支之一的“识”则是更为根本的“入胎识”，佛实际上把它当做轮回主体来说了。五蕴为名色所摄，说得严格点，名色是诸根未成之际、五蕴肉团之体的胚胎，所以说“缘名色六入处”，或者说“名色缘六入”，即“六入”（眼、耳、鼻、舌、身、意六根）须缘依“名色”长成，或者说，根据“名色”可以缘取“六入”。在十二因缘系列中，“识”与其后支“名色”的关系，有点特殊性，与其他前后两支的关系不同。其他前后两支，都是前支“缘取”后支，或云后支“缘依”前支，“识”与“名色”则是互为“缘取”（或云互为“缘依”）。试看《大缘方便经》中的一段话：

阿难，缘识有名色，此为何义？若识不入母胎者，有名色不？答曰：无也。若识入胎不出者，有名色不？答曰：无也。若识出胎，婴孩坏败，名色得增长不？答曰：无也。阿难，若无识者，有名色不？答曰：无也。阿难，我以是缘，知名色由识，缘识有名色。我所说者，义在于此。阿难，缘名色有识，此为何义？若识不住名色，则识无住处，若无住处，宁有老、病、死、忧、悲、苦恼不？答：无也。阿难，若无名色，宁有识不？答曰：无也。阿难，我以此缘，知识由名色，缘名色有识。我所说者，义在于此。①

佛既以十二因缘中的“识”为轮回主体，但又以“识”与“名色”相互依缘，平等看待，既说“缘识有名色”，又说“缘名色有识”，在此佛说是有些含糊的；且“识住名色”，仍不免有点“我相”，“识”的根本性因此不显；欲立定其为轮回主体，而又不悖“无我”之旨，尚俟进一步深说、广说，这就为后人诠释、丰富和发展佛说留下了地步。上座部的“有分识”和唯识宗的“赖耶识”，就可以看作是在诠释、丰富和发展佛说“识”支中形成的，然而它们是方向性和系统相大相径庭的两种学说；在“有分识”，惜“无我”之旨犹隔一间，未能一贯；在“赖耶识”，则轮回有主体和诸法无我性，两相融贯，无间然矣。

① 《长阿含经》卷十，见《佛藏要籍选刊》第四册，上海古籍出版社1994年3月第1版，第61页。

七

生死流转的根本在“识”，轮回转世的主体是“识”，佛说“十二因缘”时已隐然有这意思。此“识”当然与“意识”不同，但此“识”的概念必然是从“意识”的概念来的。“识”者“了别”义，意识当令，能清楚了别；无梦睡眠或闷绝时，虽意识中断，犹有潜意识或下意识之存在。心理学甚至谓意识只是海面上的冰山一角，下意识才是巨无霸的冰山主体；即使意识当令，也仍然受下意识的支配。南传上座部的“有分识”，有点类似于此，故金克木先生将《说“有分识”》一文收入1996年的自选集时，添了一个副标题“古代印度人对意识流心理的探索”。区别在于，下意识限于生时，有分识通贯生死，是生死之间的主体。但在南传上座部的学说中，有分识与意识的联系还是太过紧密，其间的差别甚至不如佛说识支之“识”与意识的差别，所以吕澂先生要说它仍是“变相的我”。

上文第二节引《识论》：“上座部经分别论者，俱密意说此名有分识”云云，窥基《成唯识论述记》释曰：“分别论者，旧名分别说部，今说假部。”[①]这里有些混

① 窥基《成唯识论述记》卷七，《大正藏》卷四十三，第354页。

淆。“分别说部”是“上座部”的异称，相应地，“大众部”另有“一说部”的异称。这两个异称反映上座部与大众部之间的一个根本分歧：对佛说和佛说的解释，上座部主张应加以“分别”，大众部则视为“一说”。大众部的主张似乎预示了后来大乘人所谓“大乘、小乘都是佛说”的态度。至于“说假部”，则是大众部后来又分出来的一个分部；这个分部特别弘扬佛弟子迦旃延解释佛说的“毗昙”，迦旃延毗昙有九分，每分都加有“施设”字样，如《世间施设》《定施设》《慧施设》等等；“施设”又可译作“假”或“分别”，所以这个分部叫做“说假部”，有时候也叫“分别说部”。[①]窥基把上座部的“分别说”与大众部一个分部的“分别说”混为一谈了。

“有分识”学说是上座部南传以后才得到充分发展的。锡兰一带的上座部宗主“七论”，即《法聚》《分别》《界说》《人施设》《论事》《双对》《发趣》这七部论典。“七论”里面有没有说到“有分识”呢？金克木和吕澄二先生所言截然相反。金先生说：“有分一名，显系巴利语bhavanga，即bhava（有）加anga（分）。巴利语阿毗达摩七论中竟无此说，而注疏中乃见道及，视为当然，不加界说。由此可推，七论写定之时，虽见其绪，犹无有分之论，惟说六识。迨觉音论师重写注疏，则

① 见《吕澄佛学论著选集》第四册，第1955、2014页。

此理论已行当世，遂径写入，不加分别。其所造《清净道论》，开宗初品即述‘毗提’，爰及‘有分’，复于十四品中再加阐述。足见当时此论已定。”[①]吕澄先生则明确指出七论之一的《法聚论》中已经有关于“有分心”的论述。他说：“南方上座的《法聚论》，对心的性质好坏、地位、阶段等详加分析，得出八十九种范畴，由此再归纳为一般表现的心理作用为十二心，再概括十二心为九类，是为九心。（一）在平静的状态时，称为有分心；（二）动念时生起警觉，好像从睡眠醒来一般，名转向心；（三）由此随着五根有五类感觉作用，称为见心；（四）有了见便对境界感受苦乐，名受持心；（五）由此分别善恶，名分别心；（六）又安立了境界的相状，叫令起心；（七）这样决定发起作用，名速行心；（八）假使境界强盛，便继续引起反省或熏习的作用，名果报心；（九）从这里仍旧恢复到平静状态，复名有分心。”[②]

金、吕二先生都是博学通识的学术大家，都能读梵文、巴利文，佛学上吕先生则更为专精，故浅见以为，金先生谓有分识“七论中竟无此说”，恐是其寻绎未细所致。吕澄先生还介绍自己及日本学者椎尾、木村的研究，发现七论中除《论事》外，其余六论与汉译《舍利弗

① 《梵佛探》，第425页。

② 《吕澄佛学论著选集》第四册，第1973、1974页。

毗昙》的有关篇幅分别有许多相似，如《法聚论》即可与《舍利弗毗昙》的《无问》分对应。但《无问》分中又确实不见“有分”之名。《舍利弗毗昙》成书甚早，传说第一次结集时就有了；而现存巴利文七论是觉音南往狮子国后，从“已尽成土语”的“彼国三藏”中还译的[①]。既然觉音对七论的注疏和其自著《清净道论》中已有完整细致的“有分识”理论，则由此推论，《法聚论》中的“有分心”乃觉音还译时添入，虽不中，离事实亦应不远[②]。故金先生曰：“有分与毗提理论之完成，后于七论，先于注疏，其在大宏唯识之际欤。”[③]是个十分稳称的论断。但觉音与无著、世亲约当同时（我国南北朝时期），后者“大宏唯识”，前者“大宏有分”，二者都是对原始佛说的创造性发挥，其方向性和系统相大相径庭，彼此之间应无渊源关系。

上引吕先生语，对起于“有分”又终于“有分”的九心的译法，中间七心（除“见心”外）与窥基《成唯识

---

① 《吕澄佛学论著选集》第三册，第1043页。

② 也有可能，觉音既还译又注疏七论，关于“有分心”的论述，确如金先生所说，只在注疏中道及；而吕先生所言，原系讲稿，于论本和注疏未加区别。若然，则二先生所言又并不矛盾了。

③ 《梵佛探》，第425页。

论掌中枢要》的译法不同。《枢要》卷五有“九心轮”一段：“上座部师立九心轮：一有分、二能引发、三见、四等寻求、五等贯彻、六安立、七势用、八返缘、九有分；然实但有八心，以周匝而言总说有九，故成九心轮。”①金先生文采用的是《枢要》译法。“九心轮”名乃窥基所立，锡兰佛典并无此名，但汤用彤先生指出：“《义集论》亦谓‘九心’转如车轮，则是轮义乃印土本有，非基师取譬立名。”②非取譬立名，乃取义立名，基师深于佛典，于此可见一斑。叶均先生用现代语体译《清净道论》，“九心”译法更易为读者理解，“转向心”（“能引发”）作“转向作用”（avajjna-kicca），“见心”仍旧，“受持心”（“等寻求”）作“领受作用”（sampaticchana-kicca），“分别心”（“等贯彻”）作“推度作用”（santirana-kicca），“令起心”

① 窥基《成唯识论掌中枢要》卷三，《大正藏》第43卷，第635页。

② 《往日杂稿》，汤用彤著，中华书局1962年12月第1版，第74页。《义集论》即巴利文《阿毗达摩义集论》(金克木先生译作《阿毗达摩义摄》)，作者阿耨楼陀，书成于十二世纪。金先生谓为“巴利语论藏入门”，汤先生则谓：“巴利文对法藏七种，向以浩漫，难寻线索，而有《阿毗达摩义集论》得其纲要。”金先生述“毗提”理论，即据此书。

（“安立”）作“确定作用”（vottapana-kicca），“速行心”（“势用”）仍作“速行”（javana）。从叶先生的译法更易看出，“九心”轮转，主要说的是认识过程如何在“心”上进行；金先生所谓“‘毗提’理论”，即是刻画此一过程。

金先生说：“毗提（vithi）者，巴梵词同，本义为行列或道路，意指认识之过程，心理之活动。此种活动过程，由外境以至内心，由起而灭，一刹那间，历九阶段，即所谓‘九心轮’也。”[①]虽然只有“一刹那”，毗提理论却说得极其复杂。这与现代粒子物理学虽然说的只是显微镜都看不见的“极微”，却成为最艰难高深的科学理论，颇有异曲同工之妙。

“刹那”又区别“心刹那”和“色刹那”。“九心轮”转一圈，即一“色刹那”，其中又包含十七“心刹那”：“过去有分”一刹那，“有分动”一刹那，“有分断”一刹那，“转向作用”一刹那，“见心作用”一刹那，“领受作用”一刹那，“推度作用”一刹那，“确定作用”一刹那，“速行”七刹那，“返缘”二刹那。一心刹那中已有生、住、灭三刹那，合十七“心刹那”始能缘取一“色刹那”。佛说“不常不断”，所有的存在都刹那生灭，故“不常”；所有的存在又都系于念念相续，故

---

① 《梵佛探》，第426页。

“不断”。一念之倾，即一色刹那，已有“九心轮”转过。“毗提”分说繁多，就六识而言，分“五门毗提”与“意门毗提”，“五门”即眼、耳、鼻、舌、身五识，意即意识；就三界而言，分“欲界毗提”，“色界毗提”和“无色界毗提”。如是等等，说各不同，极其细致，有兴趣的读者可取金先生文细参。

八

这里有个关键，即金先生所云：“毗提既生，有分遂断”[①]。毗提乃显现向外之意识活动，一旦生起，便与有分隔断。毗提理论的重点在讲“毗提既生”以后的事情，对“有分”着墨不多，只在毗提复返有分时有所论列；而唯识学的重点则在讲阿赖耶识，对赖耶识之为生死流转的根本所在，作了粲然明备的论述。金先生述毗提理论所据之《阿毗达摩义摄》，毕竟是十二世纪的书了。让我们回到较原始的著作，看看在“毗提”断“有分”又返“有分”这个关键点上，有些什么义蕴。

《清净道论》谈到眼识的形成以及眼根律仪、不律仪时说：

① 《梵佛探》，第429页。

当所缘之色现于眼前之时，经过有分识二次生灭之后，便起了唯作意界的转向作用，经过一生灭之后，便有眼识的见的作用，自此有异熟意界的领受作用，其次有异熟无因意识界的推度作用，其次有唯作无因意识界的确定作用，经过一生灭之后，便起速行的作用了。这里在有分、转向（乃至确定）等的任何作用阶段都没有律仪或不律仪可说。但在速行的阶段，如果生起恶戒，或忘念、无智、无忍、懈怠，便为不律仪。如是发生而说它为眼根不律仪。何以故？因为那时眼门没有守护了，则有分与转向的路线（即“毗提”—引者）亦无守护。……若在速行时生起戒等，则眼门有了守护，于是有分及转向等的路线也有了守护，譬如城门若能善加守护，虽然城里的家门没有守护，但市内的一切财货亦善能保障，因为城门禁闭没有盗贼可以进去了。……故在速行的阶段而生起律仪，名为眼根律仪。[①]

按：这是《说戒品》中的一段话，主旨在说明：在六识形成过程中，如何及时持戒、及时“律仪”，以求解

① 《清净道论》，觉音著，叶均译，中国佛教文化研究所印行，1995年4月第4版，第19页。

脱；以“眼”为例，余可准此。吾人都将戒律理解为外在的行为规范，佛教律仪则将“规范”推前、深入到“感觉”的阶段；“感觉”时即有律仪、不律仪的问题，必须及时律仪，善加守护，才能“六根清净”，否则即遭染污，堕入业力，只能流转生死了。红尘万丈中的芸芸众生都是“否则”以后的情况。觉音尊者说得严重：这等于是城门洞开，任由盗贼抢劫。“根律仪”的关键阶段在“速行”，于此有律仪，能善加守护，则生起的心识是“净识”，所缘之境是“净色”。不管律仪不律仪，此前在“转向作用”生起时，有分已经“二次生灭”而断了；那么，“速行”阶段的律仪、不律仪，对其后的影响如何呢？可以续引窥基《枢要》“九心轮”一段话以资说明：

若有境至，心欲缘时，便生警觉，名能引发。其心既于此境上转，见照瞩彼。既见彼已，便等寻求，察其善恶。既察彼已，遂等贯彻，识其善恶。而安立心起语分别，说其善恶。随其善恶，便有动作，势用心生。动作既兴，将欲休废，遂复返缘前所作事。既返缘已，遂归有分，任运缘境。名为九心，方成轮义。其中见心，通于六识，余唯意识。有分心通死生，返缘心唯得死。若离欲者，死唯有分心；既无我爱，无所返缘，不生顾恋。未离欲者，以返缘心而死，有恋爱故。若有境至，则心可生，若无异境，恒作有分任运相续。[①]

按：此段话从“若有境至”至“势用心生”，与上引《清净道论》语同义相应；“势用心”即“速行心”，既然在“速行心”阶段有律仪、不律仪之分，故后半段讲“返缘”时就也作区别。善守诸根、有律仪者即能“离欲”，结果是“无所返缘”；诸根染污、不律仪者，即是“未离欲者”，只得“以返缘心而死”。“返缘心”吕澄先生译作“果报心”，“未离欲者”一生的心识行事，无数次地“返缘”到此，种因于此，遂熏习成来世的“果报”。“离欲者”无所返缘，这“果报心”其实是空的，故能“不受后有”，不再转世，从生死流转中解脱。这里见出“有分识”学说与“赖耶识”学说的一个重大区别：前者“果报心”与“有分心”是分立的，在说明生死流转上，“果报心”似比“有分心”还重要；但是既云“有分通生死，返缘唯得死”，“果报”与“有分”二心的关系就显得很不清楚。后者则“果报心”即“赖耶识”，一期生中的一切现行，都熏习成“种子”，藏摄于此广大识田中，感召后果，异地而熟，转为来世；如能修成正果，离

---

① 《成唯识论掌中枢要》卷三，《大正藏》卷四十三，第635页。

欲解脱，则“赖耶识”从“藏识”变成“净种识”，净种不引后果，自然没有来世。“藏识”和“净种识”是“赖耶识”的两个“相”，理论上清楚得多。

关于有分识与赖耶识（第八识）的异同，汤先生文《佛教上座部九心轮略释》作了既全面又简略、精确到位的概括。先看似同的方面。汤文设问：“有分何以似八识耶？”随即答曰：“恒转如流，周遍不断，深细不可了知，触思资长，均以识食，通生死梦眠诸位。凡夫轮转，无有舍时，此其所以似也。”①前文说过，有分识与赖耶识都是对佛说十二因缘之“识”支的发展，都要将“识”深化为通生死的轮回主体，这就决定了有上述相似之处。

再看有分与赖耶之异撰。汤文又设问：“有分果不异第八耶？”答曰：

> 不然。阿赖耶虽恒转如瀑流，然非断非常。而巴利对法论师据无我义，指有分依无间缘，称为实断而非常，一也。有分唯识之义未成，熏习持种之说无有，二也。八与第七称为俱有，八对第六体实别有，而有分乃是六摄，三也。锡兰教理无无漏种本有之说，而心性本净，无漏之法，是有因生，四也。建立第八是用之体，锡兰小教不晓依他，体用未明，真如

① 《往日杂稿》，第76页。

安立，五也。阿赖耶识是无覆无记，而有分心则无善无恶，六也。阿赖耶识常与触相应，有分不然，以触等谓是六识摄故，七也。阿赖耶识至阿罗汉位舍，然无垢识体无有舍时，然据巴利经言，罗汉入灭，有分心随之，八也。以此八事，赖耶与有分之不同可知。[1]

据本文观点来看，这“八事”之中，第三事最为重点：“八与第七称为俱有，八对第六体实别有，而有分乃是六摄。”唯识学中，第八识赖耶和第七识末那相对于第六识意识来说，都是“体实别有”；而在上座部学说中，有分识“非别体有”，仍是意识所摄。正是因为这一点的重要，汤文另写一段加以申述：

问上座部立第七识否？答曰：不立。盖染污意者仍第六摄。锡兰论师说烦恼污意而一切邪见均属第六。……问若亦无第七，第六何所依耶？答曰：色为彼所依。此在锡兰有本末二说：本则其对法第七种仅言意界、意识界俱依色物；而末计则直指肉团心为意所依，如基师曰：“上座部救胸中色物为其意根”，

① 《往日杂稿》，第76页。

似是末计。[①]

这里的问题是：眼、耳、鼻、舌、身五识各有所依，即眼等五根；都可为五蕴和合的“我”所摄。然则意识何依？上座部论师讲有分识通生死，但有分既意识摄，兜了一圈，最终仍只能将“意根”归于“色物”。“本计”不明言“外色”、“内色”，“末计”则指实“胸中色物”（肉团心），这样岂不是那个“通生死”的有分识仍属于“我”么？

唯识学中，赖耶识与末那识都外于意识而“别体有”，二者相互之间是“俱有依”；末那识与意识也是互为“俱有依”，因此“意根”即是末那。这样一个不同于“有分一毗提”九心轮转之单线条结构的立体结构，提供了解决“无我”与“轮回”之间悖论的思辨空间。唯识学通过精确说明“我执”之根源来论证“无我”，这一论证与存在阿赖耶识、且阿赖耶识是轮回主体的论证，处于不同的概念和理论层面，所以原始佛说中疑似矛盾的重大困难就此消除了。

第七末那识是产生我执的根源所在，与之相应的心所，除了五种遍行心所外，最重要的是四种根本烦恼，即我痴、我见、我慢、我爱。末那识的我见是最深的，

---

① 《往日杂稿》，第77页。

是一种根深蒂固的自我意识，什么都见不到，就“见”到“我”。而这个所谓“见到我”，其实质是：末那识以阿赖耶识的见分为“所缘”，与末那相应恒转的我见顽固地将此所缘执为“自内我”。末那识的我执是“俱生我执”，不是“分别我执”。比较而言，分别我执浅一些，是“见所断”；俱生我执则是最深的我执，必须通过持之以恒的修习，才能破除，是“修所断”。笔者曾有《唯识的结构》一文，对唯识学通过精确说明“我执”之根源来破除“我执”、证成“无我”、从而“无我”之旨与轮回之说并不矛盾，有较详细的讨论，此处就不赘言了。

思想的理解与考证

——读萧公权著《中国政治思想史》点滴

一

萧公权先生写的《中国政治思想史》，初版至今一个甲子有余了，但它仍有常读常新的价值[①]。萧先生写这本书，是在携眷寄居成都西郊农家的抗战时期，他一边在西迁的燕京大学和光华大学教书，一边利用课余时间写作，进展顺利，历时两年脱稿。今日视之，或以为艰苦；但萧先生退休后写的回忆录，却说这两年“充分领略了田园生

① 此书台湾曾重印多次；1988年，台北联经出版事业公司编印《萧公权全集》，此书为全集第四册。最近十年里，大陆上又据联经版重新出版了两次：一次是辽宁教育出版社1998年版，分三册印行，书前有傅杰先生的导读；一次是新星出版社2005年版，书前有汪荣祖先生的弁言。

活的妙趣”，“一日三餐，总有新鲜无比的鱼肉蔬菜”，“有时敌机西飞，警报大作，我们知道四面都是田野，毫无目标，行所无事，不必另找安全地方躲避。我们的生活颇为安定而愉快。”①

这是一部中西学术界公认的思想史巨著，但萧先生写作时心目中悬的目标，却是“写一部适合大学生和一般读者参考的《中国政治思想史》”。②似乎不能说萧先生写着写着，偏离了最初的目标。事实上，这部书是经当时教育部审定为“部定大学用书”后，交由商务印书馆出版的。爱好文史之学的“大学生和一般读者”，只要平心静气，肯花时间，肯用脑子，完全应该读得懂。这部书的好处，在高明，不在深奥，在通达，不在专僻；它的存在，倒是对越来越盛行的学术归“学术”、通俗归“通俗”的生硬划分，构成了有力的挑战。读书是该循序渐进、由浅入深，但若大学生只能以新编急就甚至粗制滥造的教材、概论之类为“书”的主体，那就无异在他头顶上设了无形的天花板（glass ceiling），只得原地打转，上不去了；“渐进”云乎哉。

萧先生书脱稿后，曾经缪凤林先生审阅，缪先生在审阅报告中称许备至，并致信作者述其观感，信中举三事以

---

①② 《问学谏往录——萧公权治学漫忆》，学林出版社1997年12月版，第138页。

为是书“胜义络绎”之例：“如谓法家思想与近世法治如两极之相背，真令人有石破天惊之感，然其说实至当而不可易。又如丁在君与某君合纂梁任公年谱油印本三厚册，林曩尝细阅一过，所述任公一生思想之变迁，实远不足与大著比。章太炎门生甚众，其民族思想之精义亦无人能如大著言之既详且尽也。”[①]可见，缪先生最看重萧著的地方，是其对中国历史上政治思想的“精义”与“变迁”所作理解之详确和尽致。缪先生的评价确实揭出了本书最大的优点。

何以克臻此境？萧先生回忆录里谈到写作是书的动机时说：“坊间虽然已经出版了两三部《中国政治思想史》，我相信还有余地写一部根据政治学观点，参酌历史学方法，充分运用原始资料，尽量避免臆说曲解的书。”[②]萧先生说的“两三部《中国政治思想史》”，想必是指陶希圣、陈安仁、杨幼炯等分别撰写的同名书，萧先生要尽力避免的“臆说曲解”，恐怕这些书里也都难免。解说历史上的思想与探究历史事实有异。事实本身是确定的，虽然历史事实就其整体和具体而言，是过去了，无法直接观察，但以遗存史料为证据，关于历史事实立说，即使不正确，至少其说是确定的，可比较的，在

① 转引自《问学谏往录》，第141页。

② 同上，第138页。

提出或发现新史料时，即能受到客观的检验。思想则不同，古人的思想视乎今日欲理解此思想者，虽说也是一种客观的实存，但思想本身却是主观的；当主观的思想成为客观的对象时，尤其显得难以把捉。古人的思想是主观，今人的理解也是主观，如何使后一种主观能去客观地符合于前一种主观，这是治思想史的难题。吊诡的是，难题使人易做，解说历史上的思想这回事，似乎反而允许有特别大的想象、揣测、推论、发挥的空间。哲学上说，古人思想与今人理解之间隔着一长段“解释学的经验”（hermeneutic experience），故而古人思想的原义碍难再现；这常常被当作了难题易做的遁词和辩词。但是萧公权先生不取这种做法，他所努力的是要准确地达到古人思想的原义，即使不能完全达到，也要从方方面面去限定、去接近，使古人的思想在与其时代环境的联系中呈现其具体的意义。他是在铺筑穿透“解释学经验”大山的隧道。铺筑隧道所用者，概括言之，就是上引萧先生语中的三条：政治学的观点，历史学的方法，充分的原始资料。

这三条说说容易，做起来是极其困难的，只有像萧先生这样学养深厚的大学者才能做得好。就拿“政治学观点”来说，萧先生这里显然是指西方的政治学。依西方政治学的观点看中国古人的政治思想，学浅识短的人难免牵强附会、生搬硬套，甚至削足适履。萧先生是最反对这样做法的。写作本书之前，萧先生在美国研习政治学多年，深造有得，所为博士论文《政治多元论》（Political Pluralism: A Study in Contemporary Political Theory），于1927年在伦敦出版，很快饮誉西方学界，被推列“近代名著”（Modern Greats）之林，政治学大师拉斯基（Harold J. Laski）称赞此书“学力雄厚，为政治学界五年来所仅见”。[①]“政治学观点”在萧著中的运用，是在述中国古人的思想时，随处提点，揭出新的理解角度，然后彼此参照，察其同似，析其歧异，仍然是求索古人原义的工夫，而断非将中国思想纳入西方观点的框架中。

至于“历史学方法”，可以说，萧先生此书消除了历来“考据”与“义理”的僵硬划分，使历史考证真正成了理解和阐释思想的有效工具。中国传统学术中的“考据”与“义理”之争，多的是家派偏见、门户意气，少数以考据方法释义理的作品，也往往只限于文字训诂。萧先生此书则以理解古人思想为目的，将一切人为的畛域打破，向一切有关的因素开放：时代的风气，地域的特点，思想者的出身、经历和经济状况，不同思想者的同中之异与异中之同，凡此种种，都被萧先生得心应手地调度着，来参与逼近思想原义的工作；政治思想的变迁，更是时时联系着政治实践中的问题来考察。

① 见汪荣祖先生为萧著《中国政治思想史》写的弁言。

记得大数学家庞加莱说过一句话："解决问题的是人，不是方法。"这个意思，也体现在萧先生所说三条的第三条中："充分的原始资料"；这当然不是指现成堆在那里、专供写文章临时摘取的许多书。"充分的原始资料"须以"充足的阅读能力"去掌握，萧先生曾为胡适的治学名言（"大胆假设，小心求证"）转进一言："在假设和求证之前还有一个'放眼看书'的阶段"；[①]"放眼看书"即是学问涵养的过程，必须经此阶段，"方法"、"观点"才能活学活用，才能运作起效。如果说，"观点"和"方法"尚是可以度人或受度的金针，那么，"放眼看书"，熟习和掌握"充分的原始资料"，就只能是学者默然证会的"成己"功夫。总之，写出这本《中国政治思想史》的，是萧公权先生这个人，而不单是"政治学的观点"和"历史学的方法"。

二

全书分五编，第五编有目无文，前四编分别讲四个时期：创造时期，因袭时期，转变时期（上）和转变时期（下）；时序为经，人物和专题为纬，每编各章节的

① 转引自傅杰先生为萧著《中国政治思想史》辽宁教育出版社版写的导读。

题目，大多是人物姓名。乍一看，这种“写法”，正是现在颇受提倡的“思想史新写法”所要批评的，说得好听点，是“点将录”，说得难听点，是“点鬼簿”。但笔者以为，还是应该看内容；本书“常读常新的价值”在其内容，不在其形式。犹如人际关系上，以貌取人是不对的；人之于书的关系上，以形式为取舍标准，也是不对的。实际上，“思想史新写法”所倡导的、不能仅关注“纯”思想和思想之与思想的“逻辑”联系，而应结合时代和社会的各种因素来解说思想等要点，萧先生的书早就是这么做了。这也就是上节所云：“以历史考证的方法理解和阐释思想”。

请试举一例。自韩愈、特别是宋儒以后，孟子从诸子上跻圣人之列，孔、孟并提，故人多见其同，而不甚措意其异。萧先生书则对孔孟之间的相异处，做了不少具体的比较。以孔孟对管仲的态度来说，孔子对管仲虽也有批评，但基本上是肯定的，且表扬不吝词费；孟子却在有人好意地将其与管仲比论时，像受了侮辱一样，十分生气，答言中对管仲表示鄙夷不屑。一般的解释只以孔孟性格差异为言，孔子宽容，孟子苛严，如此而已。萧先生则论定，“孔孟之态度不同，实各有其时代之背景”。[①]

孔子的时代，去古稍近，周文虽已疲弊，封建尚未解体，制度犹存，文献足征，故孔子的理想是“从周”。孔子说：“桓公九合诸侯，不以兵车，管仲之力也。如其仁如其仁。”管仲襄齐桓公，明明行的是“霸道”，孔子却许其为“仁”；盖霸道“在当时封建制度已衰未溃之际”，尚可以起“挟天子以令诸侯，于混乱中维秩序”的作用（第66页），孔子故寄希望于管仲这样的有力者通过霸道来恢复王道。萧先生说：“孔子成《春秋》，欲正名以矫实，非于王纲解纽之事实视若无睹，或予以否认。孔子殆知周礼之不能尽复于一旦，故每求其次，凡对封建制度有利之行为，虽不合于最高标准，亦加以相对之许可。”（第53页）

孟子去古较远，其时已在战国，“七雄争长，则挟天子既无所用，令诸侯亦势不能；即使桓文复起，亦难再为玉帛冠裳之会”。（第66页）“从周”之望既绝，孟子乃寄托理想于“新王”之兴起，故其言曰：“以力假仁者霸，霸必有大国；以德行仁者王，王不待大。”萧先生说：“孟子取鉴成汤文武，深信‘地方百里而可以王’。

---

① 萧公权著《中国政治思想史》，新星出版社2005年11月第1版，第66页。以下凡引是书，径在引文后括号内标明页码，不再出注。

故积弱如宋，孟子尚举汤政以相勖，谓天下无敌，齐楚何畏；地小如滕，孟子犹言称尧舜，语以王师，是竟欲宋滕得天下矣。此孟子不奉周室，想望新王之又一证也。”（第66页）

对霸道的态度，在孔子是欲“仁以假霸”，将霸道用为实现仁道的工具；此虽亦属“知其不可为而为之”，毕竟表现孔子理想的现实性，也反映孔子时代的一种可能性。在孟子则深知“以力假仁者霸”，仁义反而成了有力图霸者的工具和装潢，此表现孟子对其时代的现实有着清醒的认识。孟子一方面对现实有清醒的认识，故“黜霸”，另一方面又坚持高远的理想（今人爱说其“迂阔”，其实“迂阔”即“高远”之意），故“尊王”。“王不待大”，“欲宋滕得天下”云云，不过是孟子对成汤文武历史经验的借鉴，而宣布其返本开新之主张。今人会说成汤文武未必即仁，但须知实在不该以今人的思想来代替古人的思想。若云“成汤文武未必即仁”不是思想，而是“事实”，是“历史事实”（因为“历史上”、“事实上”不可能真有“仁政”），以成汤文武为仁，乃孔孟强许之耳；则此“强许”正好反显“仁”的观念、“仁”的思想乃是孔子的伟大创造，孟子又从而发扬光大之。

创造也须有凭藉。萧先生认为，孔子发明“仁”，与其出生有绝大关系，孔子乃宋人之后，宋国则亡殷之遗。周制繁密，孔子言礼则从周，殷政宽简，孔子设仁殆取殷。然而，“礼后乎”，礼须以仁为后盾，礼的本原在仁。诚如萧先生所说：“孔子有取于周制之完密而思有以补救之，故于殷政宽简之中，发明一仁爱之原则，乃以合之周礼，而成一体用兼具之系统，于是从周之主张始得一深远之意义，而孔子全部政治思想之最后归宿与目的，亦于是成立。”（第43页）萧先生敏锐地注意到：“殷政宽简”有着民族性基础，“殷民族殆较周民族为质钝忠厚”（第43页注2）。那个“蠢猪般”的宋襄公的故事是尽人皆知的，后人谓其仁义取败，因而反讥仁义之无用，萧先生则强调宋襄公“殆犹有亡殷之遗风”（第43页）；诸子书中的愚人故事，如守株待兔、揠苗助长之类，亦多出宋人。作为遗殷宋人之后，孔子是从一般聪明人视为愚蠢的“质钝忠厚”中，体悟提炼出“仁”的观念，设为“全部政治思想之最后归宿与目的”的。萧先生对仁政思想的这一历史追溯，同时也即是对孔子思想之创造性的揭示。

请再举一例，以显示萧著在解释古人思想上的精确、全面、有条贯。（条者，条理清楚，贯者，义旨一贯。）中国历来讲“夷夏之别”，别夷夏当然是在区分民族。不难想见，上古原始之民，为了生存自保而聚居，最容易发生的区分是以种类为标准，而不以文化为标准，这应该是个通例。这在先秦时代的典籍中也留下了若干例证，如《左传》之“非我族类，其心必异”，如《周语》之“血气不治，若禽兽焉”。而孔子之论夷夏，则已自觉、明确地废弃了种类标准，但就文化以为区别。萧先生以《论语》考之，将孔子的这一思想细分为四层意思：

一、子贡问管仲非仁者与，孔子答以“微管仲吾其被发左衽矣”。此明示夷狄不如中国而外之也。

二、“子欲居九夷。或曰：陋，如之何？子曰：君子居之，何陋之有！”此隐寓夷狄可以同化之意也。

三、“樊迟问仁。子曰：居处恭，执事敬，与人忠，虽之夷狄不可弃也。”“子张问行。子曰：言忠信，行笃敬，虽蛮貊之邦行矣。”此认夷夏虽殊方而同理也。

四、“子曰：夷狄之有君不如诸夏之亡也。”此谓夷狄之行偶或优于中国也。（第53、54页）

首先是外夷狄；进而，夷狄可同化之；同化之根据，在“夷夏殊方而同理”；再进，理之所行，即夷狄亦可优于中国。经此层层分析，孔子别夷夏思想中超越的文化精神昭然若揭。

萧先生又从《春秋》经传中找出许多例子，分为四类，分别印证这四层意思。萧先生更着重指出：以文化为夷夏之别的标准，亦有着历史事实和历史演进为其基础。一方面，“言种类，则九州之民，同为黄肤黑发，既交杂而难分”；另一方面，“论文化，则文野高低之程度远近相殊，尚显然而可辨”；且“中国古代之种族及文化，在较早期中，殆已发生混合之现象。列国之中颇有以中国而入于蛮夷，或沦于夷夏之间而复归于中国者；吴、越、秦、楚皆其著例。”（第55页）所以，夷夏之别可以讲，必须讲，却又难于单纯地从种类上讲。“楚武王以黄帝之后而自称蛮夷，舜、文王以东西夷之人而行乎中国”（第55页），这都已经是种类轻而文化重的表现。孔子心仪的周政更“以其‘监于二代’之制度同化多方之遗民，而得有部分之成功”。（第55页）孔子论夷夏思想的创造性在于“吾道一以贯之”，将其与仁的观念融为了一体，故而反过来，“其仁者爱人、博施济众之学说亦有破除种界之可能趋势”。（第55页）“亲亲而仁民，仁民而爱物”，物犹所爱，何况夷狄之同属人类乎。萧先生说：“惟夷夏有远近之殊，行仁有先后之序。《公羊》谓《春秋》以外内之辞言夷夏，明王者一乎天下，‘自近者始’，诚能得孔子之本意。”（第55页）至此，孔子别夷夏思想的内涵，可说已全幅发露，略无余蕴。

上述二例，在事实与思想之间反复参校，既探明思想之来源，又阐明思想之本义，以见思想之独立性乃至创造性。这样的论述在萧著《中国政治思想史》中比比皆是。

三

萧先生书对中国历史作了一个大划分：封建天下和专制天下；相应地，对中国政治思想史也作了一个大划分：创造时期和以后的因袭时期、转变时期。萧先生在全书绪论中就思想本身演变之大势和思想之历史背景两种观点，分别论述中国政治思想史之分期，重点在看出两种分期之相符。其结语云：“吾人就不同之观点，试拟两种之分期，其结果竟大体相符。足见所拟虽未必尽善，而大致不误，则可断言。”（第10页）萧先生对分期如此重视，视为整部著作的首要，其深意在表明：封建天下（特别是其后期）才是中国政治思想的创造时期。且看萧先生所云：“秦汉以至宋元之政治思想虽不乏新意义、新内容，而其主要之观点与基本之原理，终不能完全越出先秦之范围。必俟明清海通以后，外学输入，然后思想为之丕变。”继云：“先秦思想，对春秋以前为融旧铸新，对秦汉以后为开宗立范，创造之名，由此而立。”（第4页）

先秦政治思想之创造，大要之分，无非儒、墨、道、法四家。萧先生考察了四家各自的出产地，从中又可窥见它们彼此间创造性之大小。儒与墨都产于鲁，而“鲁不过北方偏东较小之一国”（第20页）。“法家诸子宗邦之分布则几达黄河流域之全部”，盖因“法家思想与晚周时代之一般社会情形相应，故其起也异地同心，蔓延较远”（第20页）。“至于道家之消极思想，本为对衰世之一种抗议，其兴起似可不限于一地”；虽然“老庄之苦蒙亦不过楚之一隅及梁宋间之一邑”，但“若将彭蒙、田骈、慎到、接子、环渊及陈仲子、荷蒉、楚狂、长沮、桀溺诸隐者并属于齐物为我之一派，则其所在之地为赵、齐、卫、楚、蔡诸国，其区域亦颇广大矣。”（第20页）在较广大的区域里，作为对“一般社会情形”之反映与反应，“异地同心”地发生的一种思想，较之只在一狭小之地发生，而凭藉雄厚、寄托遥深的一种思想，显然后者更具有创造性。

这是在儒与道、法之间的“判教”。当代大物理学家戴森（Freeman J. Dyson），在比较相对论和量子力学的创造性时，亦曾用这样的“判”法。相对论是在爱因斯坦一个人的脑子里发生的，与当时整个物理学的局势和问题几无联系；而量子力学则是被当时物理学发展的形势逼出来的，所以会出现薛定谔与海森伯“异地同心”，几乎同时地提出思路绝异、表述迥殊、而事后又被证明为等价的两种数学方案的“巧事”。二者相较，相对论的创造性无疑更大。戴森甚至说：“没有爱因斯坦，就是再过一百年，也不会有相对论。”①

至于儒墨之间，萧先生则多从两家思想本身之比较以立论。孟子曾谓“杨墨之言盈天下”，萧先生认为：“孟子此说，诚非虚构”；（第84页）墨家的影响在先秦一段时期里远远大于儒家，这几乎就是“历史事实”。但若以影响之大小论思想之高低，总不免有点势利；思想之成

---

① The Mathematical Science—A Collection of Essays, 1969, by The Massachusetts Institute of Technology, p.103.

立，终究不是以势，而是以理。如果承认思想自由，承认思想之独立性，则终须从思想本身之理解来论其高低，论其创造性之大小。

萧先生十分赞同清人张惠言“墨之本在兼爱”一语，以为“此论洵属至当”（第88页）。孟子攻墨，亦集矢于兼爱之说，诋其为无父，为禽兽。萧先生说：“孟子所以不斥墨子他说，而独注目于兼爱者，推想其意，殆深知此乃两家最相接近之处，恶紫夺朱，故不得不力拒之欤。”（第89页）最相接近之处，也是最应别异之处。皮相看来，墨家兼爱与儒家仁爱确有几分相似；孟子之“义利之辨”与墨子之“兼别之辨”，亦可以对待而论。“墨子所以主‘兼以易别’者，乃以爱人若己为兼，而以亏人自利为别，亦正以公私判义利”，“孟子所斥之‘利’，正为墨子所弃之‘别’”。（第90页）然而从根本上言之，墨子之说，无论“兼”还是“别”，都是在言利。诚如萧先生所说：“墨子乃不复重视个人之品性，而倾向于以效果之利害，定爱恶之取舍。故兼爱三篇之中所斤斤计较者多在兼别所收之报偿，而绝口不言仁爱之主观情感。”（第90页）这就颇像现在以“晓以利害”做“思想工作”，德或不德端视得或不得为取舍标准。德而能得，姑且德之；不德而竟能大得，则不德又何妨耳。此之谓“实现个人价值”，谓“事业成功”，却又与杨朱“为我”之旨相通了。“杨墨之言盈天下”，不意两千年后又成事实。今人不读墨子书，竟尔“异时同心”，于墨子之说不师自通；反视墨说，其“创造性”为若何耶。杨朱为我，拔一毛利天下而不为；墨子兼爱，糜顶放踵而不辞。墨子的个人品行值得人们永远尊重，但其只在利害上言兼言公、弃别弃私的学说和思想，愿望固然美好，却极容易成为观念的“意缔牢结”。善夫西哲之言曰：“通向地狱的道路是由美好的愿望铺成的。”

可以说，墨子所谓“兼爱”，在人心的本原处并无根据，其亦为“人心之所同然”者，只是浅表的，宜其只能言利而不能言仁。而孔子之“仁爱”，本就在人伦关系上有极亲切、极自然的表现，萧先生称之为“主观之情感”（第90页），此“主观之情感”经孔子之创造达于“仁”的观念，就有了客观性和超越性，略如黑格尔所谓之“客观精神”。“仁”是在人心的本原处开发出的形上层面，既内在又超越，殊难以文字诠表；故孔子言仁，从不明确解说，每每就问学者的具体情况“因材施教”，提示指点，学者理解和领悟到什么程度，端视其“为己”功夫如何。儒家的核心思想在“仁”，论世，论人，论政治，四通六辟，皆以“仁”论。读萧先生书，我主要的一点体会是：儒家仁政思想乃是中国政治思想史上最大的创造。

四

“封建天下”时代有孔孟的创造。嬴秦统一，中国转入“专制天下”时代，长达两千年之久；孔孟的思想在此长时期里每遭人误解、曲解，即在号称儒家的传统里亦复如此。萧先生书论及孔子关于个人出处的思想时，明确指出了这一点：后儒“每以臣下致忠君国为绝对之义务，而谓其说本原于孔子。吾人加以复按，即可知其非孔子之教”。（第48页）孔子之教如何？萧先生举出很多条：“孔子论君臣关系之精义尽于‘以道事君，不可则止’之一语”；“孔子自谓其‘无可无不可’，正足见孔子不拘执于必仕必隐，而一以能行道与否为出处之标准”；孔子“对避世高蹈之流多加称许，而对不义之仕绝无恕辞”；“孔子谓臣下不受君主之乱命，是否认绝对服从之义务”；“孔子去鲁而求仕于卫，是未立不事二君之‘名节’”；等等，等等。萧先生的结论是：“后人以专制天下之眼光论封建天下之孔子，宜其张冠李戴、厚诬古人矣。”（第49页）

“以专制天下之眼光论封建天下之孔子”，最大的歪曲，在于将原始儒家的政治思想变成了与大一统、家天下、皇帝专制制度随行的意识形态。不幸地这确是两千年专制天下的基本事实，既是政治史的事实，也是思想史的事实。儒家思想与专制制度并存，有适应，甚至有维护；

有批评，偶或有抗议。是适应维护，还是批评抗议，一视儒门中人的个人品性和态度。而即使是批评、抗议，也多以承认和接受专制制度为前提。然而须知，这是萧先生所谓“因袭时期”和“转变时期”的事；而所谓“转变”，也不是创造性的转变，而只是适应性的转变。政治制度已根本改变，政治思想却限于因袭和适应，这可谓世界历史上的奇特现象。萧先生书第二编的首章，有二节的题目即为“墨学之消沉”和“法家思想之余波”，重点讨论“儒家势盛，而法墨同归失败”（第9页）的过程，就是试图具体地解释这一现象。因袭中会失了灵魂，适应中会搀入原始儒学没有的东西；所以，就准确理解思想本身的意义而言，必须把后世儒门中人的思想与原始儒家的思想区分开来。

借用美国政治哲学家列奥·施特劳斯（Leo Strauss）的术语，孔孟的仁学和仁政思想可以说为中国的古典“自然正义”论。“自然正义”（Natural Right）的另一译法是“自然权利”；施氏学术的一个重要部分即在考察古希腊的“自然正确”论怎样转折成了西欧近代的“自然权利”论。施氏在政治哲学上挑起“古今之争”，他本人站在古典的立场批判西方的现代性和“西方化运动”

（Western Movement），于古人能“及其见处”[1]，于现代性能搔着痒处。鄙意施氏学术对理解中国政治思想史的问题亦极具启发性。施氏术语中，“自然”一词非同小可，不是通常人们耳目所及的自然界，更不是现代自然科学所理解的“自然”；施氏谓“自然有待发现”，“发现自然乃是哲学的工作”[2]；可见“自然”含有“本质”之义。说孔孟的仁政思想是创造，而不单是各种历史因素的结果，不单是对时代环境的反应和反映，就是在“发现本质”、“发现本质正确”的意义上说。

仁政思想无疑是“本质正确”的，谁能说它不正确？讥笑它、抛弃它的人也只能说它不现实，是不能落实的“理想”等等。然而，“本质正确”的思想之为用，不在于它能不走样地实现，而在于它本身的“存在”，在于它的存在能照见现实的残缺和“不正确”，在于它本质上具

---

① 马一浮先生有言：“历来讲学术源流者，多是作哲学史，注论各家思想而不及其见处。”(《马一浮集》第三册，浙江古籍出版社1996年12月第1版，第958页。)马先生将注论古人思想与及古人见处作二事讲，可见“及其见处”在治思想史上要求更深一层的理解功夫。马先生的批评与现今对“注论各家思想”式的思想史“传统写法”的批评，形有所似而实质大异。

② 《自然权利与历史》，［美］列奥·施特劳斯著，彭刚译，生活·读书·新知三联书店2003年1月第1版，第82页。

有强烈的批判性。

萧先生书论法家思想之衰歇，曾如是云："专制政体得先秦法家之助而长成，乃旋即弃之不顾，使归于微弱，纵非枭食其母，亦似得鱼忘筌。专制天下之乱多治少，恐此为原因之一。"（第8页）后一句有点费解，味其语意，似是说，倘使专制天下时代，统治者独尊法家，罢黜儒道，倒可以避免"乱多治少"的现象了；这当然只是一个假设，完全无法印证。法家不到位，是"乱"的原因；则换言之，是儒家到位，成了"乱"的原因了。这在特定意义上也是可以解释的：专制天下的"乱"，无非改朝换代，除了外族入主，改朝换代都打的是"禅让"、"革命"的旗号，而"禅让"、"革命"正是儒家的思想。

儒家政治思想的"革命性"，最突出表现在董仲舒的"天人感应"学说上。萧先生说："汉儒惩秦专制之失，欲以灾异符命戒惧人主，使之自敛，不复为纵恣专横之事，藉防君主专制之流弊。凡言天人相应而注重革命之义者，皆其流派也"；"董仲舒阐明天权以限制君权，为西京诸儒之巨擘"。（第197页）董子言天人，其意实重革命而轻受命，详灾异而略祯祥；但到了曲学阿世之儒的手中，却反过来了，推天命，颂祯祥，媚君干禄，虽皮毛相似，而精神迥殊。董子重革命，并非真的要实行革命，乃是以灾异为上天之谴告和革命之先兆，恐吓时君，冀收限君之实效；董子盖未尝不知，真的革命将会导致故套重演，未必是善果。“革命”不等于“变法”，不等于“改制”，革命性也远不等于批判性；质言之，创造性思想的批判性，可能恰恰需要排除革命性。而董子学说的革命性中，是有着鲜明的批判性的。

专制天下时代，表现儒家政治思想之批判性，最纯粹也最著名之例，是南宋朱熹和陈亮之间的一场争论。朱熹和陈亮书札往来，反复争议汉唐。在陈亮，是欲效法孔子之“点化三代”，也来“点化汉唐”，从而把汉祖唐宗的英雄事业，拔高为圣王行道的盛德大业。陈亮以为“才有人心，便有许多不净洁”，即使三代圣王，亦不能尽去人欲，特经“孔子一洗，故得如此净洁”[①]；陈亮之意，孔子洗得三代，我故也洗得汉唐。朱熹不许可陈亮这种“撤去限隔，无古无今”的做法，他采取先下退一步又迅速上进的论法：“今若必欲撤去限隔，无古无今，则莫若深考尧舜相传之心法、汤武反之之功夫，以为准绳，而求诸身，却就汉祖唐宗心术微处痛加绳削，取其偶合而察其所自来，黜其悖戾而究其所从起。庶几天地之常经、古今

① 陈亮《乙巳秋书》，载《陈亮集》，中华书局1987年8月第1版，第352页。萧著辽宁教育社和新星社二版均注出《丙午复朱元晦书》，误。

之通义有以得之于我。”[①]黄宗羲引止斋（陈傅良）语，概括陈亮和朱熹的理路，十分准确：“‘功到成处，便是有德，事到济处，便是有理’，此同甫之说也。……‘功有适成，未必有德，事有偶济，未必有理’，此晦庵之说也。”[②]

朱子对于三代与汉唐的古今之异，可能并没有“封建天下”之于“专制天下”这样清晰的概念认知，他在尧舜汤武与汉祖唐宗的“心术微处”察论其差异，主要用意是强调“天地之常经”、“古今之通义”的存在，并“有以得之于我”；至于尧舜汤武之“心术微处”是否净洁，是否也有龌龊，则非所论也。只在人欲上论古今人心之同，如陈亮之所为，是水平面上直线延伸的论法；而真要知古知今，察同察异，实需要垂直维度上开出一居高临下的批判性立场，此即朱子所谓之“常经”与“通义”，亦即孔孟所创之仁学与仁政的思想。这里重要的确实不是时间上的古今，而是思想立场上的高低。基督教神学思想家保罗·蒂里希（Paul Tillich）曾这样说：“基督教期待着从垂直维中出现的历史的完成，每一个历史时代都处在垂

---

① 朱熹《答陈同甫》，《朱文公文集》卷三十六，四部丛刊本第581页。

② 《宋元学案》，第三册，中华书局1986年12月第1版，第1839页。

直维的批判之下。这就排除了乌托邦主义、失望和恐怖，创造出一个人们始终向上看同时又向前看的态度。”①把蒂氏“基督教”一语改为“仁学”或“仁政思想”，这句话同样可以成立。“垂直维”的历史批判，与水平维上瞩目前方无穷远处的乌托邦而作的历史“批判”，岂可同日而语，乌托邦是个虚幻的立场。

可惜萧先生书论朱熹、陈亮之争，未能充分肯认孔孟创造性思想的批判性，只以“齗齗于天理人欲之辨”（第66页）一语轻轻带过，是犹一间未达。萧先生一方面怪朱熹“不知孟子之尊王黜霸，尚有其历史及政治之意义，是亦不善读孟子之过矣”（第66页），另一方面说“王者大公之极，霸者公而未尽，二者只有程度之差，非性质上根本不同也”（第309页），又取消了霸道在不同时代的不同性质，未免自相矛盾，岂为笃论？

陈寅恪先生为冯友兰著《中国哲学史》（下册）写的审查报告中有两段话特别值得注意。陈先生说：“佛教经典言：‘佛为一大事因缘出现于世。’中国自秦以后，迄于今日，其思想之演变历程，至繁至久；要之，只为一大事因缘，即新儒学之产生，及其传衍而已。”陈先生又说：“二千年来华夏民族所受儒家学说之影响，最深最巨

① 《政治期望》，保罗·蒂里希著，徐钧尧译，四川人民出版社1989年3月第1版，第127页。

者，实在制度法律公私生活之方面，而关于学说思想之方面，或转有不如佛道二教者。如六朝士大夫号称旷达，而夷考其实，往往笃孝义之行，严家讳之禁。此皆儒家之教训，固无预于佛老之玄风者也。”①陈先生是史学家，平素也不喜谈形上之学，但合上引两段话观之，陈先生分明将“学说思想”与“制度法律公私生活”看作独立的两个“方面”，承认“学说思想”之形上的存在。两方面虽互有影响，但决不至于“学说思想”被“制度法律公私生活”完全决定，六朝士夫行为上循儒家教训，思想上煽佛老玄风，就是明证。陈先生屡言“独立之精神，自由之思想”，断言“天水一朝，思想最为自由”，此处又言天水一朝新儒学之产生为秦以后“思想演变历程”唯一之“大事因缘”，视若与佛教史上佛“出现于世”同一重要。“自由”，即不“他由”，亦即创造，处在中国政治思想史之因袭和适应性转变时期的宋朝诸儒，犹有新儒学之伟大创造，其在政治思想上之高度的批判性，值得思想史学者花大力气认真探究。

（刊于《史林》2007年第5期）

---

① 《金明馆丛稿二编》，上海古籍出版社1980年10月第1版，第250、251页。

“鱼而人则神”

——从章鱼猜球说起

我还以为章鱼保罗是个人呢，男性，名字叫保罗，章鱼是外号。直到近日童世骏先生命题令作文：分析一下章鱼的猜球；推辞不得，勉为其难，构思打腹稿的时候，心里用的代词还是“他”。开笔了，总得了解一些其人其事吧，打开“股沟”（google），这才知道保罗真是一条章鱼。以一条章鱼而掀动全地球人类的听闻，成为一时热议的焦点，这事够奇的了，不敢说绝后，空前是没有问题的。

保罗的户口和居处在德国奥博豪森水族馆。本届南非世界杯赛，德国队搴旗斩将、跌倒爬起，不幸半决赛毁在西班牙公牛脚下，最后犹能踢翻乌拉圭，保住第三名，胜固光荣，败亦悲壮，却一路全在保罗赛前预言的“引领”下。这条章鱼还准确预言了没有德国队的决赛结果，大力神杯如其所言地归了公牛队。八发八中，无一差错。爱之者敬若神明，情愿供奉礼拜图吉利，恶之者视等魔鬼，必欲烹而食之而后快。网上说，申花队的老总已经派人专程去德国，恭迎保罗来吾华显灵。

然而，奇则奇矣，神则未必。凡是因奇而显得“神”的事情或者东西，如能设法换一个视角、换另一种语言去看、去说，这“神”是可以化解的。

保罗猜球的方法原来是这样：在两个大小、式样相同、但分别贴着参赛二队国旗的玻璃箱里，放入章鱼爱吃的食物，保罗游进哪个箱子，就算它预测哪个队将赢。奇是奇在，保罗八次都游对了。把这个方法转换一下：让一个完全不懂足球、甚至完全不看足球的人，每场赛前用扔硬币来预测哪队将赢。八场比赛，所有可能的结果一共有$2^8=256$个，每个结果配有相等的概率，八猜八中，他有$\frac{1}{256}$的机会。这是一个“小概率”事件，一般不会发生；居然发生了，确实很奇。但在这“转换”了的做法和说法下，“神”的感觉是没有了。

再“转换”一下，选256个人，互相不联系、不影响，都用扔硬币来猜，虽然不能保证其中必有一个人会全猜对，但简单的概率计算告诉我们，其中至少有一人全猜对的机会大大提高，大于$\frac{1}{3}$，这就不是什么“小概率”事件，更与“神”牵扯不上了。章鱼很多条，保罗只一个，还是回到$\frac{1}{256}$这个“小概率”去：上述第一个“转换”并未考虑保罗猜球的具体条件，如果考虑了，保罗全猜中的机会也会大大提高。

二十世纪初，英国统计学家R. Fisher研究过一个问题，其逻辑格局与保罗猜球可谓“同构”。是这样的问题：一种饮料由牛奶和茶按一定比例混合而成，先倒茶再加牛奶是TM，先倒牛奶再加茶是MT；某女士声称她有凭口感鉴别是TM还是MT的能力；她究竟有没有这种能力呢？Fisher设计了一种他当时称之为“显著性检验”的程序来解决这个问题。

首先提出假设H：这位女士并没有她所声称的能力。设计程序，就是要事先合理地订定反驳这个假设的步骤和标准，未能反驳，那就接受。步骤是：准备八杯饮料，TM和MT各半，把它们随机地排成一列，先告诉女士TM和MT各有四杯，然后让她品尝并鉴别。女士须每杯都尝一口，并指出哪四杯是TM，不用说，剩下的四杯是MT了。Fisher订下的标准则是：四杯全说对，显著性够高，假设H就被反驳，女士确有她声称的能力；只说对三杯或以下，显著性不够，假设H须接受，女士没有那种能力。反驳有可能反驳错，是“弃真”的错误；接受也有可能接受错，是“取伪”的错误；各有其概率。好的检验程序，须在控制住一个小的“弃真”概率下，使“取伪”的概率尽量小。Fisher的困难和创新在于，用概率论为这一程序提供了逻辑基础，于是，一个小例就可以拓展为能解决一大类问题（包括相当复杂问题）的整套方法和理论。Fisher的工作为后来J. Neyman和E. Pearson创立著名的假设检验理论开了先路。

上述Fisher小例中，概念上主导性的意思其实很平凡，人皆知之：女士如无能力，误打误撞，四杯全指对的概率为$\frac{1}{70}$，够小；果真发生了这样的事，那就与其认为女士是臆幸偶中，不如承认其确有能力，较为合理。拿这个意思来看保罗猜球，显然，保罗如像一个球盲那样凭扔硬币来胡猜，八猜八中的概率比茶盲品茶更小得多，那就与其认为保罗像球盲，不如认为保罗确有推测球赛结果的“能力”。

一条章鱼果真有此能力吗？上文说过，要看“具体条件”。这具体条件就是保罗猜球的程序和其中可能掺杂的因素。此程序非彼程序，保罗猜球的程序不是Fisher从事假设检验的统计学程序，后者须排除掉所有可能的非随机因素，前者则大有容纳非随机因素的空间。

且看，两个玻璃箱形制全同，放进去的食物表面上也相同，但是难道不可以其中一个箱子里另放些对章鱼特别有吸引力、人的肉眼却看不出来（电视屏幕上更看不出来）的“味之素”或“嗅之素”之类吗？所以，也许不是章鱼保罗“引领”着或曰“影响”着德国战车的进退，而是水族馆的刘谦们在引领着保罗游进这个箱子或那个箱子呢！也许不是章鱼在猜球，而是人在测球呢！

八测八中，其中好几场其实不难推测。知识、信息足够，可以大大提高测对的机会。德国队总能小组出线，我这样的球盲也能猜对。强队在小组赛中并无遗恨的失足，也不罕见，输给塞尔维亚那一仗，测对了甚至说不上稀奇。四比零把马拉多纳踢回老家，是意外，令人狂欢，令人扼腕，但章鱼保罗可没说出这个比分。倒是笔者的一位朋友，看到德国总理默克尔坐镇现场观战，立马就说：“没戏了，阿根廷肯定出局。”“啪”的关掉了电视机，看都不看了；他是马拉多纳的粉丝。

如果有个人，象章鱼保罗那样八猜都中，有媒体起哄，虽然也可以神化，但毕竟轰动效应会差得多。中国古人喜欢讲“人而神”；只是“人而神”现今不够刺激了，人成了神，还可以请他走下神坛。讲“鱼而神”，才有意识上的强大冲击力。然而细想一下，实在并非“鱼而神”，而是“鱼而人”；“鱼而神”，是连升两级，“鱼而人”，只升了一级。只因人把自己的能力说成是章鱼的，把章鱼提升到了人的阶位，便神了，这叫做“鱼而人则神”。

现实中的奇事，往往是原本以为小概率，不可能发生的，居然发生了，人们不去考虑具体的条件和因素，模模糊糊地论断，遂以一个“神”字了结。反之，要是能找出一些确实起作用的条件和因素，使小概率不再是小概率，事情之发生，就非但不神，亦且不奇。这里有个容易进入的误区：起先以为小概率，是由于把概率平均分给了大数量的可能情况。

举个例子，笔者有位多年的女同事，患了比较严重的肿瘤，手术很成功，照规定术后要坚持做化疗。众所周知，化疗固然能杀肿瘤细胞，但也严重损伤免疫力，总的作用是好是坏，实在难说。我的这位同事很坚强、很乐观、很理智，做了几次化疗，各项指标恢复正常以后，毅然决定不再做了，她有信心以健康的生活方式、从容的心理状态和适当的修为锻炼来对治疾病。一年多下来，情况很好，各项指标保持正常，早先因化疗脱发，已重新长出，且更加浓密，气色也好，完全看不出有病。有点烦的是常有好心人会劝她："你这种病手术后就好了，但复发率颇高，要当心。"

"复发率"什么意思？复发率是拿复发者的总数除以患者总数得出的一个平均数，统计上有用，但拿它生硬地赋给每个患者，以为即是每个患者个体复发的概率，就大错特错。个体事件是有概率的，因人而异，是"这一个"的概率，不是平均的频率。患者同类，但患者与患者之间差异很大。治病这件事，生活方式、心理状态是极重要的"具体条件和因素"，把这"具体"做好了，复发的个体概率是可以大大降低的，换言之，治愈的概率是可以大大提高的。我衷心地祝愿，且坚定地相信，我的这位同事一定能够提高她的个体治愈概率，完全康复。

动不动就说“神”，这种说话方式有个性质：模糊。在“模糊”中，神的级别还可以加速提高。章鱼猜球，本来只是事先给出认知性的命题，是预测（predict），对结果会怎样是不起作用的；但由于多次猜对，预测变成了预言（prophesy），章鱼保罗成了先知（prophet），似乎是它的预言影响了甚至决定了德国队的战绩。爱恶之情，于是乎生焉。申花队老总要去请它来佑助一塌糊涂的中国足球事业，也源于此。预言影响结果，当然比预测说中结果，要神得多。

谈哲学的人有时喜欢把预言影响甚至决定结果叫做“俄狄浦斯效应”，说白了，这有点像脱口秀里的“说你行，你就行，不行也行；说你不行，你就不行，行也不行”。但在借“俄狄浦斯效应”说事的时候，有一个要点须紧紧扼住：要具体地说，不要模糊地说；要问效应是如何具体地发生的。俄狄浦斯故事是希腊的一个古老传说，它的情节就提示了这一要点，而我认为，它的教益也正在这一要点上：

俄狄浦斯是忒拜王拉伊奥斯与王后约卡斯塔的儿子，出生时神谕说这小子将来会弑父娶母。拉伊奥斯吓坏了，命令把俄狄浦斯丢弃在野外；奉命行事的牧人于心不忍，偷偷将婴儿送给了科林斯王波吕波斯。俄狄浦斯长大后得知了神谕，却不知科林斯王与王后并非自己的亲生父母。

为了逃避神谕，他离开科林斯，发誓永不回来。俄狄浦斯流浪到忒拜附近，与一群陌生人遭遇并发生冲突，失手杀了人，其中就有生父拉伊奥斯。当时忒拜国正遭受狮身人面兽斯芬克斯的困扰和威胁，俄狄浦斯成功解出斯芬克斯之谜，解救了忒拜国，遂被拥戴继承了忒拜王位，娶了生母为妻，生下二子二女。终于知情后，约卡斯塔上吊自杀，俄狄浦斯刺瞎自己的双眼。母子俩逆天乱伦，遭受重谴，却并不是因为他们私德有亏。这个故事所包含的人生无常的教训，以及它所引发的复杂而深沉的感触，全寓于故事的具体情节。离开具体情节，只有神谕和神谕的实现，一个输入，一个输出，中间黑匣子，教训和感触是会两样的。

人类以神说事的爱好和习惯将要永存，这里有为生活所必需的困惑和迷惑。古人不云乎："留惑以润生"；困惑和迷惑，是能够滋润生活的。但是说到理性的分析，就请具体地说吧。章鱼保罗的神话，应作如是观。

（刊于《哲学分析》第1卷第2期，2008年8月25日。）

“生活方式”与“思想方式”

许多人说：“阅读是一种生活方式”；用这句话头或类似话头作标题的文章，在读书类报刊上经常可以见到。一句至理名言，学舌的人多了，意思会因人而异，甚至流为陈词滥调。即如我自己，就是拿这话儿作我懒惰成性、看书老是躺在床上的借口的。

受刘心武先生去年电视演讲的影响，今年颇读了一些红学方面的书，说得准确些，是在新旧红学书籍里率性“卧游”了一番。虽然一路饱览风景，总的印象则很悲观：红学里几乎所有问题都有互相冲突的多个“解”，其实是不得其解；各个“解”，立住自己能有理有据，但批评别的“解”时，常常出现“下大批判一等”的激烈语言；“真理越辩越明”，但在红学问题上似乎遇到了例外。红学成果可以继续无极限地增长，红学诸问题的实质性进展却已达到极限，恐怕永远也不能得其确解了。原因在于“文献不足征”，这是根本性的限制，连孔夫子都没有办法的。

近日见韩毓海先生的文章（载2006年11月27日《二十一世纪经济报道》），说这都是胡适惹的祸，是他的“自叙传论”成了红学上的霸权话语和统治“范式”造成的；说大前提错了，考证技术再精，也只能是“失事求似”。说得过于轻巧。

且不论，拿库恩为解释科学史提出的“范式说”当做公式来套红学，是否有点生硬。韩先生套公式，首先公式就抄错了。库恩明言，“范式”无所谓对错，不同的“范式”互相“不可比”；“范式”是被自身内不可解问题的积累撑破的，而绝不是被什么高屋建瓴式的“批判”批倒的。胡适的“自叙传论”即使可说为“范式”，其形成“危机”，显示“范式”转换的必要性，也须经过了在“范式”下长期和众多“解难题”的研究始可言。韩文的套公式，是在“失义求似”，结果则完全“不似”。

今年还读了些“古典政治哲学”方面的中译本，特别是列奥·施特劳斯的书，《自然权利与历史》《论僭政》二书读得比较仔细。开始也是取的卧游姿势，很快就不自禁地坐起来，从床上移到书桌边，还拿起笔，在句下划线，在页边写字，在簿子上写备忘。心里十分感谢刘小枫、甘阳诸先生，他们主持和推动了这方面书籍的有规模的引介，使像我这样见闻极为有限的人也能够领略到一个崭新的思想世界。也十分感谢认识未久而交浅言深的年轻朋友谢华育先生，他外文好，读施特劳斯已颇有年，施氏著作的英文原版，他几乎备齐了；每次见面，华育兄都会眉飞色舞地谈论施特劳斯，激发了我的阅读兴趣和热情。

说施特劳斯的学术是“一个崭新的思想世界”，其实是旧，旧到骨子，旧到根子，旧到源头；只因我们日日夜夜在新概念、新理论的汪洋大海里头出没，便发生了新东西视为旧、旧东西反觉新的错觉。施特劳斯是今人，但他要代表古人来与今人争论，来批判“现代性”。批判现代性的人多矣，最著者如福柯，次之者如华勒斯坦，但他们是“以新批新”。施特劳斯则“发现了古人思想的入口”（施氏学生阿兰·布卢姆语），操戈入室，握其道枢，真正站稳了古人的立场。这个“道枢”，便是古代的“自然正义论”。

施氏书的几本中译，《自然权利与历史》我认为是译得最好的；放在如今不计其数的西书新译里，也是佼佼者。但书名中Natural Right一词，鄙意应依甘阳序文，译为“自然正义”，曰“自然权利”则不妥，华育兄也是这个看法。施特劳斯千言万语，正是要说明，苏格拉底和柏拉图的“自然正义论”，怎样经由马基雅维利和霍布斯，演成了现代性的“自然权利论”。若用宋儒的语词说，“自然正义”即“天理”，“自然权利”即“人欲”；西文同一个词（right）的义转，在施特劳斯对古人思想的重述中，判然划了时代的鸿沟。惯听这样的说法：中国人的政治讲德性，西方人的政治讲权利；但在施特劳斯看来，西方古典政治哲学的要义正是“德性高于权利”，正是要“使政治服从于道德德性，更服从于理论德性”（甘阳语）。中西之别原来是古今之别。

“自然正义论”是有确定本义的古典政治哲学，不能作“历史主义”的消解，也不能仅视之为一种“价值”；施氏通过批评历史主义和韦伯价值与事实二分的学说彰显出来的这层基本意思，若依以看中国人惯讲的“天经地义”，则探求经义的经学（不是仅仅作“学术梳理”的经学史）应该重新可得而讲。于是想到熊十力先生的《原儒》，便取来重读（人大出版社出有2006年新版）。“原外王”篇里，熊先生对《礼运》所谓“大道之行”与“三代之英”二者的精辟辨析，就颇有与施特劳斯“心同理同”之处。

古人思想的本义能否确知？在古人思想与今人解读之间隔着的一长段所谓“解释学经验”，是否一定使今人不能准确理解古人的思想？施特劳斯的全部论著就是要破这个障。施氏行文很少直接引用古人语，他每述一古人意思，即在页注中备列与这意思有关的各种古人原典，仍是不引原文，只注出处；看来字数很少，实是“信息量”高度集中。这又使我想起钱钟书先生。钱先生也是每立一义，必博引群书，古今中外，无所不包。但施、钱之间，似又有区别。钱先生是“持之有故必其周”，施老师则“言之成理欲其彻”；故众多所引之彼此关联，在钱尚不免有取形似，在施则总能翕然神交。我每想，若有有心人，循施注出处，将古典中的原文一一查出，悬于相关义下，汇编成册，岂不是一部古典政治哲学的《管锥编》，岂不是嘉惠士林的无量功德。

施特劳斯说，哲学是一种“生活方式”。我们读他的书，可以学一点理解和进入哲学生活的“思想方式”。

（刊于2006年12月20日《中华读书报》）

施特劳斯是老师

退休前几年，听了朋友介绍，接触过一点施特劳斯，都是中译版，有《自然权利与历史》《霍布斯的政治哲学》《论僭政》等几本。只是随便翻翻，就强烈感觉到此公特别，不仅是有内容，有深度（或曰高度），主要是与众不同，与以前接触过的现代西人著述明显不同；心想现在忙，今后一定要好好读。临退休，单位要送礼物，说是可以自己买，有个额度，拿发票报销。我请同事小朋友帮忙，尽网店所有购得施氏书英文版十几本。后来又网上下载，打印装订；从各家图书馆借出，复印装订（这是否有点犯忌？），又多得了若干本。现在要读书、取书是方便多了。市场固多假冒伪劣，但好东西也不难取到。“做书”的小店遍地皆是，打印装订和复印装订的，都有模有样，字还大，颇便像我这样老眼昏花的读者。

退休以后，比较集中地用心于读施了。自谓“六十岁回到十六岁”，长日端坐在书桌边，洋书与字书齐翻，键盘共钢笔并运，很多年没有这样了。施特劳斯是大学老师，我读施特劳斯，也是把他当老师，就是说“学习”（learn from）他，而不敢说“研究”（learn about）他。施老师自己读古人书（classics），也是实行并主张learn from，而不是learn about的。施老师说要像古人理解自身一样理解古人，他这是与现代性思想的进步主义和历史主义立异，二者都旨在比古人自己“更好”地理解古人，其实做不到，结果是歪曲、失落了古人的真实思想。施老师不仅努力于逼真地显白古人思想，还挖空心思在古人书的字里行间，在古人显白意思的背后发现秘密意思。我觉得这颇有点像陈寅恪以“古典”“今典”的考证读钱柳因缘诗。

施特劳斯的著作，多数是解释古人书：古希腊的，犹太的，中世纪的，以及那些在西方思想的现代性转型期起了大作用的思想家。施老师的解释，当然不是小儒规规焉以书释书的注疏之类，而是仿佛他本人就是古人那样来进行解释，这当然就更不是以己意为之、强作解人的“创造性诠释”了。他述古人的思想，立一义每每旁征博引，却又并不遵守“现代学术规范”，并不详摘引文，而只是括号里或脚注里用最简单的符号、数字标示出处。施老师曾说，读古人书，“作过于字面的理解”，恰是由于，“未充分字义地阅读”（“understand too literally, because not read literally enough”）。他逐字逐句地细读而心知其义，却不逐字逐句地征引，这是在引诱和带领读者自己去亲炙古典。你可在亲近过古典以后，回头来看施老师的“述义”是否对；我自己的体会是，不向施老师学习，是根本见不及这些义旨的。施老师用功的古典著作，很多种在商务印书馆的汉译世界名著丛书里都有。过去读这些汉译名著，抓不住真义，近不了古人，最多长些见闻，以资谈助。有施老师的书导读，对中国的读者可谓善莫大焉。

施特劳斯重“深刻性”，不重现代意义上的“原创性”。他说：“原创性如果是发现或发明这个那个‘体系’的意思，则我怀疑它和哲学的深度或真正的原创性还有什么关系。在原创一词的今日含义下，斯宾诺莎远比迈蒙尼德原创；但迈蒙尼德却是比斯宾诺莎更深刻的思想家。”（《论一种被遗忘的写作》，见《什么是政治哲学？》。施老师可谓“述而不作”，然而施老师本人有没有创造呢？“学习”（learn from）施老师，难道不是至少学一点施老师提供的新东西吗？我意施特劳斯开拓了一个思想的层面，这对今人来说是新的。层面不是观点，层面上可以有多种观点，“横看成岭侧成峰”，可以跟着施老师在层面上移动观点而都看到。

施特劳斯论修昔底德的《伯罗奔尼撒战争史》，就论到修氏书写这场战争，经常在“正义”和“压力”两个观点之间巧妙地移动。这场战争旷日持久，打打停停，战争的原因修氏分为两种：真实但不公开宣称的，和公开宣称而较少真实的。真实的原因是雅典的日益强大给斯巴达造成“压力”，迫使斯巴达破坏条约走向战争；公开宣称的原因则语多涉及“正义”“不正义”之类。战争分两阶段，第一阶段是斯巴达不正义，违反三十年和约，开启战争；第二阶段则是雅典不正义，破坏休战条约，重启战争。修昔底德身为雅典人，在德性和政制的评价上却倾心斯巴达。所以，要讲到斯巴达的不义了，他含糊其辞；讲雅典的不义时，他直截了当。

《伯罗奔尼撒战争史》的篇幅分两部分，一演说，一叙事。那些演说是属于书中人物的，修昔底德或曾亲聆，或听他人转述；但修氏说，即使亲聆，他也强记为难，所以其实是他重新撰写的。他当然“重新撰写”也尽可能地接近实际所说。“实际所说”只能是演说者的观点，但修昔底德可以使“重新撰写”成为表达他自己观点的一种方式。施特劳斯于是说：“那些演说的措辞确是修昔底德的。没有人会说事实上的演说是用和修昔底德编撰的演说一样的措辞开头的。请举一例，书中第一个演说以‘正义的’［Just（Right）］一辞起头，作为第一个演说之回应的第二个演说则以‘必然的’（压力）［Necessary（Compulsory）］一辞起头。这两个起头辞放在一起所表达的思想，还有正义和必然的关系问题，以及正义和压力之间的区别、张力，甚至对立的问题，这些都是修昔底德的思想，而不是哪一篇演说的内容。如此不显眼又如此精巧地表达的思想照亮了这两个演说之前和之后的每一件事情。这两个起头辞表达了修昔底德据以看待伯罗奔尼撒战争的观点。”（《论修昔底德的伯罗奔尼撒战争和雅典人》，见《城与人》英文版第174页。）

施老师把修昔底德在不同观点之间巧妙移动形成的思想也叫做“观点”（point of view），这不打紧。修昔底德在其中移动的观点只两个：“正义”之于“压力”。施老师读那么多古人书，不同时代不同地方的，在其中移动的观点要多得多；就是读一个人，如柏拉图笔下的苏格拉底，也需要很多不同的观点。控制观点移动的原则只有一个：像古人理解自身一样理解古人。在这一原则控制下的观点移动，形成的是“层面”了。跟着施老师在层面上走，可以闻许多未闻，见许多未见，这才是新啊。今人喜新，但万人追逐之新，聚众蹂躏之新，“新”云乎哉！施特劳斯开拓的思想新层面，是“通古今之变”的层面。施老师曾说，他其实也应该读中国和印度的古典，不幸未读，原因很简单，不懂语言。（见《古今自由主义》英文版第7页）我们中国的读者，游心于施特劳斯的思想层面，以观中国的古典，应该会有新的发现和体会。

施特劳斯的思想层面有相当的高度，但不是高不可攀。他自谓“只是学者”，不是思想家。学者就是学习者，“学者强烈地依赖于伟大思想家们的工作，依赖于那些不屈从任何权威直接面对问题的人”；“我们学者生活在一个迷人的小圈子里，轻松安乐，活像荷马的诸神，这可是叨了伟大思想家的光，是他们把问题揽去了。”（《海德格尔存在主义引言》，见《古典理性主义之重生》英文版第29、30页。）施老师说的“问题”，当然是最基本最深刻的问题，学者无能为力。“学者不会像伟大思想家那样从我们的视线中消失，躲进我们无法企及的高峰和云雾里去”，这是说学者没有思想家高。“学者之所以可能乃是由于伟大思想家们常有分歧，他们的分歧为学者造成了推敲他们之差异的可能性”；这样，学者也许会设想自己“据有了一个俯视伟大思想家们的优越地位”（同上），施老师可没有这样自高自大。学习施老师，攀上施老师的思想层面，我们也有可能让躲在高峰和云雾里的伟大思想家进入我们的视线。施老师的层面，可以通古今之变，可以观诸佛菩萨，但绝不是今人喜欢讲的所谓“会通”。

施特劳斯曾将自己的和斯宾诺莎的读书原则（hermeneutic principle）做过比较。同样读《圣经》，斯宾诺莎的原则是“《圣经》必须排外地只就《圣经》本身来理解”，施老师的原则是：“《圣经》必须恰恰像《圣经》作者或编纂者理解的那样来理解”。（《怎样读斯宾诺莎的〈神学政治论〉》，见《迫害与写作艺术》英文版第147页。）

两条原则可是大相径庭。斯氏的原则意味着要求读者比作者理解得更好。《圣经》里先知转述上帝的话，其深刻隐微的含义连写下它的作者甚至连先知本人都可能不理解，“排外地只就《圣经》本身来理解”，岂不意味着要求超过他们，比他们理解得更好。原则上要求，但事实上做不到，于是斯宾诺莎不得不书分两类：“读得懂的”（intelligible）和“读不懂的”（hieroglyphic，象形文字般的）；《圣经》于是属于“读不懂的”一类。施老师不需要这样的分类。虽然上帝的话，《圣经》作者甚至传话的先知都不能透彻理解或完全理解，但他们总归会有一个理解；施特劳斯的原则只要求“恰恰像他们一样来理解”。至于读者追求像作者一样的理解能不能追到，追到的是否符合作者的本意，这是第二位的事情了。在《耶路撒冷和雅典》一文里，施老师通过对《创世纪》的解释，酣畅淋漓地演示了他的读书原则是怎样实施的。

施老师做的是复原古人思想的工作，某种意义上也可以说是历史学的工作，这与复原事实的历史学工作好有一比。举例说，柏拉图对话，其中几篇文献学家有认为是托名伪作的，《米诺斯》即其一。如果考证清楚真作者是谁，这是复原事实；如果考证得不出结论，或结论各异，这便成为未决问题。施老师不必走这条路子。公元三世纪拉尔修的《名哲言行录》，把柏拉图对话三十六篇分为九组，每组四篇，《米诺斯》在第九组，排在《法律篇》

之前。施老师写道："《法律篇》从《米诺斯》结束的地方开始：《米诺斯》结束于对克利特王米诺斯的法律的赞扬，《法律篇》开始于对那些法律的考察。所以《米诺斯》看来是《法律篇》的导言。"（《论〈米诺斯〉》，见《古今自由主义》英文版第65页。）即使《米诺斯》确系伪托，其真作者去古未远，也一定是看出了有为《法律篇》补一篇导言的必要，才有此篇作品。要像作者一样来理解，看出《米诺斯》作者的写作意图，比知道作者是谁更重要。复原思想和复原事实，其异同有如是者。

斯宾诺莎意犹未尽。象形文字般的书，读不懂也要读，那就是制订合理的详尽的方法论规则，照规则去读。按斯宾诺莎的原则，《圣经》"不可懂"；照斯宾诺莎的规则，《圣经》可去读。总会有结果，总是一种理解，且与其作者或编撰者的理解不一样；这是有规矩有法度的"不一样"，这是创造性的理解，说为"比其作者或编撰者的理解更好"，倒也未尝不可。

法国年鉴派史家布洛赫盛赞斯宾诺莎的《神学政治论》："堪称语言、历史考据学方面一部炉火纯青的杰作"（《历史学家的技艺》第64页），布洛赫不忘指出，斯宾诺莎"出生之时，正是笛卡尔《谈方法》问世之日"。这是一种时代精神，一个时代的新思想：以方法论规则去强行理解就其本身不可理解的神圣事物。斯宾诺莎还把读《圣经》的方法论规则与读神圣的自然之书的方法论规则比拟着讲，对照着讲，二者的精神其实是一致的。《神学政治论》问世不久，有牛顿的《自然哲学的数学原理》出。

《圣经》有作者或编撰者，自然之书没有作者，有之，只能是上帝。相对论的宇宙学解释时空性质，量子论的物理学解释物质结构，自然科学对自然之书的理解可以说优美至极，精妙绝伦，无以复加矣；但这不是就自然本身对自然的理解；换言之，自然科学对自然的理解，并不自然。上帝写自然之书，当然懂自然之书，但上帝可不是按照相对论和量子论来写、来懂的。按施特劳斯的原则，唯自然之书为“不可懂”，因为人不可像上帝一样懂。施老师的原则，是用于作者是人的书的。按施老师的原则理解古典，是自然的。

自然不限于自然界，还有人的自然。就自然本身理解自然，做不到；按自然科学理解自然，不自然。此所以苏格拉底从自然哲学的高空降落人间，专事探究人的自然，开启了古典政治哲学。施特劳斯终生以之的，是复活苏格拉底，施老师确实把苏格拉底读活了。古典政治哲学，一言以蔽之，以人的自然理解人，理解政治，这是可以做到的，也是唯一正确的。

然而，人的自然是怎样的自然呢？

理想国不是乌托邦

退休闲居，闭门读施，自觉是有点落伍的个人行为，既然乐在其中，也就乐此不疲了。却没有想到不久前一位年轻朋友对我说：“您倒是挺新潮，现在读施特劳斯可是个热啊！”他介绍我去看美国教授马克·里拉的文章——《北京读施特劳斯》（Reading Strauss in Beijing）。文章里说正被热读的还有另一位施先生，卡尔·施密特，而且该文花在施密特身上的笔墨比施特劳斯还多一点。里拉教授借上海一位“自由派”记者的话形容读施热：“开口不谈两位施公，缺典糊涂不值一顾。”（“no one will take you seriously if you have nothing to say about these two men and their ideas.”）看来，“读施热”的存在是毋庸置疑了。

里拉教授见多识广，上世纪八十年代在政局动荡的波兰就见识过一波“施特劳斯热”。他说他的波兰朋友们“依从施特劳斯，以为通向政治哲学传统的导师，这个传统是他们跨出共产主义大学之外才发现的”；这帮朋友，“无论学者、记者、作家、艺术家，热切谈论的，不是正在发生的事情，而是柏拉图和黑格尔，并且，这不是逃避”。里拉教授感同身受：“对他们来说，黑暗时代正需要经典。”

里拉教授接着说：“如今，轮到中国的年轻人了”，不过他们见证的不是波兰那样的政治剧变，而是经济和社会的异乎寻常的变化，这一变化的“步伐和特征”（pace and character）引起了普遍的不满。而据说，这一切都是“新自由主义在作怪”（it is neoliberalism at work），这样，年轻的人们到“保守主义大师”施特劳斯或施密特那里去寻求“思想解决”，也就不足为怪了（施密特有点吓人，先不谈吧）。

里拉教授对波兰朋友的评论也适用于他的中国年轻朋友：“不是逃避”。逃避不必读施特劳斯，逃避可以读佛，读庄子，读数学也行；怀特海（A. N. Whitehead）就说过“数学是人类心灵的神圣疯癫，是对咄咄逼人的世事的一种逃避”；研读旧时的经典注疏也能逃避。读施则是要正视，是为了理解现实的危机。施特劳斯本人，读活古典政治哲学，批判现代性，挑起古今之争，也正是现代性危机所触发。

现代性危机的表现很多，经济危机，能源危机，核危机，生态危机，无往而不见危机，施特劳斯抓住的总纲是思想危机。从思想上批判现代性的也很多，甘阳先生在为中译《自然权利与历史》写的长篇导言中说："卢梭、尼采、海德格尔都批判现代性，但他们是在现代性的方向上批判现代性，其结果是进一步推进了现代性。"甘阳先生的话，我当时一读就记住了，还会学舌，但从我嘴里说出来，就成了空话，只是在认真读了一些施特劳斯后，才转成一句实话。施特劳斯不是以现代性批判现代性，他的批判所持的立场和根据，是古典的政治哲学。最近碰到一位哲学系研究生，她也学甘阳的话，听起来也觉得暂时像句空话。很希望"读施热"不是空话孳乳空话、蔓延蒸腾开来的一种虚热。

施特劳斯重述的古典政治哲学，是可以帮助我们理解现代性及其危机的思想，而不是指导采取行动或者发出诉求，选择目标或者谋划未来，意图改造世界或国家现实的思想。这一点特别重要，是内在于施特劳斯著述的一个重要意思。施老师是思想的巨子，他倾慕古人的宁静，他自己也宁静。

施老师与他称为"是哲人而不是知识分子"的科耶夫，就哲人要不要采取政治行动的问题，有过长篇讨论（《色诺芬〈希耶罗〉重述》）。施老师将"哲人的政治"（philosopher's politics）与"政治行动"（political action）作了严格区分。"哲人的政治"是说哲人为了哲学需要一些"政治"：哲人不能总是独处，不能只有“主观的确定性”，哲人需要朋友，需要“和心灵有良序的人在一起”；哲人甚至不能限于朋友的圈子，哲人需要到市场去，和“意见”对话，提升“意见”为“知识”；如此等等。“哲人的政治”会有政治效果：“意见”本是社会的基础，哲人与“意见”对话，减弱“意见”的力量，可能破坏社会的基础，有危险性。但这与“为建立最好政制或改进现存秩序而采取政治行动”，全然是两回事。哲人不需要政治行动。

除了哲人，还有君子（gentlemen），君子是好政制和好社会的中坚（现在说中产阶级是好社会的中坚）。古典政治哲学的意思，君子须受教育，须培养；君子可以是政治人（political men），可以采取政治行动。但是这个“政治行动”，和现代性意义上的政治行动也不一样，因为，“君子与非君子的区别，最终的根据，还是在于哲人与非哲人的区别。”（《什么是自由教育？》，见《古今自由主义》英文版第19页。）

里拉教授对波兰当时一位用蜡纸刻印地下刊物的朋友，印象特别深刻：“他把每一件事情都扯到柏拉图对话上去。但是后共产主义的波兰未能满足他的高期望，他便去右翼卡钦斯基政府当了一名部长，他多少有点把克拉可夫和雅典、华沙和叙拉古搞混了。”当这位仁兄言必称柏拉图时，他像哲人；而当他坐上部长交椅时，他的形象有点模糊——克拉科夫和雅典，或华沙和叙拉古，主观上可以搞混，客观上区别宛然；他究竟是古代的君子呢，还是现代的政治家？

据说美国现在有“施特劳斯主义”，小布什打伊拉克，就是施老师的徒子徒孙们在运筹帷幄。里拉教授认为：“年轻的施特劳斯追随者参与共和党的外交政策团队始于里根政府，他们自视为开明阶层，要带领美国渡过‘西方的危机’。”如果真的是这样，施老师九泉有知，恐怕要像马克思一样说话了：“我播下的是龙种，收获的却是跳蚤。”把跳蚤和龙种捆绑在一起，美国激进的左派知识分子矛头直指施老师而开骂，也就不无理由了。[例如，见莎迪亚·德鲁里《施特劳斯的政治观念》（有中文版），特别是2005年再版导言，实在骂得厉害，颇像过去的革命大批判和现今的网路大骂街。]

里拉教授对中国朋友的读施比较认可：“我遇见的年轻人看来满足于学习古典语言，争取博士学位和教书职位，以便培养哲人和君子。他们并不着急，罗马城不是一天建成的。”关于此，也需要施老师的话置于座右，起一点提醒的作用：“我相信，没有谁会误解到把一个荒谬的论断强加给我：教育不再是一种公共的或政治的力量了。但必须说，新型的教育或者说教育的新方向业已占据统治地位。正如自由教育在其原初的意义上是从古典哲学获得支撑，新教育则是从现代哲学获得支撑，如果不是获得其存在的话。”（《古今自由主义》第19页）在新教育的大环境里，读古人书的“自由教育”，“培养哲人和君子”，如何进行呢？还能进行吗？

古典政治哲学探究的中心问题是：什么是最好的政制（best regime）？古典政治哲学赋予最好政制的存在方式则尤须注意：

“最好的政制过去不是、现在也不是、将来仍不会是事实上的，但是作为一座建在尊贵的高处、光明而纯洁的庙宇，远离尘俗的喧嚣和一切的不和谐，它却是可能的（possible）。在最好的政治、真正的正义秩序、正义或者说哲学的光照下，政治生活或者说政治的伟大性，失去了即使不是全部也是极大部分的魅力。”（《城与人》英文版，第139页。）

最好的政制是用言辞建造的理想国，只能存在于哲学中。苏格拉底和柏拉图不教人如何去实现最好的政制：“最好的政制之实现有赖于许多事情的因缘遇合，聚在一起（例如，哲学和政治力量的遇合），这些事情就其自然而言是倾向于各自分离的。所以，它的实现全赖于机运。”（《什么是政治哲学？》英文版，第34页。）“机运”属于自然，听任机运、最好的政制自然而“然”的几率是非常小的，径直可以说是“不可几的”（improbable）。但现实中的“不可几”，却又可以是哲学上的“可能”（possible）。最好的政制与现实中存在的政制，其关系有点像柏拉图所说的“理念”（idea）

与其现实版本的关系。“理念”的现实版本都是残缺的，柏拉图从未责令现实符合于理念，也不要求理念实现于现实。理念上最好的政制照察现实，令现实的政治失色，这就够了。

施特劳斯说古典政治哲学向现代政治哲学转型有三波。第一波始于马基雅维利，马氏继承了不少古典思想，他首发的一个重要思想则是：“政治社会的建立，甚至最可欲的政治社会的建立，也并非全赖机运，因为机运是能够被征服的。”（《现代性三波》，见《政治哲学引论》英文版，第87页。）机运好比女人，女人须待征服，正与古典政治哲学任自然的思想针尖对麦芒。

跳过第二波，第三波是尼采。尼采有与柏拉图相同处：“在尼采看来，所有本真的人类生活，每一种高度的文化，都必然带有等级或贵族制的特征；未来最高的文化也必须和人与人之间自然的等级次序相符合，这一自然次序尼采原则上是循柏拉图的思路来理解的。”（出处同上，第97页。）然而不同处更重要：对尼采来说，“所有的理想都是人的创造行动的结果，都是自由的人谋划的结果。”（出处同上，第96页。）以人的谋划和创造去达到古人认为只能自然而然的结果，这里就是关键。施特劳斯论定，“尼采思想与法西斯主义之间存在着不可否认的亲缘关系”，其纽带就是尼采“谋划”和“创造”的思想所产生的巨大激情：“如果有人像尼采那样，以对一种新贵族制的向往，充满激情地拒斥保守的立宪君主制以及民主制，那么，否定的激情将大大压倒新贵族品性中必然含蓄的温和。”（《海德格尔存在主义引言》，见《古典政治理性主义之重生》英文版，第31页。）尼采的向往虽属古典，但不以自然待之，把自然挡在历史的门口，把历史全当做谋划和创造，理想国于是成了有待超人和权力意志去实现的蓝图。尼采思想的教训在此。

理想国不是蓝图，理想国更不是乌托邦。托马斯·莫尔的《乌托邦》是对柏拉图《理想国》的模仿。有些“严肃的读者”把柏拉图对话看作悲剧的一种类型，施特劳斯不同意。他把莫尔和柏拉图作对比：莫尔听到救世主的哭，柏拉图听到苏格拉底的笑；“哭和笑的关系就是悲剧和笑剧的关系”，所以，“柏拉图对话更接近的是笑剧而不是悲剧”。施老师提请注意：“柏拉图《理想国》很明显和阿里斯托芬笑剧《公民大会妇女》同属一类。”（《论柏拉图〈理想国〉》，见《城与人》英文版，第61页。）苏格拉底饮鸩不是悲剧，莫尔引颈就戮应该是。

苏格拉底和施特劳斯都认为笑剧比悲剧高，虽然“笑剧的起点在最低处，悲剧则多半居中”，阿里斯托芬甚至把笑剧的缪斯比作屎壳郎（dung beetle），但是“它一旦起飞，就飞得比宙斯的鹰还高”，“笑剧升举而高于任何别的艺术。它超越了每一种别的艺术；它尤其超越了悲剧。”（《苏格拉底问题五讲》，见《古典理性主义之重生》，第107、108页。）

悲剧的主角必定是行动者，笑剧的主脑可以是观看者。试比较《理想国》和《乌托邦》：柏拉图笔下，苏格拉底描述的是理想国方方面面的“应当”；莫尔笔下，希斯拉德报道的是乌托邦角角落落的“实况”。理想国在理念的高处，对现实作透彻的照察，足供宁静的省思；乌托邦在乌托的远方，与此间成鲜明的对照，诱生美好的愿望。理想国由于理性，可以“究天人之际”；乌托邦出自空想，居然滥“科学”之觞。

马克思《路易·波拿巴的雾月十八日》起笔引黑格尔：“一切伟大的事变和人物，可以说都出现两次”，马克思说黑格尔忘记补充一点：“第一次是作为悲剧出现，第二次是作为笑剧出现。”马克思之意，笑剧是一幅漫画，高看悲剧低看笑剧，这当然是现代性的思维。《理想国》和《乌托邦》则是笑剧在前，悲剧在后。笑剧余音袅袅，不绝如缕；悲剧动静越大，正未有穷期。施特劳斯说：“现代人从一开始就为一个积极的谋划所引导。也许，没有圣经信仰的幸存成分的帮助，那个积极的谋划就是不可设想的。”（《现代性三波》，见《政治哲学引论》，第83页。）那是说，圣经信仰也是现代性转型的一大因由了；写《乌托邦》的莫尔是基督圣徒，出生晚马基雅维利九年，马氏活五十八岁，莫尔活五十七岁。《理想国》是笑剧，在先，《乌托邦》是悲剧，在后。这一个

“两次现世”，次序和黑格尔、马克思所论定的正好相反。莫作等闲事件看，也莫只作重大事件看；它们实在是人类思想历史上意味最深长的“大事因缘”。笑剧在前，悲剧在后，最大的悲剧，莫过于“美好的愿望铺就通向地狱的道路”。

司马迁谈天

一、“岂非天哉，岂非天哉”

司马迁喜欢“谈天”，尤其发议论、发感慨的时候，每每道出一个“天”字。举例来说，《秦楚之际月表》的前言里，马迁对“虞夏之兴”“汤武之王”和秦汉之一统，以及其间的异同，有一番简括而系统的议论，最后对汉高祖之得天下，下的结语是“岂非天哉，岂非天哉”。这篇前言我想从头到尾读一遍，写出自己的理解。原文不长，但因为意思多而曲折，意思与意思的关联微妙，理解写出来就长了。这里也可以见出太史公的文章之妙。

太史公读秦楚之际，曰：初作难，发于陈涉，虐戾灭秦，自项氏，拨乱诛暴，平定海内，卒践帝祚，成于汉家。五年之间，号令三嬗，自生民以来未始有受命若斯之亟也。

《史记》十表，“三代”名“世表”，“十二诸侯”“六国”以及“汉兴以来”各表计八表，是“年表”，唯“秦楚之际”是“月表”。时间短，事情多，变化快，非月表不能表见。变化快的特征是“五年之间，号令三嬗”。史家论长时段中的变局，每谓周秦之际最剧、最巨，而秦楚之际不过是为“汉承秦制”作过渡；但司马迁最深的感受却是秦楚之际的“受命之亟”，为“自生民以來未始有”，近人遇大事，动言“史无前例”，马迁对秦楚之际有相似的感受。“号令三嬗”是指陈涉而项氏而刘邦，五年之间，“受命”号令者转移了三次，从古至今（马迁之“今”，非今之今）哪有这样快过，这是怎么回事？这天下究竟怎么了？司马迁这里提出了一个大问题，他后面要回答的。

或问：陈涉草头王，时日不过半年，说“号令三嬗”，把陈涉也算进去，是不是凑数？司马迁高看陈涉，虽事迹不多也特为立《世家》，置《孔子世家》后，几于齐观，这里更说陈涉也是“受命”。然而这“高看”并非凭空。陈涉起事后，六国纷纷起事，算不上响应号召，形势使然也。燕、赵、齐、魏皆自立为王，但楚国贵族之后的项氏却不尔，《高祖本纪》：项梁“闻陈王定死，因立楚后怀王孙心为楚王”。直到确认了陈涉的死讯，项梁才立楚怀王之孙为王，见出对陈王的承认和尊重。怀王起始就是个弱主，他与诸将约：“先破秦入咸阳者王之”，却令项羽“北救赵”，“不肯令与沛公俱西入关”；项羽还是听令的，结果“后天下约”，失去依约“王关中”的机会，这才引起怨恨，“佯尊怀王为义帝，实不用其命”。可见，“号令三嬗”应非虚言，是当时天下大势带特征性的写照。那时候群雄逐鹿打天下，也还有点立约、依约的观念。

《月表》起于秦二世二年陈涉起事，迄于汉王五年即帝位，跨度有八年。梁玉绳《史记志疑》指出了这个事实，但因此批评史公“言五年非也”，认为应该与史公《自序》“八年之间，天下三嬗”保持一致，“五年”改“八年”，则梁氏非也。史公为高祖纪年，是以刘邦军霸上、入咸阳、接受秦王子婴服降的那一年为元年。依先此怀王“与诸侯约”，刘邦自当“王关中”，且已经“与父老约法三章”，秦地人民也很欢迎他，明显有了号令的权威和事实；由此说来，“号令三嬗”，其实连五年都不到。而《自序》“八年”，说的是“天下三嬗”，与“号令三嬗”，义自有别。重要的是，此曰“五年”，彼曰“八年”，反映了史公不同的心情：《月表》为亟言从古未有的“受命之亟”，措辞宜于峻急；《自序》为已经完成的全书作结，走笔不妨舒缓。梁氏却仿佛在以“现代学术规范”绳史公，强令一致，“五年”改“八年”，味道都改没了。后人对太史公书的“志疑”或“纠谬”，很多属于吹毛求疵；此类吹求，不要紧处能见其博学和细心，要紧处适见其固陋和狭隘。

与上面一段写“快”，写“受命之亟”相对照，接下来一段，史公写“慢”，写“一统之难”。

> 昔虞夏之兴，积善累功数十年，德洽百姓，摄行政事，考之于天，然后在位。汤武之王，乃由契后稷修仁行义十余世；不期而会孟津八百诸侯，犹以为未可，其后乃放弑。秦起襄公，章于文、缪、献、孝，之后稍以蚕食六国，百有余载，至始皇乃能并冠带之伦。以德若彼，用力如此，盖一统若斯之难也。

“虞夏之兴”一句，是讲舜、禹个人，受禅而“在位”，靠的是善功德行，得到了“百姓”的认可和“天”的核准。虞夏尚矣，难以细节论，以下是平行的两条线，分别讲“汤武之王”和秦并天下的过程。“汤武之王”不单是商汤和周武的个人为王，同时也是商和周分别以诸侯国之一，寖假而成为天下之上国，成为天下的“为王之国”。不妨比照修昔底德《伯罗奔尼撒战争史》讲的“雅典帝国”和“斯巴达帝国”，那是分别以雅典城、斯巴达城为首的城邦联盟，为首即为帝，雅典、斯巴达是“为帝之国”，故联盟称“帝国”。在方国林立的世界，这样的格局很自然。希腊世界和华夏世界的一个不同则是雅典帝国、斯巴达帝国没有商汤、周武这样的个人为王。秦并天下，秦帝国却不能与雅典帝国比拟了，那是灭掉了所有的诸侯国，纯然是、全然是以一个人为帝的帝国。

汤武之王，各自经历过从他们的祖先契、后稷开始的“十余世”长期而连续的过程。秦并天下，也经历过从襄公始封，中经“文、缪、献、孝”，至始皇始完成大业，长期而连续的过程，即使从孝公算起，也已“百有余载”。过程都是缓慢，都是艰苦，不同在于，商、周之王是“以德”，秦并天下是“用力”。然而史公又要强调不同中之同：“以德若彼，用力如此，盖一统若斯之难也。”论者谓“两次大一统”，史公则区分周、秦为“两种大一统”，两种性质不同的大一统，不同而仍有一同：难，“若斯之难也”。

司马贞《索隐》解释“以德若彼”：“即契、后稷及秦襄公、文公、穆公也”；解释“用力如此”：“谓汤、武及始皇”。换言之，商、周、秦，祖先都是“以德”，而后来完成“一统”的，都是“用力”；前人积德作准备，后人用力搏成功。但这是司马贞他自己的意思，用来解释司马迁的意思，是完全理解错了。

《六国年表》前言：“秦襄公始封为诸侯，作西畤用事上帝，僭端见矣。”天子祭天地，诸侯祭域内山川，襄公却以诸侯行天子礼，太史公既说他“僭端见矣”，怎么还会许他“以德”呢？“位在藩臣而胪于郊祀，君子惧焉”，话是说得很重的。襄公之僭，尚属端倪，“章于文、缪、献、孝”，历经后来诸公，就越来越彰明昭著了：“文公踰陇，攘夷狄，尊陈竇，营岐雍之间，而穆公修政，东竟至河，则与齐桓、晋文中国侯伯侔矣”，“至献公之后常雄诸侯”，“秦之德义不如鲁卫之暴戾者”。这些难道不是“用力”，倒是“以德”吗？司马贞只顾索隐，连这么明白的话都视而不见！

也许因为汤武也动刀兵，汤放桀，武伐纣，司马贞故谓汤武为“用力”。史公此处未言汤放桀，言武伐纣足可代表：“不期而会孟津八百诸侯，犹以为未可，其后乃放弑”，一句三折，但语意很清楚。八百诸侯，不期而会，一折；伐纣如囊中取物，“犹以为未可”，二折，节制和慎重，明显德意；“其后乃放弑”，三折，以德帅力，“用力”只需轻轻一拨。此而不谓“以德”，而谓“用力”，岂非“用力”求一统很容易？史公竟是在自相矛盾了？

上一段讲“受命之亟”，这一段讲“一统之难”。“一统之难”是商、周、秦的情况，“受命亟”而能稳定下来，倒是“一统之易”了，这是汉家的情况。周以德，秦用力，此乃周、秦之异；周一统难，秦一统也难，此则周、秦之同。秦用力，汉也用力，这是秦、汉之同；秦一统难，汉一统则易，这是秦、汉之异。同为用力，而一统有难易，原因何在？下面一段（也是最后一段）就回答这个问题。

> 秦既称帝，患兵革不休，以有诸侯也，于是无尺土之封。堕坏名城，销锋镝，鉏豪杰，维万世之安。然王迹之兴，起于闾巷，合从讨伐，轶于三代，乡秦之禁，适足以资贤者，为驱除难耳。故愤发其所为天下雄，安在无土不王。此乃传之所谓大圣乎。岂非天哉，岂非天哉，非大圣孰能当此受命而帝者乎。

秦始皇用李斯议，废封建，为郡县，自表用心是患“天下共苦战斗不休”，为“求其宁息”，贾谊则说他“怀贪鄙之心，行自奋之智”。究竟孰是，可先不论。重要的是客观效果：天下的格局变了，样式变了；一旦兵革再起，开始新一轮的打天下，打天下的方式也随之而变了。天下成了一只鼎，可以问鼎；一只鹿，可以逐鹿；后人谓始皇为郡县是“收天下于筐箧”。原理上竟然是、已然是：鼎，人人问得，鹿，人人逐得，筐，人人有得；只要问到了鼎，逐到了鹿，据有了筐，就可以“王天下”。“安在无土不王”，还说什么“无土不王”呢！“无土不王”一定是当时的成语，说的是，要得天下，须先自有土，至少是诸侯之一，以德固难，就是用力打，也得从本土出发，一块一块吃，无从躲难。然而习成的语言要变了，变成可以“无土而王”了。“王迹之兴，起于闾巷”，是说刘邦；其实“号令三嬗”的三个主都属一类：陈涉起陇亩，刘邦起闾巷，项氏虽楚将之后，史公为定位，仍是“非有尺寸，乘势起陇亩之中”（《项羽本纪》），三王都是“无土而王”，刘邦最后王成功了。

知道变化的关键在哪里吗？关键在于：“乡秦之禁，适足以资贤者，为驱除难耳”。当初秦始皇禁封建，废诸侯，天下归一，恰恰是帮助了贤者，为他驱除了困难，所以贤者能一发愤就为天下雄。这个“贤者”，当然是刘邦。司马迁这里抓住了历史因果的重大关节点。

项羽曾经建议刘邦：“天下匈匈数岁者，徒以吾两人耳，愿与汉王挑战决雌雄，毋徒苦天下之民父子为也。”（《项羽本纪》）项羽莽夫，一语道出实质：打天下成了夺鼎，这就和体育比赛夺锦标没有什么两样了，可以在两个人之间解决。刘邦笑谢：“吾宁斗智，不能斗力。”比赛什么可以选择，是比赛则“是”定了。然而比赛的平台却是秦始皇替他们打造的，这之前从未有过，你不能想象春秋战国的战场上会出现这样的两个人和这样的一幕。这一幕是创作，抑或纪实？是创作更能表明史公要用文学把他抓住的历史因果关节点牢牢坐实。此等处，文学就显出力量了。

秦家数百年用力，那么困难、那么缓慢打下的天下，只因秦始皇把它改造成了一个平台，“贤者”只要比赛胜利，就能据为己有。这就是所谓“大圣”吗？“岂非天哉，岂非天哉”，“非大圣孰能当此受命而帝者乎！”

而今故事有新编：某富翁私家雇一司机，富翁暴毙，遗孀下嫁，司机暴富，乃喟然叹曰：“过去是我为老板打工乎？抑老板为我打工乎？”亡者畴昔货殖，若斯之难，贤者今宵获禽，如是之易；事理竟是一样的。按史公的意思，当初竟是始皇帝在为高皇帝前驱打天下了。这位司机哥，毋乃俗之所谓鸿运当头乎？非鸿运孰能接管老板娘而一夜致亿金乎？岂非天哉，岂非天哉！

二、“引‘天亡我’，岂不谬哉”

《项羽本纪》的“太史公曰”也谈到“天”，与论刘邦时的谈天恰可对照，相映成趣。项羽的失败，史公不认为是天，非但不认为是天，还对项羽的怨天“此天之亡我，非战之罪也”，提出严厉的批评：“不觉寤而不自责，过矣”，“乃引‘天亡我，非用兵之罪也’，岂不谬哉。”刘邦的胜利和项羽的失败是同一件事，从项羽的失败论，史公认为不由天，由于项羽自己犯错误，该自责；而从刘邦的胜利论，史公则归之于“天”，所以也就不由刘邦，无可自矜。

人的心理有一种普遍的表现：成功归因己，自矜功伐；失败归因他，怨天尤人。但事之成败，自有其客观的事理，心态之矜躁或怨尤则往往遮蔽事理。史公的论法，正是着眼于揭示汉家得天下的客观事理。他先后揭示了两重因果关系：一重大因果，秦始皇改变了天下的格局和样式，于以“资贤者”；一重小因果，项羽犯错误，于以玉成刘邦。在这两重因果之下，刘邦自己这方面的种种优点，诸如善纳谏，会用人（所谓“善将将”），以及张良善用计，韩信善将兵，周勃、樊哙虎贲之士堪用命等等，作为制胜因素也可以各得其所，但这些都是“第二义”的了；须知，项羽那方面也是有优点，有优势，甚至有极佳机会的啊。

司马迁的“谈天”，钱钟书先生概括为八个字：“不信天道，好言天命”（《管锥编》第一册第306页）。钱先生给“天道”“天命”的英文释义分别是divine justice和blind fate：“天道”意即“神圣的正义”，“天命”意即“盲目的命运”。“天道”是道理，最高的道理，故曰“神圣的正义”；“天命”关乎事理，事理有玄奥不能明者，故曰“盲目的命运”。上引马迁“谈天”，论刘邦的胜利则谓“岂非天哉”，议项羽的怨天则谓“岂不谬哉”，其中亦有间接与道理、正义之类相关者，而其与事理、命运之类直接相关，则很明显，那么这是不是属于

“好言天命”呢？说得更确切些，这是不是在谈“盲目的命运”呢？

道理和事理，道理说的是应当怎样，符合道理，才是正义；事理说的是事实上怎样，事理中最重要的，是因果关系。事理不明，人常归之于天，说“天命”，说“天晓得”；道理不行，人亦抬升至天，说“天道”，说“天理”，所谓“天理不容”，其实往往是说者所持的道理不能容。三十年来中国经济的崛起，人称“奇迹”，称“奇迹”而止于赞叹、歌颂和炫耀，不去从事个中事理的探究，等于说“天晓得”，因为事理不明。而有高明的经济学家出来，作了严格科学意义上的分析和解释，事理明了，“奇迹”也就消解了；“奇迹”也者，不过是一个事先意想不到的事实而已。事先意想不到，事后可以解释，对于科学认识来说，“事先意想”（即推断）和“事后解释”，其逻辑与方法是一样的。有了科学的解释之后，“奇迹”说也可以，不说也可以；说不过是文学，粉饰性的文学，与科学无关，与史公的文学更不可同年而语。

后人读史，于秦楚之际的“号令三嬗”，见怪不怪，无从起盲目天命的感叹。太史公“读秦楚之际”，不怪见怪，遂发现“自生民以來未始有”的“奇迹”而成立问题，进而探究事理，并且以明确的因果关系给出回答。实事求是，是为科学。即使以今日“历史科学”的标准视史公成立的这一问题及其解答，又安得有巨擘手能易其一字者乎？太史公成立的问题及其给出的解答，重要，深刻，理性，当然不能视为在文学化地谈什么“盲目的命运”。事理既明，犹以“天”论，那是别有一番寓意的。

需要说明，钱先生谓司马迁“好言天命”，并未引及马迁关于秦楚之际的这部“谈天”；或钱先生也以为这不算“好言天命”之例。但钱先生引及的另外二例，细味之下，似乎也不是谈“盲目的命运”之例。

一例是《魏世家》太史公曰：“说者皆曰：‘魏以不用信陵君，故国削弱至于亡。’余以为不然；天方令秦平海内，其业未成，魏虽得阿衡之佐，曷益乎？”“天方令”虽是谈“天”，其实是在谈“形势”，就算是“天命”，这“天命”也不是盲目的，方向性很明确；当时秦兼并天下是大势所趋，势不可挡，不要说信陵君，即使伊尹再世以为阿衡，也救不了魏国。

贾谊写《过秦论》，起笔就是一幅秦窥天下的形势图：“有席卷天下、包举宇内、囊括四海之意，并吞八荒之心”，“内立法度，务耕织，修守战之具，外连衡而斗诸侯”。形势有静态的，也有动态的，若静态而不均衡，则蓄势发力，形态会变化，成了动态，变化的趋向和结果常常是可以逆料的。这里就不必谈什么“盲目的命运”了。战国时奔走六国的策士说客，无论说合纵的“從人”，如苏秦，还是说连横的“衡人”，如张仪，主张迥异，互相拆台脚，但有一个共同点：对共同的形势共同看得很清楚。面对虎狼之秦，说横不过是伏低做小，图个暂时平安，说纵无非冀聚弱成强，或可对抗一时。至于长期和最终的打算，是没有的。纵横家们图的是自己的好处，岂是真为人主计。

司马迁与其说好言天命，不如说好言形势，他往往以“形势”来说明事理。《报任安书》谈到所谓“士节”，史公强调这不是个人主观上勇怯的问题，“勇怯势也，强弱形也”；“传曰刑不上大夫，此言士节不可不勉励也。”士节是需要“勉励”的，最起码的勉励是“刑不上大夫”。动不动给你进行思想改造、劳动教养，“辱理色”、“关木索”、“剔毛发”、“毁肌肤”，甚至“下腐刑”，还谈什么“士节”。个人自由，亦须形势，“故士有画地为牢，势不可入”，“画地为牢”是形，“势不可入”言势；“欲採蘋花不自由”，是不占形势，画地为牢的形势，却可以自由。个人行为决于形势，大局后果亦决于形势，上引《魏世家》“天方令”云云，无非是说“形势比人强”。这样说法有理智的消极性，却不是盲目的天命论。

司马迁并非只言形势或事理，不言德义或道理，更不是把德义或道理归属于形势或事理，不是取消德义或道理的独立性和崇高性。德义和道理，古人归之于“天”，归之于“天道”，所以，说司马迁“不信天道”也是不对的。

《汉兴以来诸侯王年表》前言："幽厉之后，王室缺，侯伯强国兴焉，天子微，弗能正。非德不纯，形势弱也。"德义常是纯而不强，"纯"即独立，无牵扯，无夹杂，不沾染，但也不占形势，此是"德不如形势"。

《吴起列传》太史公曰："能言之者未必能行，吴起说武侯以形势不如德，然行之于楚，以刻暴少恩忘其躯，悲夫！"吴起能教育魏武侯说"形势不如德"，但他自己辞魏相楚后，为了强楚抗秦，只得顺从形势，行事"刻暴少恩"，终遭报复而至于死地，忘其言竟如"忘其躯"。形势驱之蹈死地，若守德何至于此，"形势不如德"也。"忘"者"亡"之假，"忘"字义更深永，《史记》中华版标点本"忘"改"亡"，不如不改。

司马迁和贾谊都言形势与仁义，但所言有严重的区别。《过秦论》上下两篇，上篇总论秦之得势成功和失势败亡，下篇分别"过"秦始和二世（带及子婴）；全篇要眼便是上篇结语那句有名的"仁义不施，攻守之势异也"。贾谊通篇讲的是"攻守之势"，秦兼并天下是攻势，既有天下欲维万世安则是守势；明明已处在守势，却"其道不易，其政不改，以其所以取之也，孤独而有之，故其亡可立而待也"。处守势而仍旧"孤独"地施用处在攻势时的办法，用暴力包办一切，难怪二世而亡。"其道不易"之"道"显然不是指为本之道，不是"天道"，而是指为用之术，易为"仁义"也只是工具、手段而已。

贾谊《治安疏》建议皇帝“众建诸侯而少其力”，可见封建也是皇帝可以为用的工具和手段。汉接受秦的教训，施行过一波一波的封建。司马迁在《汉兴以来诸侯王年表》的前言里概述了汉家百年间从高祖封异姓王、灭异姓王直至武帝以“推恩”削弱同姓诸侯的封建情况，画出一幅当时的封建形势图：“大国不过十余城，小侯不过数十里”，“而汉郡八九十，形错诸侯间，犬牙相临。秉其阸塞地利，强本干弱枝叶之势也。”封建本来与皇帝专制是不兼容的两种制度，汉不得已而用之，经过一百年折腾，肘腋之患的“封建诸侯”已经成了无足轻重的“枝叶”，大一统郡县制的皇帝专制本强幹壮地控制着华夏大地，并且还在四处扩张。

假如贾谊活着看到这个形势，会很自负自己的政策建议见了效果。马迁的结语则是：“臣迁谨记高祖以来至太初诸侯，谱其下，令后世得览。形势虽强，要之以仁义为本。”司马迁自称“臣迁”，这是唯一的一次，有那么多的“太史公曰”，为什么这里不也“太史公曰”呢？明人陈仁锡评论到位：“汉诸侯表叙，以形势二字为主。至末云‘形势虽强，要之以仁义为本’二句，乃一篇归宿，而垂戒之意深矣。”形势强而着一“虽”字，就有垂戒余地；“仁义为本”既是“垂戒”，就不是许可。“垂戒”是入局人的身份，故称“臣迁”；“太史公曰”则是局外明眼人的身份，措辞语气自可不侔。“臣迁”只一次，且一次也是“垂戒”，不是“伏惟”，不是“恭聆”。“仁义”当然属于今人所言的“正义”（justice），根于人心，属于“天道”。司马迁不信汉家的天下是“仁义为本”，不是“不信天道”，是不信天道已经实现在汉家的身上。

“太史公曰”，桓谭《新论》认为都是东方朔所加，张守节《正义》以为马迁自署，裴骃《集解》则引韦昭，谓系马迁外甥杨恽加署。王国维先生认可韦说：“桓谭、张守节二说均有所不可通，惟公书传自杨恽，公于恽为外王父，父谈又其外曾祖父也，称之为公，于理为宜。韦昭一说，最为近之矣。”（《太史公行年考》）“臣迁谨记”则肯定是马迁自署，作为“编辑”，杨恽未改这唯一的“臣迁”为“太史公”，可谓能知其外祖之心。若根据“学术规范”，遽尔改之，以示一例，“垂戒”之意既失，“仁义为本”一语以局外人言之，也可歧解为事实陈述，竟有点像现在广告里说某产品方便合用、制作“以人为本”云云了。顺便提一下，关于“制作”（一类的政治也是“制作”）的技艺究竟能不能“以人为本”，《理想国》里苏格拉底和他的对话者之间有过精湛的辩证讨论。

钱先生引及的另一例是《田敬仲完世家》的“太史公曰”：“周太史之卦田敬仲完，占至十世之后，及完犇齐，懿仲卜之亦云。田乞及常所以比犯二君，专齐国之政，非必事势之渐然也，盖若遵厌兆祥云。”陈完是陈厉公之子，出生时周太史曾为占卦，说其将“代陈有国”，但“不在此而在异国”，“若在异国，必姜姓”，且“非此其身也，在其子孙”。陈完因国内废立而失势，不得已“奔齐”后，把女儿嫁给他的懿仲又“卜之”，也有相同的说法：“有妫之后，将育于姜”，且时间上说得更具体：“五世其昌，并于正卿；八世之后，莫之与京。”后来发生的事情，所谓“田氏篡齐”，过程和结果与占卜所言几乎完全一致。奔齐后陈姓改田氏，之后五世的田乞、六世的田常相继为齐国相，玩了许多权术，把齐国的国君玩弄于股掌之间，到了十世的田和，干脆逐迁齐康公，代姜有齐，姜太公的齐世家变成了田氏的齐世家。预言完全说准，这难道不是天命吗？

天命无常，应该是测不准；居然测准，应该说占卜有神。太史公的看法则是：“田乞及常所以比犯二君，专齐国之政，非必事势之渐然也，盖若遵厌兆祥云”；“所以”二字吃紧，表明这也是在说因果事理，但不是形势一类的事理，而是另一类可以叫做“遵厌兆祥”的事理。“遵厌”者，为避免预言的坏事而人为去努力，反而促成坏事；“兆祥”者，为实现预言的好事而人为去争取，果不其然好事；预言影响结果，预言落实在结果中，预言成为结果产生的重要原因。“盖若”疑词，犹今云“大概”，大概是因为“遵厌兆祥”吧；太史公语气虽不肯定，但语意是在谈人事之因果，不是在谈天命之盲目，也不是在谈占卜之有神，是明确的。

田氏篡齐的故事有和古希腊神话里俄狄浦斯的故事相同的“逻辑”。俄狄浦斯是忒拜王拉伊奥斯的儿子，出生时神谕说这小子将来会弑父娶母。拉伊奥斯吓坏了，命令把俄狄浦斯丢弃野外；奉命行事的牧人于心不忍，偷偷将婴儿送给了科林斯王。俄狄浦斯长大后得知了神谕，却不知科林斯王与王后并非亲生父母。为了逃避神谕，他离开科林斯，发誓永不回来。俄狄浦斯流浪到忒拜附近，与一群陌生人遭遇并发生冲突，失手杀了人，其中就有生父拉伊奥斯。当时忒拜国正遭受狮身人面兽斯芬克斯的困扰和威胁，俄狄浦斯成功解出斯芬克斯之谜，救了忒拜国，遂被拥戴继承忒拜王位，并娶生母约卡斯塔为妻，生下二子二女。弑父娶母的神谕实现了。终于知情后，母子俩一个上吊自杀，一个刺瞎自己的双眼。

现代哲学家把“预言—人事—预言的实现”一联三环叫做“俄狄浦斯效应”，“遵厌兆祥”则明言揭出俄狄浦斯效应的实质。生活中类似事甚多：试探每每留影响，期待常能起作用，反对可以成激励，以空言故有落实，都是一类的准俄狄浦斯效应。俄狄浦斯是“遵厌”的故事，田氏篡齐是“兆祥”的故事；“遵厌”比“兆祥”表现这类因果事理更尖锐，更鲜明，更奇特。故神其事，只讲预言和预言的实现，一个输入，一个输出，中间黑匣子，才真是“好言天命”。说“俄狄浦斯效应”，则是要把黑匣子打开，就整体来说，这是理性的认识，太史公的“盖若云”即此意。

三、“使人不倦，得天统矣”

《高祖本纪》的“太史公曰”又“谈天”：

> 夏之政忠，忠之敝，小人以野，故殷人承之以敬；敬之敝，小人以鬼，故周人承之以文；文之敝，小人以僿，故救僿莫若以忠。三王之道若循环，终而复始。周秦之间可谓文敝矣，秦政不改，反酷刑法，岂不缪乎。故汉兴承敝易变，使人不倦，得天统矣。

“损文用忠”，“变文从质”，“三王之道若循环”云云，乃是《春秋》公羊家的常谈，故政忠敝野，政敬敝鬼，政文敝僿（“僿”者浅也），以及政、敝之间的循环相救，也不必视为马迁的独创。关键在结语：“使人不倦，得天统矣”。前四字平凡，后四字高调，一气连读，不同凡响。平凡四字尤其是这整段“太史公曰”的要眼。“使人不倦”就算“得天统”了？“得天统”就在“使人不倦”？不倦干吗呢？追求呗；追求什么呢？《史记·儒林列传》：“公孙弘以春秋白衣为天子三公，天下之学士靡然乡风矣”；“以诗显贵”，“言礼为容”，“以易至二千石”，不一而足。《汉书·儒林传》：“一经说至百余万言，大师众至千余人，盖利禄之路然也”。是儒林中消息，儒林如此，以偏概全，天下事可知矣。这是其政“忠”吗？汉政是真的“以忠”吗？司马迁真是反讽艺术的大师，高高举起，轻轻放下，只用八个字，就一方面表明了他不肯汉家是天道之实现，另一方面又表明了他并不执着于循环论的形式化常谈。

先秦古人真的信天道，相信天会有安排；既然四时循环，相信治乱也循环，治久必乱，乱久必治，拨乱反正，是天之力。孟子讲“五百年必有王者兴”，荀子起劲地讲“法后王”，也是以这种信念为底子。这种信念对人的“制作”有限制，对关于“人能有些什么制作”的观念也有限制。荀子绝想不到人力竟能有皇帝专制这样的“大制作”，绝想不到竟会有秦皇、汉武这样的“后王”。俗云：“只有你想不到的，没有他做不到的。”司马迁可是看到了、亲身经历了荀子的“想不到”。后儒颇多学舌“法后王”者，那可和荀子不一样，司马迁一言揭出其实质：“传曰法后王，何也？以其近己而俗变相类，议卑而易行也。”（《六国年表》前言）“法后王”，不过是自己离得近，世俗的变化相类，议论卑下，容易实行罢了。荀子假使活转来，看到了他生前的“想不到”，肯定立即收回“法后王”之说。

朴素的天道信念，也有被形式化为“理论系统”的，邹衍的五德终始说就是。五德终始是时间形式，还配上了天下八十一分、神州居其一、内小九州、外大九州、小裨海、大瀛海等等一套空间形式。形式化搞得“其语闳大不经”，往往有震慑人心的作用，古今一揆。邹衍之说使得当时的王公大人“惧然顾化”，纷纷为他“侧行撇席”，“拥彗先驱”。近现代的五阶段一条鞭“社会进化论”，曾被多少人奉为天经地义，铁定的“历史规律”，是同样的效果。但司马迁还是对邹衍之说的宗旨作了“同情的理解”：“然要其归，必止乎仁义节俭，君臣上下六亲之施，始也滥耳”；“滥”是滥在起始。而对此“始滥”，亦作“同情的理解”：马迁喻引“伊尹负鼎”而勉励商汤，“百里奚饭牛车下”而说秦穆公，说明那是“作先合，然后引之大道”，邹子“倘亦有牛鼎之意乎”？先说一番“闳大不经”之语，是为了“作先合”，以便使你听者和我说者合得来，“然后引之大道”。而邹子之“大道”，马迁前面说了，“要其归”是同于伊尹的仁义之道，而不同于百里奚的“霸道”，是“鼎”意，而不是“牛”意；“牛、鼎之意”，所同只在“作先合”。司马迁未尝离仁义讲天道，又反反复复讲仁义，怎么能说他“不信天道”呢？把天道落实在仁义上，自然会对形式化的天道循环论有所保留；三王循环也是一种形式化的理论。

孔子不讲循环论，孔子讲的是“综合论”、“损益论”。《论语》：“颜渊问为邦，子曰：行夏之时，乘殷之辂，服周之冕。”理想的邦国，应是把夏、商、周的好东西聚在一起。孔子生活在周代，《春秋》写的是周代事，但是孔子用夏历，“春王正月”，“夏四月”，“秋七月”，“冬十月”，明明四时配的是夏月。后儒不察，谓《春秋》用周历，周历正月在夏历十一月，是冬，不可能说“春王正月”，同理，用周历也不可能说“夏四月”，“秋七月”等。《春秋》是以微言讥贬反显“正义”，但“行夏时”则是直接的，正面的。孔子的“理想国”里，好东西聚在一起，是通过“损益”。《论语》：“子张问：十世可知也？子曰：殷因于夏礼，所损益可知也，周因于殷礼，所损益可知也，其或继周者，虽百世可知也。”但是后来的历史，称“继周”又何尝真继周，“百世可知”倒真的百世可知，“百代都行秦政制”，是“继秦”的百世可知。从秦始皇，时间开始了，时间重新开始了，不是循环的圆圈回到起点，是从一点开始一直而下的直线，两千年。孔子想不到的，孔子真的“乘桴浮于海”了。

萧公权先生《中国政治思想史》分中国古代史为“封建天下”和“专制天下”两大段，标签封建天下的政治思想为“创造期”，专制天下的政治思想为“因袭期”。大刀阔斧，剖分精确。孔子思想两千多年里一直被后儒因袭着，但这是在专制政治约束下、模塑下的因袭，因袭而产生严重的畸变。《太史公自序》揭明《春秋》作意：“孔子知言之不用，道之不行也，是非二百四十二年之中，以为天下仪表，贬天子，退诸侯，讨大夫，以达王事而已矣。”《汉书·司马迁传》抄史公《自序》，却把“贬天子，退诸侯，讨大夫”一句改成“贬诸侯，讨大夫”，核心被阉割了。班固批评司马迁“是非颇谬于圣人”，然而在大是大非问题上，“谬于圣人”的，是班固，不是司马迁。

国人近来热议托克维尔《旧制度与大革命》。托氏此书有个重要意思：法国大革命并未提供旧制度里没有的新东西，旧制度原是贵族制和中央集权专制的组合，大革命革掉了贵族制，集权专制则越演越烈。托氏倒是特别重视欧洲各国走出中世纪时专制王权提供的新东西，他郑重其事地写道：“点睛之笔是：所有活着、动着、生产着的东西都来自新的根源；这一根源岂止是新的，而且是对立的。这个根源便是王权，但与中世纪王权毫无共同之处，它拥有另一些特权，带有另一种精神，激发另一些感情。这便是国家行政机构，它建立在地方权力废墟之上；这便是取代贵族统治的官吏等级制度。所有这些新的权力都遵循着中世纪闻所未闻或拒绝接受的准则和方法行事，它们确实关系到中世纪人连想都想不到的某种社会状态。”（冯棠中译本，第57页。）

把“中世纪”改为“中国三代”，上引这段话也高度准确地写像了中国“专制天下”取代“封建天下”的状态。“所有活着、动着、生产着的东西都来自新的根源”，不就是“使人不倦，得天统矣”吗？“另一些特权”，“另一种精神”，“另一些感情”，不就是“近己而俗变相类，议卑而易行”吗？“国家行政机构建立在地方权力废墟之上”，不就是郡县制行于诸侯国吗？不是巧合，不是硬套，是政制与人心的关系，因古今东西人心之同，而有“规律”可循；这“规律”（陈寅恪所谓“系统异同”）当然不是“进步”、“必然性”之类的空言所能把握。

不同性质的“王权”，成为不同的“根源”，从不同根源上产生的东西，即使表面相同，实质也不同。司马迁对这一区分是感受深切，意识清楚的。举例来说，“春秋之义”在封建天下和专制天下，其义就大不同。

《孟子》：“孔子成春秋而乱臣贼子惧”，过去读这句话常感疑惑：孔子一支笔有那么大的力量吗？《孔子世家》：“春秋之义行，则天下乱臣贼子惧”，意思就完全能理解而肯认了：春秋之义果真行于天下的话，则天下人心返正，乱世复治，邪不压正，乱臣贼子当然就有所畏惧，不敢胡作非为了。然而到了皇帝独尊的专制天下，“春秋之义”怎样了呢？《平准书》：“自公孙弘以春秋之义绳臣下取汉相，张汤用峻文决理为廷尉，于是见知之法生，而废格沮诽穷治之狱用矣。”“见知之法”即“见知”别人犯法不举告，要作为“故纵”而治罪。《酷吏传》的记录是：“赵禹与张汤论定诸律令，作见知”，为什么这里要扯上公孙弘以冒之呢？答曰：就是要扯上公孙弘，以见“见知之法”之精神实质。“见知之法”之所以值得圈点，在于它乃是“生”于“以春秋之义绳臣下”的原则。“春秋之义行”，则乱臣贼子惧；行“春秋之义”，则见知之法生。在司马迁看来，同一个“春秋之义”，在封建天下和专制天下，竟是如此不同的两个东西；无他，根源于不同的“王权”。

公孙弘自律严，以春秋之义绳臣下亦严。董仲舒若批评他，会说“以自治之节治人，是居上不宽也”。（《春秋繁露·仁义法》）公孙弘当然是“居上不宽”，这一点很明显；而司马迁看到的是更深的一层：“行”春秋之义而“生”见知之法；这是清楚的制度意识。论者谓公孙弘“儒表法里”，这也是只见及个人性质，见不及制度作用。可以说，即使换个表里一致仁爱恻怛的纯儒，处公孙弘地位，那也是要么不久走人，要么学会像公孙弘一样作为，个人表里，无足轻重也。

本来是写货币政策的《平准书》，突然插进一段来讲似乎不相干的“见知之法”，表面的突兀显示了一个内在的联系：《平准书》前面讲了武帝为满足好大喜功的财政需要，采取许多敛钱政策，“兴利之臣自此始也”。“兴利之臣始”与“见知之法生”，对蹠，配合，完成武帝统治的两大制度特征，这也是两千年皇帝专制这一个中心的两个基本点。

四、“意在斯乎，意在斯乎”

《史记》也是一部《春秋》，然而时代既不同，《春秋》作意，后人可以直言，史公作意，读者先须心领。《自序》中太史公故设与上大夫壶遂的一番对话，最值得含玩深味。

太史公开场白：“先人有言：‘自周公卒五百岁而有孔子，孔子卒后至于今五百岁，有能绍明世，正易传，继春秋，本诗书礼乐之际，意在斯乎！意在斯乎！小子何敢让焉。’”“先人”应该是司马谈吧，司马迁把自己的志向表述为父亲的鼓励。古书无标点，“先人”之言引号可以止于“小子何敢让焉”前，那就是自谦“小子”，直诉心曲了。《春秋》旨在讥贬当世，“先人”却并立地讲“继春秋”和“绍明世”，这是有矛盾的。马迁把有矛盾的话让“先人”去说，也是心曲。

壶遂于是问：“昔孔子何为而作春秋哉？”打开了太史公的话匣子，一段长长的答问，要点无非两个：一、《春秋》作意即上文引过的“贬天子，退诸侯，讨大夫”，这也是借口，借“董生”董仲舒之口。二、由《春秋》而《易》《礼》《书》《诗》《乐》，各言其宗旨、作用，六艺整全。这使人不禁想起《庄子·天下篇》中的一段，已经被引滥了的“道术将为天下裂”是该段的末句。该段的首句是发问：“古之所谓道术者，果恶乎在？”然后，说了“道术”的多种“在”法。这也就是说，“道术为天下裂”之前，道术之整全，是有所在的。一种“在”法就是：“其在于诗、书、礼、乐者，邹鲁之士，搢绅先生，多能明之。诗以道志，书以道事，礼以道行，乐以道和，易以道阴阳，春秋以道名分。”而太史公这段答壶遂问，对六艺宗旨和作用的概括，与庄子很像，庄子和史公都相信道术之整全在六艺。只是由于“天下之人，各为其所欲焉，自以为方”，这才导致“道术将为天下裂”。道术之整全是“自然的正义”，高调点说，是“神圣的正义”，是“天道”；司马迁信天道明矣。

壶遂接着发问，很厉害，意思是：孔子作春秋是因为遭逢乱世，“今夫子上遇明天子，下得守职”云云，“夫子所论，欲以何明？”你碰到的是“明天子”，又有官做，你还想说什么？太史公连忙“唯唯，否否，不然”：“春秋采善贬恶，推三代之德，褒周室，非独刺讥而已也”，《春秋》不全是批评，也有表扬。接下去史公自己也来了一段表扬：“汉兴以来，至明天子，获符瑞，封禅，改正朔，易服色，受命于穆清，泽流罔极，……”云云，云云，论司马迁“尊汉”者大可当做司马迁对汉家的颂文来引。

然而“颂文”也是刺讥，也是反讽，且反讽入里，有深度，则又“非独刺讥而已也”。《礼记·大传》谓治天下有“可得与民变革者”，有“不可得与民变革者”：“立权度量，考文章，改正朔，易服色，殊徽号，此其可得与民变革者也；其不可得与民变革者则有矣，亲亲也，尊尊也。”封建天下，礼治即政治，亲亲、尊尊是基本礼义，也是政治原则。“亲亲”不是一味甘饴的大团结，“亲亲有杀”（不是杀人的“杀”）；“尊尊”不是一体崇奉的大典礼，“尊尊有等”（不是局长处长、教授讲师的“等”）。作为政治原则，亲亲、尊尊在其纯粹的形态上，与皇帝专制的政治原则是不相容的。皇帝专制下，民间有亲亲尊尊的普遍存在，那是经历了宗法从政治向社会下移的过程之后。马迁这段“颂文”，“颂”的全是“可得与民变革者”，汉朝把它们换新了。至于“不可得与民变革者”，亲亲尊尊，仁义天道，汉朝当然也“变革”了，马迁在别处说，但不是颂词，是反讽地表达的不许可，最客气也是“垂戒”。

太史公“唯唯否否”，以“颂词”躲过了责问，最后说，自己不过是“述故事”：“余所谓述故事，整齐其世传，非所谓作也，而君比之于春秋，谬矣。”史公与壶遂交厚，曾合作同领太初改历事；壶遂梁人，韩长孺举荐入朝。太史公曰：“余与壶遂定律历”，“壶遂之深中隐厚，世之言梁多长者，不虚哉”，“壶遂之内廉行修，斯鞠躬君子也”。（《韩长孺列传》）这场颇具张力的对话，太史公把对手戏派给壶遂，可谓“良有以也”。谈话之初，史公让“先人”来承担并提“继春秋”和“绍明世”的矛盾，然而整场谈话突出的是一个更大的矛盾：史公起先或“托人”，或“自谦”，既已表明有意作《春秋》，“意在斯乎！意在斯乎！小子何敢让焉”，三复斯言，最后却又否认作《春秋》，自承只是述故事，没有“作”意，只任“述”职。这个深刻的矛盾，太史公不能让别人来承担了，只能留给自己。

美国教授施特劳斯先生读古人书极有心得，所著《迫害与写作艺术》一文，刊于也用这个题目的论文集，文中施老师揭出：古人常从事“字里行间的写作”（“writing between the lines”）。他说：“迫害产生出一种独特的写作技术，从而产生出一种独特的著述类型，在那里，与所有重要事情有关的真相，都是在字里行间透露的。”（《Persecution and the art of writing》，p.25.）他还设想了一个他自信“虽不中亦不远”的案例来具体化这种写作技术：在迫害宗教的环境里，一个宗教史的研究者会怎样在连篇累牍介绍官方观点的同时，通过字里行间表达出他自己的自由观点。这里就可以得出如下的规则：作者明显自相矛盾的地方，就是有重要真实性的地方。《春秋》讥贬的当世，是封建天下的乱世，孔子尚存拨乱反正、克己复礼的理想和希望；司马迁事实上讥贬又否认讥贬的当世，是专制天下的“明世”，他能抱什么希望呢？讥贬而不抱希望，讥贬而否认讥贬，司马迁留给自己的这个深刻矛盾，不正是读史者最应该正视的地方吗？“意在斯乎！意在斯乎！”

越是对“天道”、对“自然的正义”（或曰“神圣的正义”）本身的存在抱有信念，越难肯认人为的现实已经是“天道”或“正义”的实现；这就是司马迁对于汉家乃至整个皇帝专制制度的态度。现代人的信仰危机就是失去了对神圣正义的信念，也失去了探问“神是什么”的哲学兴趣；现代人用科学“解决”了“神是什么”，用人为准则取代了自然正义。司马迁既不是“不信天道”，也不是“好言天命”。在“天道”和“天命”之间，在自然的正义和人为的现实之间，在“究天人之际”的道理和“通古今之变”的事理之间，司马迁的态度，他的“一家之言”，我也想用八个字来概括：“终极关怀，消极对待”。